新时代精神标杆

人民日报典型报道18例

温红彦◎主编

人民日报出版社
北　京

图书在版编目（CIP）数据

新时代精神标杆 ： 人民日报典型报道 18 例 / 温红彦
主编. -- 北京 ： 人民日报出版社， 2019.7
ISBN 978-7-5115-6107-7

Ⅰ. ①新… Ⅱ. ①温… Ⅲ. ①新闻报道－作品集－中
国－当代 Ⅳ. ①I253

中国版本图书馆 CIP 数据核字（2019）第 128128 号

书　　名：新时代精神标杆：人民日报典型报道 18 例
XINSHIDAI JINGSHEN BIAOGAN：RENMINRIBAO DIANXING BAODAO 18LI
主　　编：温红彦

出 版 人：董　伟
特约编辑：胡若彤
责任编辑：张炜煜　贾若莹
装帧制作：阮全勇

出版发行：人民日报出版社
社　　址：北京金台西路 2 号
邮政编码：100733
发行热线：（010）65369527　65369509　65369510　65369846
邮购热线：（010）65369530　65363527
编辑热线：（010）65369509
网　　址：www.peopledailypress.com
经　　销：新华书店
印　　刷：大厂回族自治县德诚印务有限公司

开　　本：710mm×1000mm　1/16
字　　数：320 千
印　　张：24.5
版　　次：2019 年 9 月第 1 版
印　　次：2019 年 9 月第 1 次印刷

书　　号：ISBN 978-7-5115-6107-7
定　　价：49.80 元

序

用心用情用力打造精品佳作

人民日报社社长 李宝善

《新时代精神标杆：人民日报典型报道 18 例》这本书，收录了 18 例典型人物报道，并附有作者的体会文章，内容实、形式活，是典型报道的一个参考读本，是对典型报道规律的一次有益探索。

先进典型是全社会的宝贵财富。做好典型报道让典型引路、向榜样学习，是新闻宣传工作的光荣传统，也是新闻工作者义不容辞的职责使命。人民日报社历来高度重视典型报道，新中国成立 70 年来，每一个历史时期都有一大批可歌可泣的典型报道见诸报端，这些报道记录了先进典型的感人事迹、精神品格、时代价值，为号召全社会崇尚典型、学习典型、关爱典型发挥了“领航者”的作用。

实战出成果，实战出经验，实战出人才。党的十八大以来，人民日报社记者牢记职责使命，坚持守正创新，采写了大量展现时代精神的先进典型，积累了较为丰富的典型报道经验，培养锻炼了一支能打胜仗的典型报道人才队伍。政治文化部作为人民日报承担典型报道任务较多的一个部门，在重大典型宣传中发挥了积极作用。这本书既是对近年来部分先进典型事迹的一次重温，也是对典型报道规律性认识的一次梳理，读后给人力量，也给人启发。

诗无达诂，文无定法。典型报道没有固定的模式，但无论采用什么报道手法、报道形式，增强典型报道的吸引力、感染力，是个永恒的课题，这就需要新闻工作者肯下苦功夫甚至是笨功夫。

首先是在增强“四力”上下功夫。“不断增强脚力、眼力、脑力、笔力”，是习近平总书记对宣传思想战线提出的殷切希望，也是做好一切宣传报道的重要遵循。做好典型报道，记者要切实践行“四力”要求，用“脚力”发掘典型的感人事迹，用“眼力”发现典型的闪光品质，用“脑力”提炼典型的时代价值，用“笔力”提升典型的传播效果。只有不断增强“四力”，才能使典型报道更加“有思想、有温度、有品质”。而在这些要下的功夫中，最基本的功夫，或者说前提，就是“脚力”，“脚力”若不强健，其他都无从谈起，这在典型报道中至关重要。

其次是力求内容真实，语言平实。真实，是新闻的生命，典型报道必须遵循新闻真实性原则。一篇具有强大生命力的典型报道，必须具有强烈的真实感，必须经得起时间的检验。因此，采写典型报道要作风扎实、尊重事实，真正走进人物内心，真实还原人物本貌。只有真实，才能让笔下的人物不仅可歌可泣，而且可信可学。平实，是最好的文字，典型报道切忌刻意拔高、涂脂抹粉，而是用平实的语言讲述生动的故事。平实才能近人，近人才能感人，感人才能使典型报道产生经久不衰的生命力，甚至影响几代人。回头看看多年前的典型报道，许多仍然很有生命力，读来觉得那些典型人物是有温度的，是直抵人心的，是可以产生共鸣的。本书收录的典型报道，在力求内容真实、语言平实方面，做得也是好的。

典型报道还要处理好守正和创新的关系。传统不能丢，新手段要跟上，不仅要更新观念、更新表达去陈言、出新意，还要创新形式、创新方法。尤其是随着新媒体不断发展，舆论生态、媒体格局、传播方式发生深刻变化，加快融合发展步伐，实现宣传效果的最大化和最优化是典型报道面临的一个新课题、新挑战。这就决定了典型报道既要守住老阵地，也要拓展新阵地。比如除了长篇人物通讯的传统模式，还可以采用漫画、短视频等多种方式立体化传播，扩大先进典型受众覆盖面，让先进事迹为更多的人所喜闻乐见。

当前，全党正在开展“不忘初心、牢记使命”主题教育，广大先进典型用行动甚至生命诠释着信仰的力量、精神的力量。新闻工作者是时代的记录者、见证者和推动者，有责任下更大的心力发现典型，用更大的气力报道典型，以对历史负责、对人民负责、对时代负责的态度，用心用情用力打造精品佳作，弘扬主旋律，传播正能量，树起新时代精神标杆。

目录

contents

钟扬/简介

钟扬（1964.5–2017.9）男，汉族，湖南邵阳人，中共党员。生前系复旦大学党委委员、研究生院院长、生命科学学院教授，中央组织部第六、七、八批援藏干部，教育部长江学者特聘教授，国家杰出青年科学基金获得者，长期从事植物学、生物信息学研究和教学工作，取得一系列重要研究成果。

2017 年 9 月 25 日，钟扬同志在赴内蒙古为民族地区干部授课途中遭遇车祸，不幸逝世，享年 53 岁。

2018 年 3 月 29 日，中央宣传部追授钟扬“时代楷模”称号。

2018 年 6 月，中共中央追授钟扬同志“全国优秀共产党员”称号。

2019 年 2 月，入选“感动中国 2018 年度人物”。

人民日报
RENMIN RIBAO
2018年3月
26
星期一

永远做中国人民和中华民族的主心骨
——五论习近平十三届全国人大一次会议重要讲话
本报评论员

一粒种子的初心与梦想
——追记优秀共产党员、复旦大学教授钟扬

增速趋稳 结构优化 效益提升
中国经济预期稳 市场主体信心增

今日谈
用初心播种未来

地区生产总值增速回升至6.4%
财政收入由负转正增速达11%
黑龙江 新动能激发新活力

人民日报
2018年3月26日 星期一 9 要闻

一粒种子的初心与梦想
——追记优秀共产党员、复旦大学教授钟扬

大德曰生
"一个基因可以拯救一个国家，一粒种子可以造福万千苍生"

高原务生
"任何生命都有其结束的一天，但我毫不畏惧"

党员本色
"我将义无反顾地把余生献给西藏建设事业"

先生之风
"每个学生都是一颗宝贵的种子"

一粒种子的初心与梦想

——追记优秀共产党员、复旦大学教授钟扬

本报记者　张　烁

眼前的钟扬，已定格为照片中温和而坚定的微笑。标志性的双肩包、褪色的卷檐帽，这个魁梧的汉子在雪域高原笑得如此灿烂，一副永远在路上的模样。

这就是那个像守护生命一样守护祖国植物基因库，在青藏高原跋山涉水50多万公里，数次攀登至海拔6000多米，收集了4000多万颗种子、打响了"植物保卫战"的人吗？这就是那个不顾高血压、心脏肥大，坚持16年援藏，让西藏大学生态学科入选国家"双一流"的人吗？这就是那个从教30余年，立志要为每个少数民族培养一位植物学博士的人吗？这就是那个向妻子承诺"孩子15

岁之后我带”，却在双胞胎儿子 15 岁生日后第十六天撒手人寰的人吗？……

泪水一次次模糊了记者的双眼。从长江中下游平原到青藏高原，从上海滩涂“复活”的红树林到“诺亚方舟”般的种质资源库，记者一路追随着他——复旦大学党委委员、研究生院院长，西藏大学校长助理钟扬教授。藏族名字：索朗顿珠。

雪山巍巍，江水泱泱。他再也看不到、听不到了，但他留下的 4000 多万颗种子，还在休眠中静静等待发芽。它们会在未来的某一天，用蓬勃的生命告诉人们，曾有这样一位大学教授，用短暂而壮丽的一生，谱写了这首传唱千古的生命之歌。

雪山巍巍，江水泱泱。他已将生命融入祖国山河，随着骨灰撒入雅鲁藏布江，他将永远与青藏高原在一起，与他挚爱的一草一木在一起，与祖国和人民在一起，如同一片落叶回归大地母亲的怀抱，融入这片他爱得深沉的土地。

大德曰生

“一个基因可以拯救一个国家，一粒种子可以造福万千苍生”

你可知，一粒袁隆平教授培育的杂交水稻种子，让我国占世界 7%的耕地养活了占世界 22%的人口？

你可知，仅仅 20 多株被西方“植物猎人”引进的我国野生猕猴桃枝条，撑起了新西兰经济的支柱产业？

你可知，英国皇家植物园邱园，收集有全世界最多的豆科植物种子，一旦全球变暖，英国将占据粮食作物的基因优势？

“一个基因可以拯救一个国家，一粒种子可以造福万千苍生。”总把这句话挂在嘴边的复旦教授钟扬，正坐在一辆疾驰的车中。窗外，雄浑的高原景色如同壮丽油画，一条条河流闪烁着水晶般耀眼的光芒。他心驰神往：那看似光秃秃的苍茫山脉间，蕴藏着多少神奇植物？那终年白雪皑皑的珠穆朗玛峰上，究竟有没有雪莲在生长？

2000万年前，在亚欧板块和印度洋板块的巨大碰撞下，隆起了世界上最年轻的高原——青藏高原。这里是广袤壮阔的圣地，却是植物探索的禁区。高寒缺氧，氧气含量不足内地的50%，昼夜温差高达45摄氏度，鲜有植物学家敢于涉足。

如果将植物的分布在世界地图上标注，青藏高原是一块少有记载的空白。更让人忧虑的是，人类对种子的研究步伐，远远追不上植物消逝的速度……钟扬要做的，就是为祖国盘点青藏高原的植物“家底”。“经过测算，在‘科’这一层面上，青藏高原有我国植物物种的1/3；在‘属’这一层面上，青藏高原的植物物种超过全国1/3。然而，这一数量远远被低估了。”钟扬说。

1964年出生于湖北黄冈的钟扬，少年早慧，勤奋刻苦。1979年，因担任黄冈地区招办副主任的父亲以身作则，不许他提前参加普通高考，蓄势待发的钟扬“一气之下”考取中国科技大学少年班。谁曾想，这个无线电专业毕业的少年，因1984年被分配到中科院武汉植物研究所而与植物结缘；又因心怀为国育才之梦，2000年到复旦大学生命科学学院任教，从此为教育事业奉献一生。

植物学中，也有“领土”。“晚清时期中国贫穷落后，英国人先后来华采集了几万颗种子、2000多种珍稀植物。”钟扬心中发酸，就拿那从新西兰进口的高档水果“奇异果”来说，几代人下去，还有谁知道它就是有着土生土长“中国基因”的猕猴桃呢？还有那大熊猫般珍贵的“鸽子树”珙桐，居然是外国人发现的……西方人从中国拿走的珍稀种子和苗木，把英国这个只有1500种植物的岛国装扮成了世界植物的圣殿，更让西方在植物学研究中掌握话语权。

作为中国植物学家，钟扬立誓，要为祖国守护植物基因宝库；作为对人类负责的植物学家，他立誓，要在生物多样性不断遭到破坏的当下，为人类建一艘种子的“诺亚方舟”。

这个想法，终因复旦大学和西藏大学的结缘成为现实。自此，钟扬背起足有三四十斤重的双肩包，带着学生开启了为国家收集种子的征程。

2011年7月，珠穆朗玛峰一号大本营，海拔5327米。

下午2时刚过，狂风开始肆虐，抽打在人脸上，呼吸都困难。“钟老师，您留守大本营，我们去！”学生拉琼看到老师嘴唇发乌，气喘得像拉风箱，不由暗暗心惊。

“你们能上，我也能上！你们能爬，我也能爬！”一贯带笑的钟老师拉下了脸，上气不接下气地“怼回去”。拉琼心里沉重，自己这个藏族小伙子尚且吃力，老师是从平原来的，身体又不好，怎么得了？看学生不作声，钟扬缓了缓，解释道：“我最清楚植物的情况，我不去的话，你们更难找。”

逆风而上，向珠穆朗玛峰北坡挺进，上不来气的钟扬嘴唇乌紫，脸都肿了，每走一步都是那样艰难。“找到了！”学生扎西次仁激动大喊，一处冰川退化后裸露的岩石缝里，一株仅4厘米高、浑身长满白色细绒毛的“鼠麴雪兔子”跃然眼前，骄傲地绽放着紫色的小花，它是高山雪莲的近亲，看着不起眼，但在植物研究者眼中比什么都美丽动人。

这里是海拔6200米的珠峰，这是一株目前人类发现的海拔最高的种子植物，这是中国植物学家采样的最高点！

野外科考的艰苦超乎人们想象，经常七八天吃不到热饭。钟扬和学生们饿了啃一口死面饼子，渴了就从河里舀水喝，“食物不好消化才扛饿，饥饿是最好的味精”。晚上，住的是牦牛皮搭的帐篷，因为严重缺氧，煤油灯很难点亮；冬天，盖三床被子也无法抵御寒冷，早上洗脸要先用锤子砸开水桶里的冰；路上，常常被突袭的大雨冰雹困在山窝窝里，车子曾被峭壁上滚落的巨石砸中……

“高原反应差不多有17种，在过去的十几年间，每次我都有那么一两种，头晕、恶心、无力、腹泻都是家常便饭。不能因为高原反应，我们就怕了是吧。科学研究本身就是对人类的挑战。”钟扬这样说，开玩笑般的“轻松”。

为了规避种子遗传之间的杂交问题，每走50公里，才能采一个样；一个地方的两棵取样植物，至少相隔20米；一个物种，需要5000个优质的种子。往往，为了采集更多更优质的种子，钟扬和学生们一年至少行走3万公里……夜以继日，殚精竭虑，一个夏天，他和学生们能采500个样。

如今，这些种子被精心保存在零下20摄氏度、湿度15%的冷库中，仿佛坐上了一艘驶向未来的时空飞船，将在80年到120年后，为那时的人们绽放生机。

一个个创举惊动学界！他们追踪整整10年，在海拔4150米处发现了“植物界小白鼠”拟南芥的崭新生态型；他们在采集的高原香柏种子里，已提取出抗癌成分，并通过了美国药学会认证；他们花了整整 3 年，将全世界仅存的 3 万多棵国家一级保护植物——西藏巨柏逐一登记在册，建立起保护“数据库”；他们揭示了红景天、独一味、藏波罗花、垫状点地梅、西藏沙棘、山岭麻黄、纳木错鱼腥藻等青藏高原特有植物对环境的分子适应机制；他们的“杂交旱稻”重大研究成果获国家科技进步二等奖，这意味着，万一全球气候发生变化，干旱缺水地区也有机会让农业“平稳着陆”；他还带领团队耕耘 10 年，在上海成功引种红树林，创造了世界引种最高纬度，为上海海岸生态保护打造了新的屏障……

16 年来，钟扬和学生们走过了青藏高原的山山水水，艰苦跋涉 50 多万公里，累计收集了上千种植物的 4000 多万颗种子，近西藏植物的 1/5。他的理想，是在未来 10 年间，收集西藏植物的 1/3 以上，如果有更多人加入，也许 30 年就能全部收集完……

“最好的植物学研究，一定不是坐在办公室里做出来的。”钟扬有些“傲娇”地与学生共勉，这也成为他一生大写的标注。

党员本色
“我将矢志不渝地把余生献给西藏建设事业”

经年累月的高原工作，让钟扬的身体频发警报。2015 年 5 月 2 日，51 岁生日当晚，他突发脑出血，大脑破裂血管中流出的殷红鲜血化作 CT 片上大块惊人的白斑。

上海长海医院急诊室一角，钟扬内心极度狂乱：工作上留下的那么多报告，要做的项目，要参加的会议，要见的学生……还没做好任何思想准备，自己就像一条不知疲倦畅游的鱼儿，一下子被抛到了沙滩上。

此时，钟扬的血压已可怕地飙升至 200，他试图说话，想跟身边人交代什么，可口齿不清的话语没人能听懂；他试图安慰一下被吓坏的儿子，可右手已经不听使唤，用尽全身力气只能用左手摸摸儿子头顶。“孩子们也许不得不开始走自己的人生道路了。”想到这，泪水禁不住浮上了钟扬的眼眶。

万幸，抢救及时。钟扬在 ICU 病房中缓缓睁开眼睛。短短几日，仿佛一生。脑出血后第四天，他想了又想，摸索出让人偷偷带来的手机，拨通了原学生兼助理赵佳媛的电话。“小赵，麻烦你来医院一趟，拿着笔记本电脑。”

一头雾水的赵佳媛，见到了浑身插满仪器和管子的钟老师。“我想写一封信给组织上，已经想了很久了。”钟扬吃力地开口。赵佳媛在惊愕中忍住眼泪，在 ICU 各种仪器闪烁的灯光和嘀嘀声中，努力辨识着老师微弱的声音，一个字一个字地敲下：

“西藏是我国重要的国家安全和生态安全屏障，怎样才能建立一个长效机制来筑建屏障？关键还是要靠队伍。为此，我建议开展‘天路计划’，让更多有才华、有志向的科学工作者，为建设社会主义新西藏而奋斗……就我个人而言，我将矢志不渝地把余生献给西藏建设事业。”

署名：钟扬，于长海医院 ICU 病房。

人们原本期望着，这个常年每天只睡 3 小时的人，能因为脑出血的警示，多休息一阵子。钟扬手机上，有一个停留在凌晨 3 点的闹钟，不是为了叫醒他起床，而是为了提醒他睡觉。复旦大学研究生院的楼上，总有一盏灯几乎彻夜不熄，看门保安实在无奈，只好给钟院长开了“绿色通道”，特许他的门禁卡在整个楼空无一人时“来去自如”。

住院时，学生们轮流陪护。“张阳，你端盆冷水来。”凌晨1点多，钟扬轻轻把学生张阳唤醒，“你去用冷水泡块毛巾，水越多越好，不要拧干。”钟扬把冷毛巾敷在额头上，默不作声。许久，也许是看出学生疑惑，他长叹：这个点是我每天想事情最多的时候，现在不让我做事情，心里难受啊！

15天后，钟扬出院了，连午餐盒都没力气打开的他，在学生搀扶下，拖着“半身不遂”的右腿一步步爬上25级台阶，“瘫坐”在二楼办公室里。从这天起，他正式恢复工作。

从医院出来，医生给他规定了三条“铁律”：一是戒酒，二是吃药，三是绝不可再去西藏。担心钟扬的人们“舒了口气”：这个“钟大胆”，可以在进藏上消停消停了吧。

这个一顿饭能喝两瓶白酒的汉子，心一横，把酒戒了；可这个对青藏高原爱得深沉的汉子，无论医生如何警告，无论家人如何担忧，终究没“戒”得了西藏，“我戒得了酒，戒不了进藏。我不去心里就痒痒，好像做什么事都不提气”。

出院后，钟扬仿佛按了加速键，更加争分夺秒。不少人这样评价钟扬，他用53岁的人生，做了一般人100岁都做不完的事。“我有一种紧迫感，希望老天再给我10年时间，我还要去西藏，还要带学生”，他总是这样对妻子说。

离开ICU刚半年，他又进藏了。开始不敢坐飞机，就辗转坐火车。怕在家人那里“落埋怨”，就偷偷一个人行动。回来后，他惊喜又炫耀地对人说：看吧，我没事哎！

可他在西藏的朋友们心里难受，钟老师一下子苍老了很多，连上车都显得特别吃力，原来一顿饭能吃 7 个包子、3 碗粥、4 碟小菜，现在只能吃下一点点了！脑出血后遗症也在钟扬脸上表现出来，扎西次仁心里难过，钟老师的脸跟原来不一样了，不像原来那么生动了。

很多人不解，他连命都不要了，到底想要什么？钟扬，他仿佛对一些人们热衷追逐的事从不在乎，又仿佛对一些人们不可理解的事格外执拗。

多年前，他放弃 33 岁副局级的"大好前程"，到复旦大学当了一名没有职务的教授。直到去世，他的职级还是处级。

"搞科研嘛，不愿当官，写点论文，走点捷径，奔个院士总应该吧？"钟扬的学术成果 300 余项，早有资格坐在办公室里，"指挥手下一批人干活"。可钟扬就是"不通世故"，非要撑着多病的身子去高原采集种子，"既无经济效益，又无名无利"。

面对"好心提醒"，钟扬一笑，用两种植物这样解释：原始森林里生长的北美红杉，株高可达 150 米，可谓"成功者"。但在这个世界上，还有另外一种成功，矮小如鼠麴雪兔子，竟能耐受干旱、狂风、贫瘠的土壤以及 45℃的昼夜温差，它之所以能成为世界上分布最高的植物，就是靠一群群不起眼的小草担任"先锋者"，前赴后继征服一块块不毛之地。

这位把论文写在大地上的植物学家，这样深情解释："先锋者为成功者奠定了基础，它们在生命的高度上应该是一致的。奔赴祖国和人类最需要的地方，这就是生长于珠穆朗玛峰的高山植物给我的人生启示。”

名，钟扬看不到眼里；利，就更与他无缘。

他花29元在拉萨地摊上买的牛仔裤，臀部破了两个巴掌大的洞，自己找一块蓝布补起来，补丁又磨破了还不舍得扔。这样的“破衣服”，钟扬衣柜里还整整齐齐叠着很多件。几十元钱的帽子，一晒就褪色，学生嫌丢人，“在我们西藏，只有赶毛驴的人才戴这样的帽子”，帮他扔了，钟老师却捡回来一直戴着。

他的院长办公室里，座椅扶手磨秃了皮，材料边边角角的空白被剪下来当记事贴，桌子一角，堆放着档次不一、来自大宾馆小旅店的卷纸、一次性牙刷，水面高低不齐的矿泉水……他的妻子，同济大学生命科学学院教授，至今还穿着30年前做的外套。他最心爱的儿子，在内地西藏班寄宿，一个月给100元零花钱，孩子每个月取到钱，还古道热肠地请藏族小伙伴吃凉皮改善生活。

“这个上海来的大教授，怎么这样抠！”初相识，西藏学生“大跌眼镜”。可更让他们惊讶的是，这个连宾馆里用剩的一点点肥皂头都要拿塑料袋装走的钟老师，一资助西藏老师和学生就是几十万元！为让藏族学生开拓视野，他私人出资发起了“西藏大学学生走出雪域看内地”活动，组织80多个藏大学生赴上海学习；只要是藏大老师申报国家级项目，无论成功与否，他都补助2000元……

日常科研开销让人发愁，钟扬总是爽朗地拍胸脯：把发票给我！大家都以为他神通广大，可整理遗物时才发现，他的办公室里，有满满两抽屉没报销的发票。

妻子张晓艳回忆，20世纪八九十年代，钟扬两度出国进修、做访问学者。回国时，他把在国外送报纸、端盘子省下来的生活费都买了计算机，准备捐给单位。过海关时，工作人员怎么都不相信：“个人回国都带彩电冰箱，哪有人买这种‘大件’捐给公家？”

研究植物一辈子，万千植物中，钟扬最爱高原植物，它们在艰苦环境中深深扎根，顽强绽放……他曾深情写下这样的诗句：世上多少玲珑的花儿，出没于雕梁画栋；唯有那孤傲的藏波罗花，在高山砾石间绽放。

“我愿为党的革命事业奋斗终生，愿接受党的一切考验。”钟扬入党申请书上的话，字字铿锵。这是高原植物的品格，也是钟扬，这个有着26年党龄的共产党员的人生追求。

先生之风
“每个学生都是一颗宝贵的种子”

“教师是我最在意的身份。”钟扬说，每个学生都是一颗宝贵的种子，全心浇灌就会开出希望之花。这些年，除了为国家收集植物种子，钟扬倾注了巨大心血培育最心爱的“种子”——学生。

凌晨5点多，爬起来给学生做早饭的，是钟老师；爬坡过坎，以身涉险为学生探路的，是钟老师；高原上，上气不接下气陪着困乏司机聊天的，是钟老师……从小，钟扬抱怨当老师的父母，关爱学生比管自己多。如今，他撇下一双心爱的儿子，陪学生的时间远超陪伴自己的孩子。

2003年，钟扬担任复旦大学生命科学学院常务副院长；2012年，担任复旦大学研究生院院长。在任期间，他尽心竭力，推动交叉学科发展，创建了“问题驱动式”研究生教育质量监控和保障新模式，推动研究生培养质量持续提升。

“不能因为一颗种子长得不好看，就说他没用了是吧！”钟扬的笑声依然回荡在人们耳边。他有着植物学家的独到眼光，底子薄弱的少数民族学生、想办退学的“老大难”、患有肌无力无法野外工作的学生……钟扬经过“选苗”，照收不误。他用心浇灌、培育，一个个学生竞相开出希望之花，成长为有用之才。

2017 年毕业典礼上，博士生德吉偷偷把哈达藏在袖子里，献给了敬爱的钟老师，这是藏族人心中的最高礼节。当钟老师用藏语向全场介绍她的名字时，德吉心里有说不出的激动。

知情人都知道，到西藏后，钟老师在复旦招收的研究生越来越少，在藏大招收的研究生越来越多。“在西藏培养一个学生很慢，可培养出来的学生吃苦耐劳，愿意去做这种高劳动强度、低回报的种子收集和研究工作。”钟扬自豪地说，“我的 5 个西藏博士，至少有 4 个毕业后扎根西藏。”

穿藏袍，吃藏食，学藏语，连长相也越来越接近藏族同胞的钟老师，把小儿子送进了上海的西藏学校。这个黄浦江边长大的 15 岁男孩，说的不是“沪牌普通话”，而是一口地道的“西藏普通话”。“他喝酥油茶吃糌粑，跟我们藏族娃娃一样！”藏族朋友们很爱这个孩子，这也是钟老师的“种子”啊！

2016 年的一个夜晚，西藏拉萨。钟扬像往常一样吞下一把降血压、降血脂、扩血管的药物，打开电脑。“我自愿申请转入中组部第八批援藏工作组……”他不假思索，郑重写道。第六批、第七批、第八批，这已经是钟扬第三次申请援藏了。

初始援藏，钟扬想为青藏高原盘点植物“家底”。漫长科考道路上，他慢慢意识到，这片神奇土地需要的不仅仅是一位生物学家，更需要一位教育工作者，“将科学研究的种子播撒在藏族学生心中，也许会对未来产生更为深远的影响”。再后来，他想把西藏大学的“造血机制”建起来，打造最好的平台，把学科带到新高度。

“不拿到博士学位授予权，我就不离开西藏大学！”来西藏大学第一天，全体大会上，钟扬对全校师生拍了胸脯。那时的藏大，连硕士点都没有。16年艰苦磨砺，钟扬帮助西藏大学创造了一个又一个“第一”：申请到西藏第一个国家自然科学基金、第一个理学博士点，为藏族培养了第一位植物学博士，带领西藏大学生态学科入选国家“双一流”……不仅填补了西藏高等教育的空白，更将西藏大学生物多样性研究成功推向世界。2017年，西藏自己的种质资源库也建立起来了，负责人正是钟扬的第一个藏族博士扎西次仁。畅快啊！钟扬春风满面，逢人就说：“来西藏吧，我做东！”

“西藏大学的第一批人才队伍已经建起来了，能不去吗？”面对钟扬的第三次援藏，妻子明知劝阻无望，但还是想试试。“现在是藏大的关键时期，就像人爬到半山腰，容易滑下来。”钟扬沉默了，他深知，妻子十几年来独自撑着这个家，照顾一双幼子，侍奉4位父母，从不让自己分心。这一次，是妻子实在担忧自己的身体。“我想带出一批博士生团队，打造一种高端人才培养的援藏新模式。百年后我肯定不在了，但学生们还在。”听到这儿，妻子流着泪，默默点了点头。

如今，钟扬培养的少数民族学生已遍布西藏、新疆、青海、甘肃、宁夏、内蒙古、云南等西部省份，不少已成长为科研带头人。

事实上，钟扬的视野从未离开过下一代。“科学知识、精神和思维要从小培养，现在让孩子们多一点兴趣，说不定今后就多出几个科学家。”

谁能想到，一个忙得连饭都顾不上吃的大教授，每个月却坚持抽出两天去中小学开科普课。多年来，钟扬以巨大热情投入科普教育中，参与了上海科技馆、自然博物馆建设，承担了自然博物馆500块中英文图文的编写工作，出版了3本科普著作和6本科普译著，每年主讲30场科普讲座。钟扬，是有口皆碑的明星科普专家。

高原永生
“任何生命都有其结束的一天，但我毫不畏惧”

9月9日，钟扬双胞胎儿子——钟云杉、钟云实的生日。云杉、云实，一个裸子植物，一个被子植物，是这个植物学家父亲给儿子人生中的第一个礼物。

“今天你们满15岁了，按照我和爸爸的约定，以后有事找爸爸！”给儿子过生日、吹蜡烛，妻子张晓艳脸上闪耀着喜悦和“如释重负”。这个家，钟扬总是聚少离多，一次、两次，儿子上幼儿园时就知道愤愤地跟妈妈“告状”：“爸爸不靠谱！”

张晓艳心中一直有个很大的遗憾，家里那张“全家福”已是12年前的了。一年前，在儿子多次恳求下，钟扬终于答应挤出时间陪全家一起去旅游，多拍点“全家福”，可临出发，他又因工作缺席了。

国家的项目，精益求精；西藏的学生，事无巨细；繁杂的工作，事必躬亲……钟扬无数次想了又想，都心有歉疚地拉着妻子的手说：“孩子们15岁之前，你管；15岁之后，我管！”

钟扬是独子，80 多岁的父母独居武汉，想见儿子一面，简直难上加难。盼哪，盼哪，终于盼到儿子来武汉开会，“我给孙子准备了东西，你来家里拿！”老母亲为了让儿子回家，找了个“借口”。

“行，几点几分，您把东西放在门口，我拿了就走。”钟扬匆匆回复。“想见他一面这么难哪！”老母亲打电话给儿媳抱怨：“有时候在门口一站，连屋子都不进。有时候干脆让学生来。我们就当为国家生了个儿子！”打电话不接，发短信不回，母亲实在无法，用了 20 世纪的原始手段——写信。

“扬子，再不能去拼命了，人的身体是肉长的，是铁打的，也要磨损。我和爸的意见就是，今后西藏那边都不要去了，你要下定决心不能再去了……想到你的身体，我就急，不能为你去做点什么，写信也不能多写了，头晕眼花。太啰唆了，耐心一点看完。”

尽管抱怨，可家里每个人都知道，钟扬是全家的精神支柱。有他在，妻子就可以“大事你安排，我负责配合”，父母就能“谢谢你的孝心，我们吃了保健品很有用”，儿子就有“安全而温暖的靠山”。

钟扬最终没能等来又一个 10 年。2017 年 9 月 25 日凌晨 5 时许，内蒙古鄂尔多斯市，在为民族地区干部授课途中，钟扬遭遇车祸，生命定格在了 53 岁。

乍闻噩耗，妻子正准备出门上班。天塌了，当听说是车祸，张晓艳讷讷地拿着电话：“这个概率太大了。”整日奔波在外的丈夫，经常以身涉险的丈夫，长期睡眠不足的丈夫……天天担心，天天担心，这个担心终究还是发生了。

生怕父母受刺激，张晓艳托人把老家的网线拔掉，在上海滂沱的大雨中，带着儿子直奔机场。

“妈妈，到底怎么回事？为什么我们要去银川？”面对儿子的疑问，张晓艳无言以对。然而路上，孩子还是从铺天盖地的媒体上得知事实，“父亲，你敢走啊，我还没长大呢……”懂事的孩子不敢刺激妈妈，哭着在QQ空间里写道。

千瞒万瞒，一条老友“二老节哀”的短信，还是让老两口瞬间坠入冰窟。白发人送黑发人啊！80多岁的老父亲一下子仰倒在沙发上，号啕大哭。老母亲强忍着收拾行李，去银川，去银川看看儿子去啊！

“钟扬啊！你说话不算数，你说孩子15岁以后你管啊……”车祸现场，张晓艳瘫倒在地。她不敢相信，煤气中毒、脑出血挺过来了，高原反应和野外涉险挺过来了，这么平坦、这么宽敞的一段柏油马路，怎么就出事了呢？

钟扬坐在疾驰的汽车上，在猝不及防中结束了宝贵的生命。在生命最后一瞬间，他在想什么？他在牵挂谁？

银川殡仪馆，700多个花圈，淹没了广场和纪念大厅。祖国各地的亲朋好友来了，世界各地的亲朋好友来了。钟扬的第一位藏族博士扎西次仁，握住钟扬父亲的手说不出话来，抱歉，他想说抱歉，钟老师是为了我们，很少顾及家里。“扎西啊，钟扬以后再也不能帮你们做事情了。”老爷子哆嗦着嘴唇开口，竟这样说。

“钟老师，您不听话啊！我们天天嘱咐您别再跑了，您不听啊……”

“钟老师，您那么大的个子，怎么躺在了那么小的水晶棺里。”

“钟老师，您说等您回来，给院系党支部上党课，学习黄大年同志的先进事迹。"

"钟老师，一路走好，我是西藏大学的学生，您撒在高原上的种子，我们负责让它发芽。"

"父亲，你终于可以休息了。可是，要问问题时，我找谁呢？"

……

当人们把车祸赔偿金拿给钟扬家人，老父亲坚决不肯收。他流着眼泪，用很重的湖南口音说："这些钱是我儿子用生命换来的，我不能收。"最终，一家人决定，把钟扬138万元的车祸赔偿金和利息全部捐出来，发起成立"复旦大学钟扬教授基金"，用于支持西部少数民族地区的人才培养工作。"这是我们家人能为钟扬未竟事业做的一点事，也是他所希望看到的"，张晓艳泣不成声。

现在已是西藏大学副教授的德吉，一直想给钟老师做一身藏袍，"钟老师特别像我们藏族汉子，他已经答应了，可我再没机会了……"总爱请钟老师开导自己的硕士研究生边珍，不知道偷偷给老师发了多少条微信，她总盼望这是一场梦，"我没事啊！"那样爽朗的笑声，还会响彻耳边。而在上海海岸线，茁壮的红树林幼苗已繁衍出第三代，也许有一天会成长为上海新的生态名片，这是钟扬送给未来上海的礼物。

钟扬的骨灰被他的学生庄严地撒入奔腾不息的雅鲁藏布江，江水呜咽，寒风卷着浪花，痛悼他的离去……奔腾不息的浪花会将他的骨灰送到青藏高原的每个角落，成为祖国山河肌理的一部分，而他，永远也不会与这片深爱的土地分离。

钟扬那带着湖南味的普通话依然回荡耳边："任何生命都有其结束的一天，但我毫不畏惧，因为我的学生会将科学探索之路延续，而我们采集的种子，也许会在几百年后的某一天生根发芽，到那时，不知会完成多少人的梦想。”

（原文载于《人民日报》2018年3月26日1版、9版）

写出一个人的“灵魂”

张　烁

“灵魂”可以触摸吗？答案是肯定的。

2018年3月26日，人民日报1版头条、要闻9版整版刊出了我采写的近万字的长篇通讯《一粒种子的初心与梦想——追记优秀共产党员、复旦大学教授钟扬》，同时在1版头条位置配发照片和评论《用初心播种未来》，引起热烈反响。截至4月，加上人民日报中央厨房“半亩方塘工作室”微信公众号制作推出的4期微视频，钟扬报道综合点击阅读量已逾4500万、点赞9.4万个、留言7441条。一位网友留言：“报道感人至深，催人泪下，让我触摸到了一个伟大的灵魂！”。

随后，我又在要闻4版发表了5篇“钟扬的故事”，每篇都离不开一个“魂”字：《他让400万颗种子穿越时空》《“我不一定能看到，但可以造福200年后的人”》是国魂；

《“每个学生都是一颗宝贵的种子”》《“我戒得了酒，戒不了去西藏”》是师魂；《“老爸，你终于可以回家休息了”》是家魂。后来，我起草参加第五届全国“好记者讲好故事”的演讲稿，讲述钟扬的故事，还未落笔，一个标题就从脑海中跳了出来：《一次灵魂的洗礼》。

对长篇通讯，中宣部《新闻阅评》这样评价：“人民日报的通讯以‘大德曰生、党员本色、先生之风、高原永生’这四个富有哲理、直击心灵的小标题，概括钟扬短暂而壮丽的一生。文章情景交融，事理辉映，文风朴实，环环相扣，完全是一篇不带虚构的报告文学。”人民日报《新闻传媒阅评》专门推出一期《为铸牢初心与梦想而歌——〈一粒种子的初心与梦想〉报道评析》，从“用情感动读者”“给人深深教益”“开阔读者眼界”“形成传播声势”4方面进行阅评，对该通讯进行了肯定。2018年3月30日，中国科协纪念全国科学大会胜利召开40周年暨中国科学家精神座谈会在京举行，我作为唯一采写钟扬事迹的记者代表，有幸受邀参会讲述钟扬精神，央视当晚新闻联播报道了这一座谈会。11月8日，中央电视台“2018年中国记者节特别节目”晚会上，我作为全国新闻界第五届“好记者讲好故事”全国十强选手，再次向全国观众讲述了采写钟扬的故事。

回顾这段难忘的采写经历，从长江中下游平原到青藏高原，从上海滩涂“复活”的红树林到“诺亚方舟”般的种质资源库，我一路追随着钟扬教授的足迹，常常在泪水中敲击键盘，在每改完一道稿子后大哭一场，无时无刻不被他的精神感召。

一、用时代的“指南针”把握人物精神

采访临行前，政治文化部主任温红彦在百忙之中给我上了生动一课，她悉心指导我如何抓住典型人物的时代精神、抓住科学家的特质，如何给人物的精神树立一个实在的意象，千万不要写成堆砌故事的流水账、“好人好事”，要有贯穿全文的主线，把人物的灵魂立起来……

这些指导让我受益匪浅。“画龙画虎难画骨，知人知面不知心。”用到

人物报道上，相当于用文字“画骨”“写心”，能否写出一个人的“灵魂”，是报道成败的关键。我想，作为人物报道，既要见人，也要见物，最可贵的还是要见精神。

“我要走近钟扬的内心世界，最大限度地展现他的精气神！”在采写钟扬的那些日子里，我一次次试图把自己变成“钟扬”，悉心揣摩他在做那些事情时到底会怎么想、为什么这样想、他究竟有着一个怎样的灵魂。

在经历了寝食难安、如痴如癫的日子后，我心目中钟扬的形象逐渐从模糊变得清晰：

某种意义上说，时代是“高原”，先进人物是“高峰”。钟扬之所以成为钟扬，因为他生在了一个能充分施展抱负和梦想的伟大时代。

首先，我们把“镜头”推远看钟扬。新中国成立以来特别是改革开放以来，我国实现了从站起来、富起来到强起来的伟大历史性转变。1964 年出生的钟扬，亲身经历并参与了改革开放的历史进程。同时，他发现富起来、强起来的中国，在植物基因领域还不具备同中国这个世界第二大经济体、植物大国相匹配的话语权。作为一名真正的共产党员、一名心怀祖国的科学家，他感到了肩头重任。于是，他以一个战士的姿态打响“植物保卫战”，立誓要为祖国守护植物基因宝库，立誓要在生物多样性不断遭到破坏的当下，为人类建一艘种子的“诺亚方舟”。以上，是钟扬的心路历程，也是他的精神基础。

然后，我们再把“镜头”拉近看钟扬。时代造就了钟扬，时代又需要千千万万个钟扬。为什么中宣部把钟扬作为重大典型？带着诸多问题，我又认真学习了一遍党的十九大报告，并试图从习近平新时代中国特色社会主义思想中寻找答案。“不忘初心，牢记使命”是党的十九大报告开宗明义的主题，即将在全党开展的“不忘初心，牢记使命”主题教育需要典型引路，而这恰恰是钟扬精神最可贵的价值所在。

定稿时，温红彦主任把通讯的标题确定为《一粒种子的初心与梦想》，以及评论《用初心播种未来》，在全文贯穿了钟扬这个共产党人不忘初心、牢记使命，功成不必在我、功成必须有我的品格和风范，让“不忘初心”成为整篇文章的灵魂，画龙点睛。

对于本文的主题、立意和结构，人民日报《新闻传媒阅评》这样认为：

头版的前“1”以简洁而精美的文字描述出主人公的人生轨迹、生命价值与巨大成就，高度凝练、情感真挚、字字珠玑、如诗如歌，深深吸引了读者的注意，体现出编辑记者对“精湛”的孜孜追求。9版的后“1”以“大德曰生”“党员本色”“先生之风”“高原永生”4个段落为架构，讲述了钟扬短暂而非凡的一生。文章以“种子”为借代，用“种子”来串联，通过对钟扬一生足迹的追寻，折射出一名新时代知识分子爱祖国、爱事业的炽热情怀和对梦想的不懈追求，令人感动感悟，给人精神指引，更体现出记者“为铸牢初心与梦想”而歌的站位高度。

二、用深入细致的采访感知人物精神

真实是新闻的生命，通讯不是文学作品，必须无条件忠于事实。虽然我在采访前，阅读了不少关于钟扬的报道，拿到大量二手、三手材料，知道了钟扬这个人，知道了他的很多事，但依然无法写出一个‘立体’的钟扬。如何让报道见人见事见精神，特别是像钟扬这样已去世的人物，需要全面深入细致的采访，最大限度置身人物生活工作环境，设身处地地体味、感悟人物，努力接近其精神世界。

战地记者罗伯特·卡帕曾说：“如果你拍得不够好，那是因为你靠得不够近。”我跟随中央媒体采访团，行程逾1万公里，辗转上海、成都、拉萨等地深入采访，又自己单独行动，在北京细致采访了钟扬生前好友和学生，前后历时半个多月。在西藏期间，我克服头痛、胸闷、胃痉挛等高原反应，体内氧饱和度不足90%。就这样，全程共计采访60余人、形成文字材料40余万字。

也许因采访常常处于饥饿之中，我脑海中一直萦绕着陆文夫在小说《美食家》中的一句话：吃面要吃“头汤面”。千碗面，一锅汤。到后面汤就糊了。为何？因为所有采访对象都不是专业演员，同一件事，你第一次问他，他还能触景生情、绘声绘色，可到了第二遍、第三遍，他就开始不耐烦，那些丰富细节也就被大而化之了。

想抢“头汤面”，可采访团有几十位记者，怎么办？好在本报有“金字招牌”，每到一地，我都提前联系采访对象：“我是人民日报记者，先单独采访您成不成？”有人说要吃饭，我说没关系，我在餐厅边等您；有人说要见朋友，我说没关系，多晚都行；有人说第二天早上 7 点吧，我说太好了，实际上没告诉他，我凌晨 5 点才睡……采到最后，不少人于心不忍：我看你好像一天没吃饭，光吃巧克力和饼干了。我没好意思告诉他，当记者，忍饥挨饿是基本功，三顿饭不吃是常事儿。就这样，为期 7 天的集体采访中，我趁同行吃饭、休息、逛街之机，提前“打劫”采访对象，或在集体采访后再单独采访，拿到了大量独家素材。

有一次，在拉萨刚下飞机，联络人就在微信群里招呼，有没有人愿意先去采访种质资源库主任扎西次仁。大家还在缺氧中没缓过来，大概 10 来个人报名。我第一个报了名，随身带了 2 瓶便携氧气。

在种质资源库，我耐心等待大部队采访完，送他们上车返程，然后一个人留了下来。当地宣传部门负责人有点担心，主要是看我嘴唇紫黑、上不来气，怕我身体出事。我说没事，这不扎西老师在嘛。

周围终于安静了，在窗外高原特有的狂风声中，我和扎西老师及其他几位工作人员深聊。聊着聊着，扎西老师思忖再三，把手机拿出来，将当时给钟扬老师撒骨灰的相关视频，都找出来给我一个个细看，也不再把我当外人。死生之大，藏族人又有自己的宗教信仰和忌讳，他们不会随随便便向一个汉族记者透露，但我用真诚赢得了他们的信任。这一段“钟扬骨灰被撒入雅鲁藏布江”的珍贵资料，成为人民日报挖掘出的独家。

为了捕捉有价值的细节，我把钟扬办公室、实验室、拉萨宿舍的每一个柜子、抽屉、本子、背包乃至夹层全部细细查看一遍，并拍照记录，试图用蛛丝马迹来还原钟扬。

在钟扬遗留下来的双肩包里，我发现十几袋小包装食品，这印证了采访对象所说的“钟老师常常不按时吃饭”，这是他充饥用的；我发现了一塑料袋宾馆里用剩的肥皂头，说明钟扬确实非常节俭……最后，包里东西全拿出来，我又使劲抠了抠包底的碎渣子，拿出来一看，是植物叶子的碎片，证明这是钟扬采集标本常背的包。

在钟扬拉萨宿舍中，我把他衣柜里的每件衣服都拿出来摸了一遍，看到他针线活很好，补丁的针脚非常细密，但人不讲究，随便找块布就补上，颜色根本不搭。至于钟扬的医保记录、脑 CT 片子、用药记录、出院手续、学校保存的全套档案、家里书桌上的摆设，凡是我能找到的，都一一记录下来。我的原则是，能用事实呈现的内容、表达的情绪，就不要用形容词。比如：

有的媒体写青藏高原“最偏远、最荒凉、最艰苦”，我写青藏高原“高寒缺氧，氧气含量不足内地的 50%，昼夜温差高达 45 摄氏度”。

有的媒体写“钟扬脑出血后，身体十分虚弱”，我写“钟老师连上车都显得特别吃力，原来一顿饭能吃 7 个包子、3 碗粥、4 碟小菜，现在只能吃下一点点了！”

有的媒体写“高原的晚上寒气逼人”，我写“盖三床被子也无法抵御寒冷，早上洗脸要先用锤子砸开水桶里的冰”。

很多一句话的生动细节，我往往需要几十分钟甚至一两个小时来采访。比如，采访钟扬攀登珠穆朗玛峰采集植物，我这样问采访对象：哪天、什么时候到的珠峰大本营？几点出发，当时是什么天气，周围是什么景象，钟老师穿的什么衣服鞋子？风吹在脸上是什么感觉，呼吸起来什么感觉？钟老师脸色、声音如何，走路如何？他说了什么、您又说了什么……。

有了这些采访，我就可以这样写：

下午 2 时刚过，狂风开始肆虐，抽打在人脸上，呼吸都困难。“钟老师，您留守大本营，我们去！”学生拉琼看到老师嘴唇发乌，气喘得像拉风箱，不由暗暗心惊。

“你们能上，我也能上！你们能爬，我也能爬！”一贯带笑的钟老师拉下了脸，上气不接下气地“怼回去”。拉琼心里沉重，自己这个藏族小伙子尚且吃力，老师是从平原来的，身体又不好，怎么得了？看学生不作声，钟扬缓了缓，解释道：“我最清楚植物的情况，我不去的话，你们更难找。”

逆风而上，向珠穆朗玛峰北坡挺进，上不来气的钟扬嘴唇乌紫，脸都肿了，每走一步都是那样艰难。

深入采访，即便不能出彩，起码可以减少出错。比如，有媒体写“钟扬采到高山雪莲”，其实不是雪莲，是鼠麹雪兔子，它们都属于“风毛菊属”，但一个是“雪莲亚属”，一个是“雪兔子亚属”。再如，在鼠麹雪兔子高度上，有媒体写作“10 厘米”，其实应是本报所写的“4 厘米”。可能因为采访对象有口音，“4”和“10”不分，记者也没再核实。其实查查植物学书就知道，“鼠麹雪兔子株高 1 到 6 厘米”，根本不可能长到 10 厘米。

三、用生动鲜活的细节展现人物精神

我认为，写好钟扬这样的英模人物，讲好发生在钟扬身上的“中国故事”，既要有“灵魂”，还要有“骨骼”和“血肉”，三者相辅相成，缺一不可。“灵魂”是体现在人物身上的时代精神，“骨骼”是人物的事迹成就，“血肉”是体现精神的诸多细节。

细节决定成败，对典型人物写作也是如此。特别是在展示人物精神方面，用好细节，并挖掘出细节背后的东西，会收到事半功倍的效果。

钟扬有很多值得挖掘的故事，采访中也获取大量细节。比如：他到武汉开会，却没时间探望住在武汉的父母；他最近一张全家福是 12 年前的，自己能抽出时间给小学生做科普，却舍不得陪儿子去趟动物园……这些细节如果简单来看，钟扬似乎非常不近人情。

再如：钟扬不顾危险，攀登到海拔 6200 米处的珠峰；他遭遇车祸时是凌晨 5 点，赶这个时间出行，显然是为了节约时间……这些细节如果简单来看，钟扬又像个不在乎生命的莽夫。

如何理解钟扬？如何解读这些细节后的钟扬精神？本报对黄大年事迹的报道让我豁然开朗：“心有大我，山一样的巍峨。”

我想，钟扬是一位有着坚定信仰和远大理想的共产党员，他心中装满了党和国家的事业、民族的未来，心有大我，小我自然就微不足道了。这很像革命先烈，明知投身革命会祸及父母妻儿，但仍义无反顾。钟扬有着大情、大爱、大胸怀，于是，文中这些细节就“活”了起来。要写出人物精气神，抓住重要关口的关键细节十分重要。何为重要关口？我认为，一是利益面前，二是生死关头。比如，在功名利禄面前，钟扬放弃了33岁副局级的大好仕途，放弃对院士头衔的追逐，着装破旧，生活朴素，经常拿自己的钱贴补科研；在ICU病房醒来，钟扬想到的不是妻儿老小，而是关于西藏生态保护的“天路计划”……

文中还引用钟扬原话阐释他的生死观：“任何生命都有其结束的一天，但我毫不畏惧，因为我的学生会将科学探索之路延续，而我们采集的种子，也许会在几百年后的某一天生根发芽，到那时，不知会完成多少人的梦想。”

钟扬遇难后，我用若干细节展示人们的哀悼之情，从另一个侧面展现钟扬精神：

“钟扬啊！你说话不算数，你说孩子15岁以后你管啊……”车祸现场，张晓艳瘫倒在地。

千瞒万瞒，一条老友“二老节哀”的短信，还是让老两口瞬间坠入冰窟。白发人送黑发人啊！80多岁的老父亲一下子仰倒在沙发上，号啕大哭。老母亲强忍着收拾行李，去银川，去银川看看儿子去啊！

“父亲，你敢走啊，我还没长大呢……”懂事的孩子不敢刺激妈妈，哭着在QQ空间里写道。

“钟老师，您不听话啊！我们天天嘱咐您别再跑了，您不听啊……”

本报文章见报后，钟扬夫人张晓艳给我发微信，说：“文章有大量生动真实的细节，感染力很强，让读者看到了一个活生生的钟扬，一个有血有肉的钟扬，写出了钟扬的精神世界，使我悲痛的心灵倍感欣慰。”

初稿完成后，温红彦主任、田丽副主任又在百忙之中抽出时间，逐字逐句，对文章进行了一遍遍修改，让文章大为增色。单是做大标题，温红彦主任就带领我花一下午时间，足足起了20多个标题，最后主任亲自总结、提炼、提亮，将大标题确定为《一粒种子的初心与梦想》，画龙点睛。在长篇通讯纸样呈批件上，李宝善社长、时任副总编辑吕岩松又对通讯做了进一步修改，使文章精益求精、得到进一步提升，最终成为见报稿的模样。

对于以情感人、以情动人，人民日报《新闻传媒阅评》这样评价：

> 通读报道全文，给人最深的感受是一个“情”字，用情采写，以情感人。素材的取舍，细节的穿插，表达的真挚，读来令人几度动容，“泪水一次次模糊了记者的双眼”，正是记者首先感动了自己，撰写的新闻报道才能感动读者，才能耐读和让人爱读。这篇报道正是用直抵人心的笔触，完美地实现了宣传无痕。

对钟扬教授先进事迹的采访，是对我灵魂的一次洗礼。几个月来，我与钟老师经历的事情同喜同悲，为挖掘一个个细节寻根究底，被他共产党人的精神风骨深深打动。习近平总书记说：“心中有信仰，脚下有力量。”作为一名记者，我庆幸，能够零距离接近英模，用崇高信仰涤荡自己的灵魂；作为一名记者，我自豪，能够通过媒体的力量，让一个人感召千千万万；作为一名记者，我光荣，能够用心用情抒写伟大时代的先进典型，使命在心，重任在肩！

张烁简介

张烁，女，汉族，1986年8月出生，山东济南人。2006年12月加入中国共产党，2009年进入人民日报社，现为人民日报社政治文化部教育采访室副主编。参与制作的新媒体产品获第28届中国新闻奖，多篇作品获人民日报社精品奖等奖项。被授予人民日报社青年岗位能手、优秀共青团员等荣誉称号。在全国新闻界第五届“好记者讲好故事”活动中进入全国十强，荣获“最佳选手”称号。

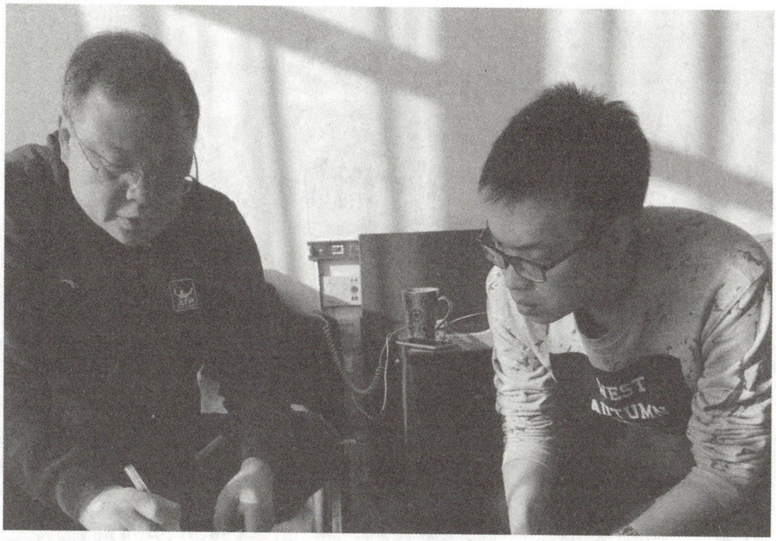

黄大年

简介

黄大年（1958.8–2017.1）男，汉族，广西南宁人。国家“千人计划”专家。曾任吉林大学地球探测科学与技术学院教授、博导，长期从事海洋和航空移动平台探测技术研究工作，探测地下油气和矿产资源以及地下和水下军事目标。

2017 年 1 月 8 日，因病医治无效在长春与世长辞，享年 58 岁。

2017 年 4 月 28 日，教育部追授吉林大学黄大年教授“全国优秀教师”荣誉称号。

2018 年 3 月，入选“感动中国 2017 年度人物”。

人民日报
RENMIN RIBAO
2017年7月
12
星期三
国家主席习近平任免驻外大使
李克强在陕西考察时强调
加快改革创新 补上民生短板
在推动西部开发开放中促进经济发展升级
第六次全国对口支援新疆工作会议在新疆喀什召开
推动对口援疆工作更好发展
促进新疆社会稳定和长治久安
心有大我，山一样的巍峨
——追记著名地球物理学家、国家"千人计划"专家黄大年
一粒中国梦的种子发了芽
做照亮时代的长明灯
"关键少数"带头干
四川：督察跟
要闻 6
2017年7月12日 星期三
心有大我，山一样的巍峨
——追记著名地球物理学家、国家"千人计划"专家黄大年
一颗赤子心，时刻准备着
不愿做康河柔波里的一条水草
一人力量小，"千人"力量大
一朵清白的浪花，奔腾着抵达理想的彼岸
每一个学生都是一块璞玉

心有大我，山一样的巍峨

——追记著名地球物理学家、国家“千人计划”专家黄大年

本报记者　温红彦　吴储岐

历史的天空风云变幻，岁月的江河激流匆匆。唯一不变的是，总有殷殷志士甘为国家鞠躬尽瘁，总有拳拳赤子愿为民族负重前行。

中国长春，吉林大学地质宫，门前一对石狮左右雄踞，见证了超越一个甲子的沧海桑田。

66 年前，新中国第一所地质学校——东北地质专科学校（合并到吉林大学的长春地质学院的前身）在此诞生，李四光冲破重重阻力，离开英伦回到祖国，担任这所学校的首任校长。

7 年前，大雪纷飞的平安夜，一位国际知名学者“作别西天的云彩”，从英国剑桥飞回祖国怀抱。他悄然踏进吉林大学地质宫，

脚步声却震惊了整个世界。有外国媒体报道称：他的回国，让某国航母演习整个舰队后退 100 海里。

他就是黄大年——著名地球物理学家，国家“千人计划”专家，吉林大学地球探测科学与技术学院教授，当今中国不可多得的战略科学家。

心有大我，让他的行止有了山的巍峨；至诚报国，让他的胸怀有了海的辽阔。他以战略科学家的气魄，为国家地球深部探测技术运筹帷幄；他以教育家的身姿，为培养学生尽心尽责；他似一朵浪花撞击着梦想的礁石，又像炽热的熔岩冲出地壳，奔涌燃烧，光芒四射直至生命的最后一刻。

2017 年 1 月 8 日，黄大年永远地走了，带着他对祖国最深沉的眷恋，带着祖国对他最不舍的呼唤……

一粒中国梦的种子发了芽

大雪无痕，英雄有迹可循。

黄大年“心有大我、至诚报国的爱国情怀”从哪里来？

一个人的成长成才，有其宏大的时代背景和独特的心路历程。

刚刚大学毕业的黄大年，在毕业留念册上，就写下了这样的豪言：“振兴中华，乃我辈之责！”

“父辈们的祖国情结，伴随着我的成长、成熟和成才，并左右我一生中几乎所有的选择。这就是祖国高于一切！”从他的一份工作自述中，也能清晰地管窥他高尚的内心世界。

这是怎样一位纯粹的、有情怀的、赤胆忠心的科学家！

黄大年出生于广西南宁，父母都是老一辈知识分子。父亲对黄大年的要求十分严格，常在一些小事中锻炼他的记忆能力和应变能力。“中国的未来绝不能没有文化知识。”记忆中，父亲经常讲到钱学森、邓稼先、李四光……他们“沉稳”“和善”，“带回国的行李箱中满满都是书。”

1966 年，“文革”爆发，8 岁的黄大年正上小学三年级。受这场浩劫的波及，他随父母下放到桂东南一个遥远的小山村。初中时黄大年离开家，到罗城县的“五七”中学读书。这是一所工农兵学校，虽然教学环境封闭，但学习生活井井有条。黄大年从这里学到了自律、独立，每当他听下放的知识分子讲课，眼睛里便满是崇拜的“星星”。

艰苦的生活，磨砺着他幼小的心灵；漂泊的日子，让他在适应各种环境中倔强成长。高中时，他又跟随父母辗转广西贵县，考入贵港中学。高中毕业时，当地的地质队要招两名航空物探操作员。由于反应机敏，成绩优秀，17 岁的黄大年从几百人中脱颖而出。

作为航空物探操作员，他第一次从飞机上俯瞰广袤土地、秀美山川，激动的心久久不能平静，对祖国河山质朴的爱，深深植入他的心田。

从此，黄大年的“地质梦”拉开了序幕。

1977 年恢复高考，关闭十年的考场重新敞开大门。全国 570 万考生用激情和渴望驱散了寒冬，黄大年也迎来了命运的转折点。他欣喜若狂地拿起书本，踏上高考征程。

高考前一天，黄大年走了近一天的山路，到达广西容县杨梅公社高中考点，跟随浩浩荡荡的赶考大军进考场。有志者，事竟成。黄大年如愿以偿，以杨梅公社第一名的成绩，考入长春地质学院应用地球物理系（现吉林大学地球探测科学与技术学院）。

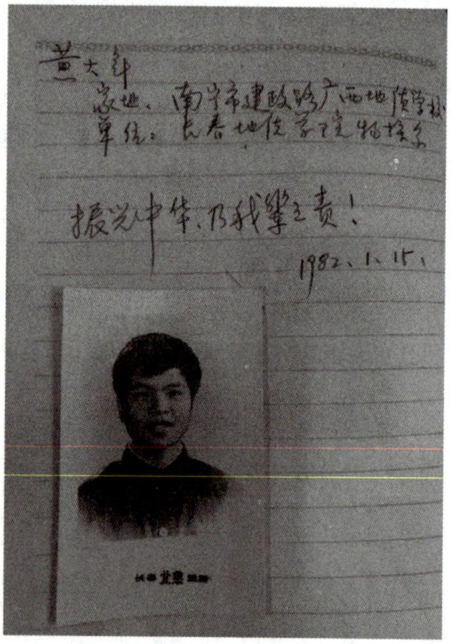

“把失去的光阴夺回来”，是当时大学校园最流行的口号。在长春地质学院的地质宫，黄大年真正走进了地球物理学的殿堂，他几乎天天泡在地质宫二楼的阅览室，厚厚的一本弗拉基米诺夫数学物理方程习题集，做了一遍又一遍。聪明加刻苦，他连续获得“三好学生”和标兵表现奖。

课堂上认真聆听，图书馆聚精会神；舞台上一展歌喉，足球场挥汗如雨。黄大年不仅学习好，还多才多艺，大家都喜欢这位阳光帅气、聪敏机慧、热情奔放的青年。

美好的大学时光倏忽而过，转眼来到毕业季。当时流行写毕业留念册，在册子上留下青春的照片和临别的赠言。

那是一张一寸黑白证件照，24 岁的黄大年，一头浓密黑发，目光坚毅，俊朗的脸庞充满朝气。照片上方，有一句赠言简短有力：“振兴中华，乃我辈之责！”

一颗中国梦的种子，此时发了芽。

1982 年，黄大年本科毕业，留校任教。一年后，又考取硕士，硕士毕业，继续留校任教。他曾获得学校教学成果一等奖、地矿部科技成果二等奖。从助教到讲师，风华正茂的他一路优秀，1991年破格晋升副教授。

科学的春天里，疾步如飞的黄大年和百废待兴的中国，一起追赶着世界。

一颗赤子心，时刻准备着

“对我而言，我从未和祖国分开过，只要祖国需要，我必全力以赴！”黄大年虽然身在海外，但一颗心，时刻准备着回来。

作为享誉世界的地球物理学家，黄大年在英国搞科研，始终是一个被追赶者，但他并不觉得荣耀，因为他是“有祖国的人”。

“作为中国人，无论你在国外取得多大成绩，而你所研究的领域在自己的祖国却有很大差距甚至刚刚起步，那你都不是真正意义上的成功。”

满腔赤子情，一颗报国心。对于黄大年来说，学成归来，报效祖国，才是最大的成功，才是今生今世最大的价值。

1992年，黄大年再次来到人生的一个重要转折点。

“中英友好奖学金项目”启动，通过层层筛选，黄大年拿到了全国仅有的30个公派出国名额中的一个，他被派往英国利兹大学地球科学系攻读博士学位，是同批留学生中唯一来自地学领域的博士生。

“我一定会把国外的先进技术带回来！”临别时，黄大年铿锵的话语，至今留在老师、同学的心中。

中科院测量与地球物理研究所的“千人计划”专家毛伟健与黄大年结交已有25年。黄大年来到利兹大学攻读博士时，毛伟健正在利兹做博士后研究工作。“他背个双肩包，一见到我就兴冲冲地自我介绍。”第一次见面，黄大年就给毛伟健留下深刻印象，他们知音初遇，惺惺相惜，后来经常在一起谈生活、谈学习。

黄大年知道学习机会来之不易，四年里，他对时间吝啬至极，每分每秒都在吸纳、都在追赶。1996年12月，黄大年以排名第一的成绩获得利兹大学地球物理学博士学位，成为该系获评优秀学生中唯一的海外学生。

博士毕业后，黄大年回到母校。此时，国外同行在航空地球物理方面的研究日新月异，黄大年唯恐落下追赶的脚步。第二年，经单位同意，他又前往英国，继续从事探测深水油气和水下隐伏目标的研究，成为当时该领域的少数中国人之一。

这是一家名为ARKeX的航空地球物理公司，黄大年在公司里担任高级研究员和研发部主任，是一个被仰望的传奇人物。他带领一支包括外国院士在内的300人“高配”团队，主要从事海洋和航空移动平台探测方法、技术和装备研发。它是一种能够在海洋和陆地复杂环境和条件下，通过快速移动方式实施对地穿透式精确探测的技术装备，被广泛应用于油气和矿产资源勘探。这项技术是当今世界各国科技竞争乃至战略部署的制高点，是强国展示实力的重要标志。

本领过硬，黄大年成为国际著名航空地球物理探测技术专家，受到国际同行的尊敬。许多年后，当黄大年带队到他曾经工作过的英国公司考察时，对方安排他们参观正在研发装置的核心部分，甚至不吝介绍其中的重要参数。此情此景，让随团考察的中科院院士罗俊感慨万分："我从事这项工作多年，还第一次受到西方发达国家如此隆重的接待。"

一晃10多年，英国俨然成了黄大年的第二故乡。事业有成，收入优渥，有花园洋房，妻子在伦敦经营着两间诊所，女儿也上了大学，一家人的生活安逸舒适。

可是，他心里始终有一团熔岩渴望爆发、渴望奔涌，渴望将这份光与热奉献给祖国。

2004年，黄大年正在大西洋深水处攻关"航空重力梯度仪"军转民技术时，父亲走到了人生的最后时刻。电话那头，父亲深情地对大年说："儿子，估计我们见不到最后一面了……你可以不孝，但不可不忠，你是有祖国的人！"两年后，母亲也悄然离去。当时，黄大年正在国外一个空军基地做试验。母亲临终前，留下的还是那句话："你是有祖国的人。"

自古忠孝难两全，康河的水，大年的泪，赤子的心。

海漂18年，黄大年一直怀揣着对祖国的惦念，对父母双亲的惦念，无论是回国讲学还是参加学术会议，他总会像一叶风帆急急驶来。而18年后真正归来，已是"子欲养而亲不待"。

不愿做康河柔波里的一条水草

历史的天空风云变幻，但总有相似的星光交相辉映。

半个多世纪以来，有过两次大的归国潮，都与国家、民族的召唤紧密相连。

李四光们的归来，是奔向“新中国”；黄大年们的回国，是践行中国梦。

2008年12月，中国决定实施“千人计划”，旨在引进海外高层次人才回国工作或以适当的方式为国服务。中国梦这三个字，让以黄大年、施一公、潘建伟等为代表的留学人员无比振奋。他们纷纷汇入归国大潮，引领中国在多个科研领域跻身世界前列。

从“救国梦”到“强国梦”，从“个人梦”到“中国梦”，两代留学生用他们的行动诠释了报国的赤诚。

“梁园虽好，非久恋之乡。”漂泊18年，黄大年一直在等待，等待一个机遇，等待一次召唤。

2009年4月，时任吉林大学地球探测科学与技术学院院长的刘财，把国家“千人计划”有关材料试探性地发送给远在英伦的黄大年。

听到母校的召唤，海外赤子的一颗心，被彻底激活。黄大年第一时间就明确表示，考虑回国。

黄大年需要祖国，祖国也需要黄大年。

“多数人选择落叶归根，但是高端科技人才，在果实累累的时候回来，更能发挥价值。现在正是国家最需要我们的时候，我们这批人应该带着经验、技术、想法和追求回来。”在黄大年给刘财的一封邮件中，爱国之情一览无余。

剑桥的宁静，康河的柔波，在黄大年心中难免有牵绊、有不舍。他的科研团队也再三挽留。“伙计，你别走，留在这里，我们会有更多成果。”国际航空物理学家乔纳森·沃特森后来回忆说：“当黄教授离开英国返回中国的时候，我们特别悲伤，对他的为人以及事业上的成就都非常尊重，许多人想让黄教授留下。”

他的妻子张艳在卖掉苦心经营的两间诊所后，蹲在一堆医疗器械里失声痛哭，她是学医的，那是她一辈子的梦想。

可黄大年归心似箭，再难动摇。

“康河留下了我的眷恋，而地质宫刻有我的梦想。”那时，国内顶尖科研单位的许多橄榄枝，都向黄大年抛来，但他毫不犹豫地选择了母校，因为那是他梦想出发的地方。

2009年12月24日，平安夜，长春大雪，一架民航班机缓缓降落在长春龙嘉国际机场。18年的英伦生活，黄大年“挥一挥衣袖，不带走一片云彩”。

6天后，黄大年与吉林大学正式签下全职教授合同，担任吉林大学地球探测科学与技术学院教授。他因此成为东北地区第一个国家“千人计划”专家。

每每想起签约的场景，黄大年都会感慨万千，以至于7年后的同一天，他彻夜难眠，在朋友圈中这样写道：

“从海漂到海归一晃18年，得益于国家强大后盾，在各国才子强强碰撞的群雄逐鹿中从未言败，也几乎从未败过！有理由相信，回归到具备雄厚实力的母校，只要大家团结和坚持，一定能实现壮校情、强国梦。”

一人力量小，“千人”力量大

“我最骄傲的，就是入选了‘千人计划’专家，因为有一群赤胆忠心的‘千人’和我一样回归祖国，一同前行。”

世界科技的竞争，往往没有第二，只有第一。地球深部探测技术，也是如此。

地球深部还隐藏着多少秘密？这是人类孜孜以求的梦想，也是一个国家的战略需求。西方发达国家在20世纪70年代至90年代已经完成一轮深部探测，牢牢占据了地质科学领域的制高点，而我国在21世纪初才刚刚起步。国家战略的推进，需要一批科技领军人物，需要一批战略科学家。

黄大年，就是“千人计划”引进的一位不可多得的战略科学家，他能深入专业探幽微，又能跳出专业览全貌，有着深邃的战略眼光、高超的科技宏观决策能力和凝聚其他科学家的巨大人格魅力。

他的回国，能让某国航母演习整个舰队后退100海里，就说明了一切。

2009年4月22日，第四十个“世界地球日”到来的时候，我国“深部探测技术与实验研究专项”正式启动，叩响了“地球之门”。

这是我国历史上实施规模最大的地球深部探测计划，是赶超世界科技先进水平的重大战略计划。该计划设置九大项目49个课题，集中了国内118家机构、1600多位科学家和技术专家参与其中，被称为中国地学界的“集结号”。

一声号角响，万千英才聚。

黄大年甫一回国，就被委以重任。作为第九分项“深部探测关键仪器装备研制与实验”的首席科学家，他以吉林大学为中心，组织全国优秀科研人员数百人，开启了深地探测关键装备攻关研究。

黄大年致力攻关的“航空重力梯度仪”，就像一个“透视眼”，给地球做CT，能洞穿地下每一个角落。这套系统十年磨一剑，在近年来探明的国外深海大型油田、盆地边缘大型油气田等成功实验中，发挥了至关重要的作用，成为“颠覆性”技术推动行业突破的典范。

但在这一产品和技术上，西方对中国实行最为严格的禁运和封锁。“这是国家发展无法回避与绕开的话题，要发展就必须要有装备，就必须突破发达国家的装备与技术封锁。”黄大年深知，要想叩开“地球之门”，必须靠中国人自己。

方向确定了，撸起袖子加油干！

可项目刚刚开展的时候，国外养成的惯性思维、行事风格、处事理念，让黄大年对工作中的一些事情经常不理解，很生气，又无奈。

面对种种不适应，急性子的黄大年不仅要倒“时差”，还要倒“识差”。好在有“千人”同行，他觉得并不孤单，“大跨度的经历难免遭遇各种困难，拼搏中聊以自慰的追求其实也简单：青春无悔、中年无怨、到老无憾”。

一人力量小，“千人”力量大。黄大年搞交叉，搞融合，在碰撞中寻求突破，在差异中做大增量。在黄大年的感召和努力下，王献昌、马芳武、崔军红等“千人”纷纷来到吉林大学，他们在不同学部、不同领域相互交叉、融合。如今，吉林大学的“千人计划”专家已经有32人。

大学科、多学科交叉，是当代科技创新的必然趋势，黄大年深谙此道，他绘就了一幅宏大的吉林大学交叉学部蓝图：在深地、深海、深空、信息、新材料等领域交叉融合，以大学科支撑大科学，以大科学带动大学科。

2016年9月，一个非行政化的科研“特区”初步形成：吉林大学新兴交叉学科学部正式成立，黄大年任首任学部长。

成立新兴交叉学科学部，是黄大年回国后最高兴的事。学校曾多次催他申报院士，他都风轻云淡地说：“先把事情做好，名头不重要。”

每一个学生都是一块璞玉

每一个学生，黄大年都要精心雕琢。他说，自己最看重的身份是教师。

他是一位战略科学家，同时也是目光高远的教育家，他培养学生不仅是“授人以渔”，更是为了学科发展的未来、人才建设的未来、国家战略的未来。

“中国正努力从科技大国向科技强国迈进，而这段并不平坦的进程需要几代人去完成。如何培养更优秀的人才，让文化与智慧长久地传承下去，值得每个人思考。”黄大年这段话，体现的正是他致力于培养国家高精尖人才的紧迫感和使命感。

2009年秋，黄大年为新生作了一场生动的报告。周文月为能听到这样一场大科学家的报告感到幸运。更幸运的是，这位大科学家后来还成为了她本科到博士期间的导师。黄大年的悉心指导让她感动不已，“光是课题‘汶川震区地球物理及地壳运动特征研究’

就不知改了多少遍，每一个细节，黄老师都不放过”。

2010年，吉林大学启动“名师班主任计划”，黄大年担任第一届“李四光实验班”的班主任，还自费为班里24名学生每人买了一台笔记本电脑，他说信息时代就要用现代化的信息搜索手段，追求先进的理念必须从细节开始。

“知我者谓我心忧，不知我者谓我何求。”首席科学家当起了本科班主任，很多人不理解。而对于黄大年来说，这是理所当然。在国外，越是名师越要给本科生上课，如果学生在本科阶段接触到一流的教授，会受益终身。在这件事上，黄大年有亲身经历。他在读本科时，地球物理学家滕吉文院士的一次讲座，让他一下子打开了眼界，从那时起，他就下决心要“走出去看一看”。

这是一种深远的师承。

“一定要出去，出去了一定要回来；一定要出息，出息了一定要报国。”这是黄大年常对学生说的一句话。他激励学生要树立远大理想和家国情怀，不能只做国内的佼佼者，应视发达国家一流大学的学生为对手。

在黄大年看来，每一个学生都是一块璞玉，只要因材施教都能成才。“你要做好心理准备，跟我搞研究将会很苦，但一定很值得。”每带一届学生之前，黄大年都会和学生说同样的话。

黄大年的办公桌旁有两张椅子，两台电脑。倒不是因为“阔绰”，而是专门为学生准备的。学生来了，就坐在黄大年身旁，一人一台电脑，讨论清晰高效。

他办公室的窗户无论冬夏，都开一条缝。“思考需要氧气！”黄老师的连珠妙语经常把学生逗乐。

办公室对面，是一间小有名气的“茶思屋”，这是黄大年专为学生开辟的“造梦空间”。这里原本是杂物间，简单装修一下，几组沙发，两套茶具，一个吧台，就是一处休闲的所在。学习累了，心情差了，大脑一时“短路”了，都可以到这里来喝喝下午茶，许多“脑洞”也许就轻松打开了。

黄大年打造这间“茶思屋”，一定是受到剑桥大学到处都是咖啡屋、酒吧的启发。据说，科学家詹姆斯·沃森20世纪50年代就在其中一家酒吧里边喝啤酒边聊天，构思出DNA双螺旋结构，为此成为诺贝尔奖得主。学生们非常喜欢这间“茶思屋”，更明白老师开辟“茶思屋”的用意。

在学生心里，黄大年既是一位严师，又是一位慈父。怕学生节假日想家，他就邀请学生去自己家做客；谁感冒了，他抽屉里永远预备着感冒冲剂；听说一个学生父母腰有病痛，就托人从国外带回药片；要出远门，他带着学生的作业在路上批改；住进了重症监护室，仍不忘叮嘱学生修改作业中的错漏……黄大年最想做的，就是带出一批像样的年轻人，在地球物理研究的国际舞台上，站得住脚，有话语权，让中国的脊梁挺起来！

“四海同仁扼腕叹，满园桃李呜咽鸣。”这样一位只想着别人的人，从来没时间考虑自己的健康。

黄大年走了，他安详地躺在鲜花翠柏丛中，身上覆盖着鲜艳的党旗，近800人前来送别。偌大的告别厅装不下太多的悼念，省领导来了，国家有关部委领导来了，国内外专家学者来了，同事们来了，学生们来了……

黄大年走了，他视若孩子的学生们泣下似山雨：“我多么希望这一切只是一场梦！”“若有来生，我们还做您的学生……”

黄大年走了，他的同事泪崩如决堤：“黄老师，我又没有特意去想你，只是科研项目遇到难关时，情不自禁地拿起手机……黄老师，我又没有特意去想你，不敢让自己经常想到你，因为太多事情还要去做，你的遗愿还要继续……”

一朵洁白的浪花，奔腾着抵达理想的彼岸

“人的生命相对历史的长河不过是短暂的一现，随波逐流只能是枉自一生，若能做一朵小小的浪花奔腾，呼啸加入献身者的滚滚洪流推动人类历史向前发展，我觉得这才是一生中最值得骄傲和自豪的事情。”

斯人已逝，当人们今天再次翻看黄大年在 1988 年写的这份充满理想主义和浪漫主义的入党志愿书，无不为之动容。

这段文字，像一个预设的程序，在对初心的坚守中，完成了一次伟大的运行；

这段文字，更像一粒饱满的种子，虽历经风雨寒暑，最终扎根沃土，华盖参天，达成了一个完美的心愿。

黄大年是一代人的楷模，是中国知识分子的楷模，是 460 万留学生的楷模，正如清华大学副校长施一公教授所说：“他的精神感染、激励和鼓舞的绝不仅仅是一个团队、几届学生、一所学校，而将是一个领域、一批学子、一代人。”

2016 年 6 月 28 日，北京青龙桥，中国地质科学院地球深部探

测中心，黄大年作为首席科学家主持的“地球深部探测关键仪器装备项目”，通过了评审验收。专家组一致认为，项目总体达到国际领先水平！

这表明，作为精确探测地球深处的高端技术装备，航空移动平台探测技术装备项目用 5 年时间，走完了西方发达国家 20 多年的路程。

中国进入“深地时代”！

地球物理界震惊了。国际航空物理学家盖里 · 巴尔内斯用两个“非常”评价黄大年：“这是一个非常前沿的课题，他做出了非常多的创新。”

在场的评审专家无不对项目、对黄大年交口称赞。可谁也没有注意到，黄大年身上散发着一丝冰片的气味。

他吃了速效救心丸。

黄大年是在赴京前一天晕倒在办公室的。“不许跟别人说。”这是黄大年醒后对秘书说的第一句话。

回国 7 年，他像陀螺一样不知疲倦地旋转，常常忘了睡觉、忘了吃饭。地质宫 507 室，是黄大年的办公室，只要不出差，屋内的灯光每天要亮到凌晨，门卫大爷早已习惯了他的工作节奏。

回国 7 年，他超过 1/3 的时间在出差，不肯浪费宝贵的白天，他总是订夜航，在飞机上入眠。

每次出差回到办公室，他就把会议吊牌随手挂在衣柜的横杆上，7 年下来，竟攒了满满的一杆，大小各异、五颜六色的会议吊牌，每一个都是他奔波劳碌的见证。黄大年的秘书说，这只是其中一部分。

在办公室的北墙上，贴着一张2016年的巨幅日程表，几乎每一日的格子里，都有安排，最后填写的是：2016年11月29日“第七届教育部科技委地学与资源学部年度工作会”，记录便戛然而止。

黄大年为什么如此惜时不惜命？施一公替他作出了回答：“在前沿科学研究的竞跑中，任何取得的成绩都将马上成为过去，一个真正优秀的科学家总会有极其强烈的不安全感，生怕自己稍微慢一步就落下了。”

每当黄大年坚持不下去的时候，他就看一看办公桌对面的那张照片，那是2010年夏天习近平等党和国家领导人在北戴河与“千人计划”科学家代表的合影。看到这张照片，无穷的力量便又在心中回升。

东奔西波，黄大年把全部时间和精力都扑在了工作上。家，反而成了一个短暂的栖息地。他觉得最对不起的人是妻子张艳。

从卖掉诊所、舍弃“医学梦”跟随丈夫回国，到几十年如一日照顾他、爱护他，张艳是黄大年一生中最坚强的后盾。他对妻子许下一个又一个诺言：“再有一年就忙完了。”“再有一年就是正常的生活节奏了。”可是，年复一年，黄大年还是那个有家难回的黄大年。

有时候，有些话，男人是说不出口的，唯以文字来表达。一到节日来临，他便在朋友圈里抒发几句感慨：

2016年2月22日，元宵节，他这样写道：“办公楼内灯稀人静，楼外正是喜气洋洋。我们被夹在地质宫第五层，夹在‘十二五’验收和‘十三五’立项的结合部，夹在工作与家庭难以割舍的中间。没人强迫，只是自找，总想干完拉倒，结果没完没了，公事家事总难两全。”

2016 年 9 月 10 日，教师节，他写道：“可怜老妻一再孤独守家，周末、节日加平时，空守还是空守，秋去冬来，在挂念中麻木，在空守中老去。”

人毕竟不是机器，哪里经得起这样无休止、高强度的运行？2016 年 11 月 29 日，也就是办公室日历上有记载的最后一个日子，黄大年再次晕倒，这一次是晕倒在飞机上。他醒后说的第一句话是“我要是不行了，请把我的电脑交给国家，里面的研究资料很重要”。

回到长春，黄大年被强制做了体检，检查结果在预料之中：住院治疗，但却比预料的更糟：胆管癌。

2016 年 12 月 14 日，一向健壮的黄大年，被推上了手术台。

手术前一晚，当探望的人离开后，他独自在病房打开微信相册，从头翻到尾，过往的岁月像电影一样在脑海里回放，他知道自己即将踏入“战场”，于是在朋友圈里写道：“人生的战场无所不在，很难说哪个最重要。无论什么样的战斗都有一个共性——大战前夕最寂静，静得像平安夜……”没想到，这成了黄大年朋友圈的最后一条。

他去世前一天，“千人计划”联谊会换届。施一公在介绍完候选人黄大年的基本情况后，忍不住说了一句：“大年病危，正在和病魔殊死搏斗。”全场肃然，唏嘘一片，大家不约而同，高票推选黄大年作为副会长，每一票都是祈祷，每一票都是挽留！

此时，在万里之遥的英国，黄大年的女儿黄潇正在分娩的疼痛中挣扎。一声啼哭，黄大年的外孙“春伦”降生，这是他早就为外孙起好的名字：长春的春，伦敦的伦。当家人把手机上婴儿的照片举到他眼前时，黄大年的意识正在渐渐远去。

黄潇与父亲上一次见面，是在去年她的婚礼上。父亲特意请假匆匆赶到英国。那一天，父亲既高兴又不舍，搂着穿婚纱的女儿，在优美的音乐中翩翩起舞。很久没有这样近距离看女儿了，原来女儿已经这么大了，这么美了，要嫁人了，父亲含泪的微笑，没有逃过女儿的眼睛。那一天，父亲送给女儿一块老旧的手表，那是父亲和母亲结婚时姥爷送给他俩的传家宝。父亲将手表给女儿戴上，便匆匆离别。

这一别，竟是永诀。

2017 年 1 月 8 日 13 时 38 分，一颗强大的心脏停止了跳动，英雄魂魄化作一只百灵飞向了天空。

“百灵鸟从蓝天飞过，我爱你中国……我爱你碧波滚滚的南海，我爱你白雪飘飘的北国……”

大年，这是你生前最喜爱的歌，每当唱到深情处，你都禁不住泪眼婆娑。

“我爱你青松气质，我爱你红梅品格……我爱你森林无边，我爱你群山巍峨……”

大年，这也是你的同事学生好友亲朋最想唱给你的歌。你的青松气质、红梅品格，堪称一代知识分子的楷模；你心有大我、至诚报国的情怀，如山一样的巍峨！

英雄无悔，在梦想出发的地方，你把最宝贵的生命献给了祖国！

国士无双，人民永远不会忘记你！祖国永远不会忘记你！

（原文载于《人民日报》2017 年 7 月 12 日 1 版、6 版）

黄大发

简介

黄大发（1935.11－）男，汉族，贵州遵义人，小学文化，中共党员。曾任贵州省遵义市播州区平正仡佬族乡草王坝大队大队长、村委会主任、村支部书记，现任团结村名誉村支书。

20世纪60年代起，他带领群众历时30余年，靠着锄头、钢钎、铁锤和双手，在绝壁上凿出一条长9400米、地跨3个村的“生命渠”，结束了草王坝长期缺水的历史，乡亲们亲切地把这条渠称为“大发渠”。

2017年4月25日，中央宣传部授予黄大发“时代楷模”荣誉称号；5月13日，贵州省委授予黄大发“全省脱贫攻坚优秀共产党员”称号；9月，获得“2017年全国脱贫攻坚奖奋进奖”。

2018年3月，入选“感动中国2017年度人物”。

人民日报

RENMIN RIBAO

2017年4月

19

习近平主持召开中央全面深化改革领导小组第三十四次会议强调

拓展改革督察工作广度深度 提高发现问题解决问题实效

李克强刘云山出席

全军新调整组建84个军级单位

习近平接见新调整组建军级单位主官

对各单位发布训令

习近平主席将出席并主持"一带一路"国际合作高峰论坛相关活动

让互联网更好造福国家和人民

——写在习近平总书记网信工作座谈会重要讲话一周年

一个人，一辈子，一道渠

要闻 4 2017年4月19日 星期三

人民日报

一个人，一辈子，一道渠

——贵州遵义老支书黄大发的无悔人生

立誓

有条渠才不认命

攻坚

人心齐，泰山移

人民论坛

燃旺信仰的火炬

一个人，一辈子，一道渠

——贵州遵义老支书黄大发的无悔人生

本报记者　吴储岐　郝迎灿

你可曾想象，没有水的日子怎么过？你可曾思量，36年做一件事情，你会做什么？

贵州遵义草王坝村，一个被层峦叠嶂的山峰藏得死死的村庄。千百年来，这里的人祖祖辈辈吟唱着一首心酸的民谣："山高石头多，出门就爬坡，一年四季包沙饭，过年才有米汤喝。"

水是草王坝人的穷根，是草王坝人生生世世的想、年年岁岁的盼、日日夜夜的求。

村里有一位老人，今年82岁，他和大山较劲，用36年的时间只干了一件事：修水渠。

这条水渠，绕三重大山，过三道绝壁，穿三道险崖。

这位老人，就是草王坝村的老支书，名叫黄大发。

这个横跨 36 年的故事，是一段注定流芳百世的佳话。

立誓
有条汉子不认命

“祖祖辈辈都是这么过来的，要有办法早就有了，老天爷不长眼，咱们村就是没水的命。”的确，草王坝没水不是一天两天。石漠化严重，全村灌溉和人畜饮水，要不靠山坡自渗水，要不守着一口望天井不分昼夜地排队挑水，接一挑水往往需要等一个多小时，如果想要喝山谷小河里的水，那么上下山一趟就得 4 个多小时；没有水，种水稻就是天方夜谭，地里几乎都是包谷、红苕和洋芋；没有白米饭吃，村里人就只能将玉米碾碎上锅蒸煮，俗称包沙饭……人人叫苦不迭，可就是没办法，很多人干脆认命。

但有条汉子不认命。

1935 年出生于草王坝村的黄大发，自幼父母双亡。四处流浪的他，吃的是百家饭，住的是滚草窝和包谷壳。23 岁，黄大发光荣入党，这一年，他被全村推选为大队长。这一干，就干到了 70 岁。

“从我当大队长开始，我就决心为村民干三件事：引水、修路、通电。”正是意气风发的年纪，黄大发撂下了“狠话”。听说这个新上任的小伙子要引水，村里人都觉得他一定是疯了，无异于做白日梦。

可谁不渴望水？祖祖辈辈的草王坝人想水想得都要疯了。即使觉得是白日梦，但大伙儿还是愿意跟着这个年轻人一块儿做。

办法也不是没有。草王坝西侧有一条小河——螺蛳水，这条小河没流入草王坝村，而是流向了相距几公里远的野彪村，只要想办法把野彪村的水引过来，问题就解决了。

说得倒是轻巧。草王坝村和野彪村之间尽管只相隔几公里远，但这几公里并不是平坦大道，而是天路。螺蛳水河谷纵深切割，两岸的悬崖峭壁像一把锋利的刀，割断了草王坝村的引水路，也割断了草王坝人喝水的梦。

那水，可望而不可即，草王坝人只能眼巴巴地看着金子般的水白白流走。

不如就劈山。所谓劈山，不是真的把山劈开，而是依山凿渠，一条顺着大山起起伏伏的救命渠。

半个世纪前的中国，在豫、晋、冀三省交界处，十万林州开山者，历时十年，绝壁凿石，挖渠引水，一条红旗渠插在了太行之巅。

同一时期，在黔北的莽莽深山里，也有一位叫黄大发的年轻人，带领草王坝村民立誓修渠，这条渠要绕三重大山、过三道绝壁、穿三道险崖，这是一条遵义的“红旗渠”。

一群面朝黄土背朝天的淳朴农民，他们放下锄头，举起锤子，离开贫瘠的土地，踏上悬崖和峭壁。

他们在凿渠，他们要引水，他们想求生。可现实却无比残酷。

不懂技术，测量仅靠竖起竹竿，两边人用眼睛瞄；缺乏水泥，沟壁直接糊上黄泥巴作数；没有工具，操起锤子钢钎靠蛮力凿；没有导洪沟，沟渠不盖板，洪水一来，本来脆弱的沟渠被冲得稀巴烂……

烂了重新修，还没修好又烂了。修修补补十几年，办法想尽，可水就是进不来草王坝。全村人喝水的梦在这十几年的时间里被反复拉扯，最终还是破灭了。

学艺
他还想与天再斗一次

斗转星移，岁月如梭。

草王坝村，还是那个贫穷、落后、愁苦的草王坝村。穷到有的人全家只有一条裤子穿，穷到村里很多男人娶不上媳妇……

“好个草王坝，就是干烧（指干旱）大，姑娘个个往外嫁，40岁以上的单身汉一大把。”小小草王坝村，民谣可真不少，仔细一琢磨，个个因“穷”而起。

想想也是这个理，没有水，没有钱，没有白米饭，哪能留得住人？哪里富得起来？哪有姑娘愿意嫁过来？多少次，黄大发徘徊在螺蛳水旁，听着“哗哗”流水声，想着水过不来，饭吃不上，村里的光棍一大把……

他何尝不难过？他何尝不想再修一次？他何尝甘愿就这样听从于命运的安排？

“黄书记，是大米饭好吃，还是你们草王坝的包沙饭好吃啊？”在一次全乡大会聚餐时，干部不经意间的一句戏谑，深深刺痛了他。当时的他坐立不安，苍老的脸显得尴尬，嘴里的饭难以下咽，心里酸楚得想哭，“听了我很难受，我恨啊，可泪水只能往肚子里掉”。

“没有文化就没有方向，光靠蛮干，注定修不成功。”只有小学文化的黄大发，在第一次修渠失败后痛心疾首，他暗自下决心：学技术。

壮志未酬誓不休。那些年，黄大发四处求教，自学水利技术。一听说哪里有在建的水库沟渠工程，他背着干粮就匆匆上路。无论路途多么遥远，无论要翻几座大山、要蹚几条大河，他都徒步过去，一边走、一边看、一边学。

只因为，还有一腔沸腾的血，还有一颗不甘的心，还有一个未圆的梦。

1989 年，枫香区水利站迎来一位五旬老汉，54 岁的黄大发申请跟班学习水利技术。看他年纪一大把，又是老先进，水利站给了他一个辅导员的身份。说是学习，其实就是在工地递上传下，给技术员打杂。

"印象中，他上课总是很积极，不懂就问，从不怕别人笑话。"时隔多年，当时一起在水利站学习的刘关刚对那个执着的五旬老汉记忆犹新。

"当时他甚至连 20 公分是什么都不知道，也不明白水准仪上的正、负刻度代表什么含义，整个白纸一张。"的确，黄大发闹了很多笑话，但正如刘关刚所说的那样，他不怕别人笑话。不识字，他就一个字一个字地临摹；不懂测绘，他就缠着技术员就着图纸讲解；不会用工具，他就在一旁专心看别人怎么用……捧着一颗心来，这位五旬老汉谦逊得像个小学生。

宝剑锋从磨砺出，梅花香自苦寒来。三年的时间，他从零起步、从头开始，掌握了许多修渠的知识，知晓了什么是分流渠、什么是导洪沟，还学会了开凿技术。

看上去，这位老人还想与天再斗一次。

再战
修不好，他拿命来换

1990年，大旱。

蝉喘雷干，焦金流石，100多天，草王坝村滴雨未下。龟裂的大地仿佛历经风霜后老人脸上的皱纹，清晰而深刻，无奈又哀伤。

“撑不住了，孩子们没水喝一直哇哇叫”“没粮食没水，连包沙饭都难吃得上”“这是老天爷把咱们往死路上逼”……

难道草王坝人只能安于宿命，甘心祖祖辈辈受穷？黄大发手一挥，脚一跺，心一横：“再修一次渠！”

1990年冬天，寒风怒号，折胶堕指。从草王坝村通往县城的崎岖小路上渺无人烟，可有一个矮小佝偻的身影在这条小路上走了整整两天——这条路他走过一次又一次——黄大发要去县水电局给饮水工程立项。这一路怀揣着的是草王坝人千百年的梦，是草王坝村家家户户的命。

徒步跋涉了两天的黄大发，下午终于走到了县水电局。此时，瘦弱的身躯已经没几分人样，可眼神并不改当初，一样铿锵、坚定。不巧的是，水电局领导当天下乡了，不在单位。黄大发就打听到县水电局副局长黄著文的家庭住址……

晚上7点，黄著文回到家。在家门口，他看见一个瘦弱的身影在寒风中瑟瑟发抖，身上穿着破烂单薄的衣服，脸上冻得红一块紫一块，一双磨破了的解放鞋，露出脏脏的脚趾……

“我是草王坝村的村支书黄大发，来找你给我们村的饮水工程立项。”

“这么冷的天，你怎么来了，快进屋说。”

“我想着天气这么冷，领导应该在单位或者在家里，没想到下乡了……”

终于，经过专业测绘和精心谋划，草王坝水利工程批复了！县、乡政府从当时拮据的财政里划拨了6万元资金和19万公斤玉米。可水利站要求：如果村民们能在第二天早上凑齐1.3万元作为规划押金，技术人员就能马上到位。

明知筹钱很难，但黄大发一声没吭，当天就火急赶回村里开动员会，挨家挨户做工作，“尽管很难，但只要有一丝希望，我就要紧紧抓住”。

1.3万元，全村一起集资。可这对于当时穷得叮当响的草王坝村，谈何容易？被贫穷和干渴冲散的人心还能聚齐吗？还有人愿意跟着黄大发一块儿做梦吗？

果不其然，在动员会上有村民发难，为首的就是黄大发的舅公杨春发。“大发，你要是能把水引过来，我拿手心板煮饭给你吃”“你要是能修好渠，我买烟花给你放”……但散会后，杨春发还是悄悄地将钱塞进黄大发手里，黄大发激动地说：“舅公，你这是逼我立军令状啊！”

草王坝人到底是被干旱折磨得太久了！尽管失败了一次又一次，可当黄大发再次提出要动工修渠引水时，村民们还是兴奋得像炸开了锅。

“黄支书，我们跟着你干！”

凑不出钱的就借钱，借不到钱的就卖东西换钱。豆子、鸡蛋、蜂糖……朴素的草王坝村民走到 80 里外的甘溪集市，吆喝声一阵接着一阵。当天晚上，乡亲们打着火把，拿着皱巴巴的零钱，交到黄大发手里。

看着大伙儿凑来的救命钱，盯着乡亲们质朴的眼神，黄大发流着眼泪立下了军令状——“修不好我把名字倒过来写，我拿党籍来作保证，我拿命来换！”

1992 年，那是一个春天，黄大发带领村民一头扎进深山开工凿渠，沉寂数十年的大山再次沸腾了。

攻坚
人心齐，泰山移

在没有水的地方修水利，怎么修？和水泥灰沙得用水，浇湿渠基得用水，怎么办？只好将水引一截修一截……

在悬崖峭壁上修水渠，怎么修？人在腰间拴一条缆绳，从山顶一尺一尺试着往下放。人悬在半空中，从谷底看，像极了一只扑腾的鸭子……

故事远不止这么简单，而是充满了曲折和辛酸。

开工第一天，头炮就打“哑”了。石头砸烂了山下村民家的香火位，“村民骂我，要打我，还要拉着我跳崖”。黄大发只好挨家挨户赔笑脸、赔损失。

放炮需要炸材，黄大发就去很远的李村买了背回来。脚底磨破了皮，汗水湿透了衣，无论磕绊摔跤，不管刮风下雨，他都坚持如一。

修渠需要水泥，得去城里拉回来。有一次行至途中，天降暴雨，车陷入泥潭，进退不得。天黑了，黄大发叫司机到人家里找睡处，而自己却睡在水泥包上，被蚊虫咬了一夜——他是真心怕这“宝贝”被偷啊！

绝壁凿渠，每一处都充满未知和危险。擦耳岩是最险的一段，壁立千仞，岩壁中间有个凸起，挡住了视线看不到前面情况，悬崖上没有树枝，全是秃岩，稍有不慎便一命呜呼。“太危险了，给多少钱都不干。”没人敢动工，连请来的施工队也停下了手脚，黄大发就用大绳把腰拴着，自己带头翻了过去……

日复一日不停歇。每天，黄大发带着200多人的队伍进山，施工队在前面凿壁打槽，村民们在后面挑土砌堡。早上出门，提一罐包沙饭，中午捡点刺刺草草点火烧热，囫囵吞下去，渴了就舀两碗河水，碗一甩、罐一扔，转身又往工地去。为了抢进度，他们不分昼夜寒暑，每天坚持苦干到天黑，才打着灯笼火把手牵手地回家。有的干脆就睡在石窝里，看星星眨眼，等日出天明。

水渠一尺一米延伸，清澈的河水爬上了悬崖、峭壁、陡坎。千百双手，一颗颗心，水每向前流一寸，草王坝人的梦就更进一步。

苦心人，终不负。

1995年，这条主渠长7200米，支渠长2200米，地跨3个村10余个村民组，绕三重大山、过三道绝壁、穿三道险崖的“生命渠”通水了！3年来，到底放了多少炮，炸了多少岩石，凿了多少方土，断了多少钢钎，坏了多少锤子，没人能够数得清。

通水那天，山崖上、水沟边，人山人海，鞭炮声、鼓掌声，不绝于耳，杀猪摆席、搭台庆功，好不热闹！这是草王坝人最高兴的一天，梦终于实现了！村民拥簇着黄大发上台讲话，他沉默良久，欲言又止，眼泪顺着黝黑、皱褶的脸庞哗哗往下流。

60 岁的黄大发哭得像一个孩子。

新生
幸福的歌声心头飞

1995 年端午节，当汩汩清水从沟渠一泻而下时，草王坝全村老少向自家的旱地飞奔而去，欣喜地看着祖祖辈辈刨食的旱地变成稻田。从此，草王坝彻底告别了靠天吃饭、滴水贵如油的历史。

白米饭可真香啊！这年春节，草王坝家家户户把平日舍不得吃的新米煮上一大锅“敞开干”，村民徐开伦一口气吃了五大碗。

可捧着白米饭的黄大发再次落泪了，他哭得十分伤心：“这香喷喷的白米饭，我的女儿和孙子永远吃不到了……”

黄大发的二女儿黄彬彩是在 1994 年离开人世的，时年 22 岁，风华正茂。

那年修渠正到要紧处，黄大发一头埋进深山。女儿黄彬彩突然病倒了，游医检查后说是肾炎。“她全身都肿了起来，躺在床上高烧不退，嘴里一直喊痛。”黄大发的妻子至今仍清晰地记得女儿当时叫痛的模样，每每谈起，眼泪都止不住地掉。

说到底还是因为穷，没钱去医院，只能吃草药。采的草药吃了 90 多天，女孩最终还是没能撑住。“那天日头还没到中天，就听见有人在山脚远远地喊。”声音传上来，是女儿黄彬彩没了，黄大发两眼一黑，差点从悬崖上栽下去。

黄彬彩的坟在通垭湾的山上，山顶可以俯看到凤凰山，凤凰山的背后住着黄彬彩的恋人，两家早已把婚事定在了渠通之日。女孩坟前植了一株当地叫“羊舌条”的灌木，春天油菜花开的时候它也随风飘扬起白色的小花，素净淡雅。

令人悲痛的是，仅仅几个月后，黄大发 13 岁的大孙子突发脑膜炎，病来得急，等全家人从工地上赶回家，孩子已没了气。白发人送黑发人，原本老两口的棺材，留给了可怜的女儿和孙子。

36 年修渠引水，黄大发带领的施工队伍没有一个人丢掉性命，可他家里的两位亲人却离开了人间。

有水了，重要的是如何发展。

水通之后，黄大发带领村民开展“坡改梯”。“我们村耕地少，要想真正富起来，就要搞‘坡改梯’。”农闲拼命干，农忙抽空干，草王坝村的稻田从 240 亩增至 720 亩。昔日的荒山秃岭上，10 万株温州蜜橘、李子已经开始有收益，家家户户的猪、羊、牛、马、鸡、鸭也大大增加……

通渠的那一年，草王坝也通了电，不少人家里买了电视机、洗衣机、录音机。通电那天，村民们通宵开着灯，一直唱啊跳啊，高兴得睡不着觉；紧接着又修了通村路，通路那天，大人领着小孩在路上跑来跑去，蹦跶着不想停下来；再往后，村里的小学新址落成，建砖木结构“品”字形的小青瓦校舍三幢，如今已有学生 50 多人……

黄大发从支书位置退下来至今已有十来年，可他并没有闲着。张家院子坐坐，李家院子摆摆龙门阵，大道理讲，小道理谈。他的心始终系着村子，想让草王坝这个穷窝窝早点富起来。

“种蔬果效益高，但一开始群众观念难转变，以往温饱有余才搞点果木，我就带头栽上了柚子。”在他和村“两委”的努力下，村民正逐步改变传统的种植结构，全村现有核桃5200多亩、柚子650亩、海椒2000亩，牛羊养殖大户超过30户。小青瓦、坡面屋、穿斗枋、转角楼、雕花窗、白粉墙……去年底，草王坝村农民年人均纯收入突破6500元。

“不怕山高石头多，苦干就能把贫脱，打岩引水造梯田，穷村变成金银窝。”如今的草王坝，虽然还没有整体脱贫，但村民的荷包日渐鼓了起来，幸福的歌声从草王坝人心头飞出。

初心
一个共产党员的本色

1992年底，新上任的乡长商顺模十分奇怪，为何草王坝村一半以上的户数姓徐，这么多年却选择一个姓黄的人做支书？

“是公心！”每每谈起老支书，70多岁的老党员徐开伦都竖起大拇指。“对他来说，公家的事怎么硬都行，自家的事怎么软都成。”遵义市委常委、组织部部长吴刚平跟黄大发打过几次交道。

计划经济时代，农民头上压着粮、油、烟、猪、人五大指标。“乡、村干部为了完成任务到农户家里牵牛牵猪、揭瓦拆房比较普遍，黄大发不肯这么干，在乡里是有名的‘刺头’，敢对我和书记拍桌子。”商顺模说。

修渠那几年，车子拉来的水泥堆得像山一样高，车厢里撒落一丁点，黄大发都要清扫入库。有一次老伴儿扫了多半碗水泥，想着补补家里破损的灶台，黄大发一把拉住。“那是我第一次看见父亲对母亲急吼。”二儿子黄彬权说。

“那时候买炸药水泥，过他手的钱有二十来万，硬是没出过一分差错。”往事历历在目，村里的老会计杨春有拍着手说，“抠啊，他真的是抠得很。”修渠时工地上天天要钱付账，三天两头俩人就往镇财政所跑。住，3 块钱一晚的旅社；吃，就将就一碗饭，不然就一块泡粑。

“沟是我修的，我放心不下，随时都牵挂着。”时光逝去，但初心不变、本色不改，退职后黄大发仍然带领村民修沟补渠。“只要是黄支书带头决定的事情，我们二话不说就跟着干。”一呼百应，村民们将渠取名为“大发渠”。

2014 年 10 月，照习俗，黄大发提前一年过八十大寿。问他有什么愿望，他说：“活了 80 岁，最远的地方就去过遵义市，我想有生之年去省城看看。”

去省城的当天，黄大发和妻子特地穿了一身新衣服，帽子洗得一尘不染。陪同的乡干部徐飞还没到，老两口就早早等在路边。

到了贵阳，黄大发既没去景点，也没去商场，而是要求直接去省委。“老支书在省委有相识？”徐飞心里一阵嘀咕。进了省委大院，黄大发却不进大楼，根本没有找人的意思。“就见他挺起腰，注视着大楼，还有远方飘扬的五星红旗，一言不发……”

这是一个老共产党人的初心！在黔北深山当了几十年村支书的黄大发，在耄耋之年，想来省委看一眼，看看党组织到底是什么模样。

当天，黄大发就回草王坝了。回途车上，徐飞问：“老支书，落心了没得？”

“落心了。”

多少年滴水贵如油，如今一渠春水流入草王坝家家户户。

多少年天黑孤村闭，如今这里夜晚如同掉下星星一片。

多少年山深人绝音，如今通村路将草王坝与外面紧紧相连。

青山不负英雄志，流水有情入心田，奔腾不歇的渠水悠悠长长，拍得悬崖直作响，崇山峻岭再难阻隔。阳光下的草王坝，像一只振翅欲飞的雄鹰。

（原文载于《人民日报》2017 年 4 月 19 日 4 版）

文章是工艺品　作者是设计者

吴储岐

作为一名年轻记者，对于人物写作还谈不上有什么心得，主要是在学习中写作、在写作中学习。2017年，我主要参与采写了两篇人物通讯并在《人民日报》上发表，一篇是《一个人，一辈子，一道渠——贵州遵义老支书黄大发的无悔人生》；一篇是人民日报政治文化部温红彦主任带领我采写的《心有大我，山一样的巍峨——追记著名地球物理学家、国家“千人计划”专家黄大年》，并由新华社作为通稿向全国发布。下面，我结合报道谈谈自己的采写体会：

动笔之前先动脑，手敲键盘嘴巴动。

动笔之前先动脑，这个不难理解。写典型人物，尤其是重大典型，动笔之前一定要想明白。这个思考过程是漫长的，甚至是煎熬的、分裂的，对着采访资料苦思冥想，头脑里肯定、否定、又肯定、又否定。我对“好的开始是成功的一半”

有了深刻体会，但好的开始不是轻易得来的，必须要花费心血。

具体到方法上，就是要有设计感，将未面世的文章看成一件工艺品，你是它的设计者。比如，文章按照什么逻辑行文，分为几个部分，每部分说什么内容，展现人物哪些方面的特征……其中，最重要的是行文逻辑。当然，这些东西不可能一开始全部想明白，一定是随着写作深入逐渐形成、完善的，但动笔前要把文章设计出一个大致的框架和思路来，这很重要。

英雄有迹可循，要把重大典型人物写得饱满、厚重、立体，我认为不仅要写工作，还要写生活，不仅要写高光时刻，还要写更长维度的人生，力求展现一个相对完整的人物。比如《一个人，一辈子，一道渠》一文，行文逻辑是黄大发 36 年反反复复修渠的故事，既是随时间流动，又是随事件发展；比如《心有大我，山一样的巍峨》一文，温主任和我的想法是把时间维度拉长，不仅写黄大年回国的 7 年，还要写英国时的黄大年、写求学时的黄大年。由此启示，写重大典型人物，将时间顺序作为行文逻辑，不失为一种好方法。

手敲键盘嘴巴动，其实也很简单，就是一边写一边读。人们在阅读时只有内心瞬间产生一种愉悦情感，才有继续读的冲动，否则就会降低甚至消解阅读欲望。写人物时，我习惯写一段读一段，换位体验能否吸引读者读下去。有时候，可能因为长篇人物通讯耗时相对较长、难以一气呵成，文章难免有情感轻重不均、节奏感紊乱等问题。一边读一边写，写下一段时，连上一段读，文章的整体情感和节奏感会比较一致，也能对文章更有把控力。

借鉴文学、电影等表达手法，设置矛盾推动故事发展。这一点和上面说的一脉相承，也是注重“设计”二字，但更多的灵感来自写作中途。如《一个人，一辈子，一道渠》一文，从细节处看得出设计感和巧思：小说式架构增强文章可读性，长短段结合让文章富有跳跃感、节奏感，片段式呈现消解读者对典型人物概念化、脸谱化的刻板印象，以及排比、设问、对比、反问等修辞手法的运用，让读者感觉仿佛在读一篇短篇纪实文学。在每个小标题下，我有意识地设计矛盾、戏剧冲突，在展现矛盾—化解—出现新矛盾—再化解中，让故事情节跌宕起伏：草王坝的穷根是没水，文章围绕缺水—修渠、没技术—学技术、没钱—筹钱、曲折心酸—最终通水，让故事在矛盾与化解中一步步推进，在冲突与转合中抓住读者的心。

题好一半文，标题是文章的眼睛，大小标题都要拿出工匠精神，在“软磨硬泡”中优中选优。比如《一个人，一辈子，一道渠》一文，大标题9个字，将人物事迹表现出来的同时，让读者印象深刻。小标题“立誓　有条汉子不认命”“学艺　他还想与天再斗一次”“再战　修不好，他拿命来换”“攻坚　人心齐，泰山移”“新生　幸福的歌声心头飞”“初心　一个共产党员的本色”既有对故事情节的概括，也有对人物性格的塑造，语句简练而内涵丰富。再比如，《心有大我，山一样的巍峨》一文，这个标题是温主任想了许久想出来的。“心有大我”，是习近平总书记对黄大年同志先进事迹作出的重要指示，简单明了的4个字将黄大年心中的“大爱”展现出来，精准地概括了黄大年一生对祖国的热爱与奉献。“山一样的巍峨”，有多层意思。黄大年海漂18年，练就了一个壮实的身体，“山一样”与其本人的形象相符。更深一层的意思，黄大年是一名地球物理学家，一生与山川、河流打交道，以此“山”喻彼“山”，用“巍峨”比喻黄大年“山一样”的气质，既形象又贴切。除此之外，本篇通讯选取的照片为黄大年与学生站成三排的样子，照片形似一座矗立的山峰，遥相呼应。一个好标题对于典型人物通讯的重要性不言而喻，切莫在耗费大力气写完文章后对标题的思考草草了之，一定程度上，标题既是典型人物通讯的“最后一公里”，也是“最亮丽的一公里”。

故事是人物的血肉，但写人物不是故事会。要把典型人物写好，把其身上的崇高精神展现出来，讲故事是一个较好的方式。有了故事，人物才有血肉，人物身上体现的精神才能让读者实实在在地感受到。但写人物时也要注意故事使用的“度”，不能为了追求文章的饱满而一味堆砌故事，特别是同质化的故事，否则过犹不及，读者看着会产生疲惫，尤其是重大典型，不能将人物写成故事会。

那么，什么样的故事是展现典型人物精神的好故事呢？独特、冲突、感性的故事，应该是比较好的选择。独特，就是人物身上独有的，是同一职业其他人身上没有或罕见的；冲突，就是故事本身包含一定矛盾，具有戏剧性、看点；感性，就是直达内心，触碰情感深处。这些特征，往往不是独立的，而是杂糅在一起的，有时候一些故事既独特，又有冲突性，还直达读者内心。

比如，在《一个人，一辈子，一道渠》中，有这样一个故事：黄大发老支书80岁时，别人问他有什么愿望，他说想去省城看看。结果到了省城，黄大发哪里也没去，而提出去省委，陪同人员心里还犯嘀咕“老支书在省委还有相识？”结果，老支书进了省委大院，却不进大楼，根本没有找人的意思，而是挺起腰，注视着飘扬的五星红旗，一言不发……在黔北深山当了几十年村支书的黄大发，在耄耋之年，想来省委看一眼，看看党组织到底是什么模样。文章刊发后，这个故事给读者留下了深刻印象，特别是感动了许多年长的党员。老支书去省委看五星红旗的故事，既十分独特，又有矛盾冲突，最后的效果也感人肺腑，直击读者内心。当然，这样的好故事可遇不可求，所以在采访中要把料尽量采足，下锅时才不会“难为无米之炊”。

总之，好的典型人物是磨出来的，是与人物“厮守”出来的，只有用情、用心，将感情代入进去，将文章看成工艺品，将自己视为设计者，才能不辜负典型人物、不辜负广大读者。

吴储岐 简介

吴储岐，男，汉族，1991年9月出生，湖南长沙人。2009年6月加入中国共产党，2015年进入人民日报社，现为人民日报社政治文化部党建采访室记者。作品多次获人民日报社精品奖等奖项。

廖俊波

简介

廖俊波（1968.8—2017.3），男，汉族，福建浦城人，中共党员，中央党校研究生学历。生前任福建省南平市委常委、副市长，武夷新区党工委书记，曾任政和县县委书记，2015年6月被中央组织部授予“全国优秀县委书记”称号。

2017年3月18日，廖俊波同志在赶往武夷新区主持召开会议途中遭遇车祸，因公殉职，享年49岁。

2017年6月6日，中共中央追授廖俊波同志“全国优秀共产党员”称号；20日，中央宣传部追授廖俊波“时代楷模”荣誉称号，11月9日，廖俊波获得第六届全国道德模范敬业奉献类奖项。

2018年3月，入选“感动中国2017年度人物”。

人民日报
RENMIN RIBAO
2017年4月
15
星期六
习近平会见圣普总理特罗瓦达
习近平对廖俊波同志先进事迹作出重要指示强调
不忘初心扎实工作廉洁奉公 身体力行
把党的方针政策落实到基层和群众中去
“樵夫”的魔力
——追记全国优秀县委书记廖俊波
张德江对拉脱维亚进行正式友好访问
《求是》杂志发表署名文章
《以习近平总书记总体国家安全观为指引 谱写国家安全新篇章》
共筑国家安全“命运共同
要闻 6
2017年4月15日 星期六
追记全国优秀县委书记廖俊波
人民日报
法治是人权保障的应有之义和有效途径
——全面推进依法治国与中国人权事业的新进展理论研讨会侧记
创业的魔力
爱民的魔力
凝聚人心的魔力
扶贫的魔力
快乐的魔力
科学立法
严格执法
公正司法
全国“扫黄打非”办公室通报
新浪微博履行主体责任不力受到处罚
为官当学廖俊波

“樵夫”的魔力

——追记全国优秀县委书记廖俊波

新华社记者 姜 潇 本报记者 姜 洁

闽北的春，雨一直下。青翠峻峭的武夷山脉之间，逶迤绵延着的三条溪流在南平汇聚成为闽江，波涛汹涌一路向海，滋养着“八山一水一田”的八闽大地。今年的雨季来得特别的早，淅淅沥沥、时断时续。

3月18日，星期六，晚7时许，一辆略显陈旧的小轿车行驶在长深高速公路上，大雨如注。“路上下大雨了，估计晚到一会儿，请大家准备8点半开会。”后座上的一位中年男子刚刚挂掉电话，意外发生——车辆突然失控侧滑，撞上了右侧的防护栏，中年男子在猛烈的撞击中被甩出车身，重重地砸向了金属护栏。救护车迅速赶到，然而一切为时已晚。

“天妒英才！”噩耗传出，八闽含悲。廖俊波，这位 2015 年获得习近平总书记接见的全国优秀县委书记，如今担任南平市委常委、副市长和武夷新区党工委书记，才 48 岁！

那个脸上总是洋溢着微笑、一身干劲似乎永远使不完的廖俊波走了；那个总和老百姓打成一片、身影永远在工地和田间闪现的廖俊波走了；那个誓言改变山区落后面貌、让百姓过上幸福生活的廖俊波走了。

3 月 24 日，是廖俊波出殡的日子。他家楼下的路上，送别的人群将前后数十里的街道挤得水泄不通；遗体告别仪式上，来自美国、菲律宾，中国香港、北京、福州等各地的哀悼者络绎不绝。在他离开将近一个月之后，怀念他的声音依然此起彼伏：

“小桥一滑天地悲，痛断肝肠武夷泣”“壮志未酬英魂散，音容宛在断人肠”“俊才为民屡建功，品正德高志如松”……各大网站和微信上迅速卷起了一股悼念廖俊波的风潮，悼念的评论和诗句寄托着与他相识或不相识的人们的哀思。“我是第 75067 位来悼念廖俊波的网友……”南平某微信公众号自发制作的悼念廖俊波的链接，仅 5 个小时点击量就突破 10 万人次，截至 3 月 25 日点击量已超过 41 万人次。

廖俊波给自己的微信昵称取名为“樵夫”。这个看似相貌普通的“砍柴人”，到底拥有着怎样的魔力，竟如此令人念念不忘，如此深得人心，如此声名远扬？

创业的魔力
他走到哪里，哪里就会大变样

1998年，廖俊波任邵武市拿口镇党委副书记、镇长，摆在他面前的第一个任务就是百年不遇特大洪灾的灾后重建。他挨家挨户探访情况，很快就把受灾的几百户都走了个遍。农民吴炳贤盖新房时不小心砸伤了腿，眼睁睁看着别人盖房干着急。廖俊波得知后，多次上门看望，并帮他出钱请人代建房。1999年春节，包括吴炳贤在内的500多户居民在新房里高高兴兴地过上了新年。

“拿口镇到朱坊村的水泥路，直接受益的群众差不多有1.3万人，占全镇人口近一半，竣工时几百名群众自发敲锣打鼓给镇政府送匾。”时任拿口镇党委书记熊贻荣至今记忆犹新。

在邵武市任副市长期间，他创造性地提出建设专业化产业平台，新建了占地26平方公里的省级循环经济园区，规模工业产值三年翻了近一番；他先后化解原国有企业不良债务1.3亿元，盘活工业用地近200亩，为13家担保企业解除了债务链。

在南平市政府副秘书长任上，城区地质灾害防治、配电站房整治、夏道山后村用地纠纷、马坑路锦达房地产项目历史遗留土地证办理问题等一个个硬骨头被他成功啃下。

2007年，廖俊波走马上任荣华山产业组团管委会主任，赤手空拳赴浦城县负责筹建工作，一起赴任的只有副主任刘晖明和司机。面对一片待开发的山包，没有规划，他找规划单位来做规划设计；没有土地，他与浦城县委县政府沟通协调征地拆迁；没有基础设施，他带领大家建路、挖沟、排水；为了招商引资，他四年间驱车 36 万公里，常年奔波在浙江、广东等地。四年间，完成征地 7000 多亩，招商引资签约项目 51 个，开工项目 23 个，总投资 28.03 亿元。浦城人惊呆了，直呼廖俊波创造了奇迹！

曾几何时，政和县没有高速公路，没有市民广场，没有文化中心，没有像样的桥梁，甚至没有红绿灯、斑马线。2011 年 6 月至 2016 年 4 月，廖俊波担任县委书记期间，将政和县城的城镇化率从 31% 提高到 46%，迎宾大道建起来了，主街改造好了，政和广场、文化中心投入使用了，9 座市政桥梁竣工了，宁武、松建高速公路通车了！ 25 年高考没有人考上北大清华的历史结束了，过去连想都不敢想的工业园区已经开发 3600 亩了！

“家乡变样了！”那时候，从政和出去打工回家的人一下高速便要下车仔细观望，感叹家乡的模样焕然一新。

凝聚人心的魔力
他总能让人变“要我干”为“我要干”

“他从不以怒生威、以官压人，他真的是春风化雨、以诚化人。”曾经与廖俊波共事的顺昌县县长余向红说。

2011 年 6 月，廖俊波任政和县委书记，当时的政和县被人戏称为“省尾”，经济发展各项指标长期居全省末位。“当官当到政和，洗澡洗到黄河。”老百姓编了这么一句谚语，形容到政和当干部是件“倒霉”事儿。

廖俊波不这么想，他做的第一件事就是组织开展了为期两个月的调研。“政和的夏天炙烤难耐，手臂晒脱皮，身上起疹子……”时任政和县县长黄爱华对那次调研仍记忆深刻：“廖书记带着大家下乡村、进厂矿、访社区，我也是第一次这么深入地了解政和。”

经过深入调研，廖俊波感到，由于早年县里发生过县委书记腐败窝案，干部群众信心不足、状态不佳。“把人心聚拢起来，把信心提振起来，政和才有可能发展。”廖俊波组织全县副科级以上单位负责人，开了三天的发展务虚会，统一思想、凝聚共识。

“政和只能有一个声音，就是政和好声音；政和只能有一个目标，就是一切为了政和的光荣与梦想。”廖俊波提出，政和发展必须扬长避短，走特色化、差异化的路子，在抓好现代农业的基础上，致力于突破工业、城市、旅游、回归“四大经济”。

干事创业首先靠人，廖俊波“三顾茅庐”的故事一个接着一个。他打破班子分工，县四套班子捆绑运作，先后成立了城市经济发展、茶产业发展、工业平台建设等 11 个分线工作项目组。时任县政协副主席的刘斌原想“退居二线”，没想到廖俊波几次找他谈话，希望他任项目组组长。“我的心被他焐热了，感觉自己焕发了第二春。”

许绍卫，时任县人大副主任。廖俊波先后三次登门拜访，请他兼任县城驻地的熊山街道党工委书记。“廖书记再三动员，见我说自己年龄大了、头发白了，第二天就送了一盒染发剂给我。”

以诚待人、以情动人、以心交人，这就是廖俊波让身边人变“要我干”为“我要干”的秘诀！功夫不负有心人，2012 年政和县域经济发展指数提升 35 位，上升幅度全省最大；2013—2015 年县域经济蝉联全省发展十佳；全县财政总收入从 2011 年的 1.6 亿元上升到 2016 年的 4.5 亿元，实现了巨变。

爱民的魔力

他像群众的亲人，处处为群众着想

在政和县城关渡头洋居住的张承富老人家门口，贴着一副对联：“当官能为民着想，凝聚民心国家强”，横批是“俊波你好”。这位71岁的老人家门口是一条河，附近住户一直筹划自建一条栈道以便出行，但因资金问题迟迟未能如愿。2015年5月，老人抱着试试看的想法找到廖俊波；他当场召集有关部门负责人研究，将修栈道列为民心工程。2016年6月，栈道终于修通了，老人写下这副对联，贴上就再没揭下。

找廖俊波帮忙的群众数不胜数，他每一次都不厌其烦、帮忙到底。刁桂华是一家食品饮料企业负责人，2011年交纳了土地出让保证金后不久，被外地有关部门非法拘禁，等到恢复人身自由时，交纳土地金的时限已过，需要交纳一大笔滞纳金。她走上了漫漫信访路，直到2015年底遇上接访的廖俊波，终于看到一线希望。“廖市长的声音特别温暖，多次利用周末时间向我了解情况。”2016年“五一”假期，廖俊波冒着大雨，打出租车过来察看被泥石流掩埋的旧厂房，浑身淋透了。很快，廖俊波帮她拿到了新拍土地的使用证，在他去世前不久，还一直在过问开工许可证拿到了没有。

在廖俊波的遗体告别仪式上，一位名叫陈艳的女士专程从泉州赶来，连声说“廖叔叔是我的恩人”。1999年，家住拿口镇朱坊村的陈艳因为家庭贫困，初中毕业后尽管考上了中专，却不得不辍学去镇里的竹筷厂打工。廖俊波调研来到她家，很坚定地告诉她：“知识改变命运，再难也要读书，我来资助你！”此后三年寒暑假，陈艳都会收到廖叔叔 2000 多元的红包。凭着资助，她顺利从泉州经贸学院毕业，工作后又继续读夜大，考了中级会计师，现在泉州一家房地产公司任财务经理。“廖叔叔改变了我的命运，他教导我不断学习进步，这份恩情我永生难忘。”看着廖俊波的遗像，陈艳泣不成声。

2012 年 11 月 8 日，政和县石屯镇中心小学一名三年级学生将家里的工业用蓖麻子带到班级，跟同学说是神药，吃下后会有神功，导致全班 20 多名学生中毒。廖俊波得知此事后，立即派人将 8 名重症患者送到南平市第一医院抢救。为避免有的孩子不敢讲真话误服后症状不明显耽误救治，他带着班主任和村干部挨家挨户询问孩子状况，当晚一直跑到深夜 11 点多，将全年级 100 多号学生全部排查了一遍才放下心来。此次事件，所有学生均得到及时救治，没有留下任何后遗症。事后，学生家长给南平市第一医院、县教育局和县政府送去了感谢的锦旗。他们却不知道，廖俊波为了他们的孩子，整整几夜都没有睡好觉。

廖俊波经常对身边的干部讲：“群众遇到困难来找我们的时候，一定要换位思考，想想如果我们站在他们的位置上该怎么办，这时候你就一定会尽心尽力帮他们去办事。”

扶贫的魔力

赚钱的事让群众干，不赚钱的事让党委政府干

政和经济基础薄弱远近闻名，也因此成为福建历任省长固定的

帮扶县。习近平同志在任福建省长期间，曾三次到政和调研。2000年9月，习近平同志在政和县调研时指出，希望山区县的同志们发扬愚公移山、滴水穿石的精神，实实在在地发展山区特色经济。如何让山区群众脱贫，一直是廖俊波心头的一件大事。为让群众过上好日子，廖俊波开动脑筋，想出不少新招。

政和县石屯镇石圳村，如今是远近闻名的“美丽乡村”、白茶小圳，最多的时候一天接待游客超万人次。看着古朴的民居、潺潺的流水、幽香的茶社，很难想象在四年前，这里还是一个出了名的“垃圾村”，村里的河沟淤积了近30年的垃圾无人清理，年轻人都外出打工，除了本村留守的老人儿童，外村人都不愿踏进村里。

廖俊波当县委书记后，听说石圳村的10个妇女成立了村巾帼理事会义务清理垃圾，专程到村里走访。他鼓励她们不仅要整理卫生，还要恢复村容村貌，申报美丽乡村，想办法搞旅游项目。巾帼理事会会长袁云机记得，那时每个月廖俊波都要到村里来三四趟，问她最近有什么想法，遇到什么困难，有没有需要他帮助解决的。“赚钱的事你们来干，不赚钱的事让我们来干”，廖俊波常把这句话挂在嘴上。在他的帮助下，水、电、桥、路灯等基础设施逐步完善，石圳村发生了脱胎换骨的变化，有100多名村民回到本村从事旅游等相关产业，村民人均收入翻了几番，村里的老人们都说日子好得“像是掉进了蜜罐里”。

铁山镇东涧村在2013年的时候人均年收入仅5000元，村里900多口人中有1/3外出打工。2012年10月，廖俊波来到村里和村民们座谈，帮他们想办法增收。“能不能流转土地，搞花卉种植？”看到村民们渴望的眼神，廖俊波主动找到一家花卉种植基地负责人周胜，邀请他落户东涧村，发展了 400 多亩的花卉基地，带动了本村 50 多人的就业。如今，这个村有 5 家企业落户，村民的人均年收入已超过 1 万元。

外屯乡洋屯莲子合作社负责人许仁寿 2010 年创办合作社时，怎么也没想到，三年不到的时间，合作社种植莲子的规模居然从 100 亩扩大到了 2700 亩。“多亏了廖书记帮我们出主意，办理了小额金融贷款，我们的莲子合作社才能逐年不断扩大规模。”2014 年，合作社由于周转资金短缺，找到银行却因承包的土地无法抵押贷不了款。在廖俊波到外屯乡调研时，许仁寿抱着试试看的态度提出了贷款的难题。廖俊波立即找县邮储银行等多个部门商讨，由县财政将扶贫贴息的 350 万元作为风险保证金，帮助他们开通了小额金融贷款项目。

“亲”“清”的魔力

他为企业家排忧解难，却始终严守廉洁底线

“一个企业落地需要千百个理由，不落地只要一个理由。”为了让企业落户闽北山区，廖俊波担任政和县委书记期间，实施审批流程再造，在全省首创“并审联批”制度，将所有与项目落地相关的审批部门联合组成“并审联批工作组”，自己任组长，亲自过问审批过程中的每一个难点，使审批效率大大提升。在服务入园企业方面，廖俊波提倡“两不见面”（企业不必与审批部门见面、不必与征地农民见面），由园区管委会提供全程服务。大胆的创新与周到的服务，换来了“洼地效应”，来自浙江和邻近福安的一批企业相继在政

和县落地。一位浙江客商在园区建厂后，又动员哥哥和弟弟到园区来办企业。就连远在江苏的一个市，也组团到园区来考察取经。

“我们的目标是企业家手指轻轻一点，剩下的都可以由园区代办。”服务企业尽心竭力，但廖俊波始终坚持“亲”“清”二字，严守廉洁底线。南平市政府办工作人员吴慧强记得，有的客商会提着东西去找廖俊波，但他从不收下。“你来找我，我把你当成朋友；现在你提着东西来看我，我要是收下，我们就不是朋友关系而是利益关系，你这么做是把我们的关系看轻了，这么做不仅是侮辱你自己也是侮辱了我。”就在他去世前不久，有一个外地客商拎了一盒海产品过来，廖俊波一直追到电梯口，坚决退回。

“这么多年，从拿口、邵武、荣华山、政和再到武夷新区，他一直分管或主管工业园区，经手无数项目，但是从来没有听说他为哪个项目谋过私利。”与廖俊波认识多年的詹树强说，“他刚到政和就对我说，咱们是老乡，如果有人通过你找我吃饭，你千万不要叫我。”

“我在政和期间，任何人打着我的旗号去办私事，你们都不要理。”廖俊波一到政和就放下狠话。一个从小一起长大的玩伴想请他帮自己办事，廖俊波严词拒绝；对方又请廖俊波的父亲说情，还是被他回绝了。

快乐的魔力
他始终笑对人生，给人们带来正能量

他把时间都用在了工作上，每天的日程从早安排到晚，只睡三四个小时。就是这样，他也总是说说笑笑，浑然不觉得苦和累。每当有人劝他："廖市长，要注意身体，不要太累啊！"他就立刻做出一副振奋精神的样子答道："我不累，工作是快乐的哟！"

"廖市长是一个非常乐观、幽默的人，你们千万不要把他写成一个工作狂。"尽管在许多人的叙述中，他的故事几乎除了工作、工作还是工作，但他们依然认为他很快乐，"这种快乐是发自内心的，他真的把工作当成了一种爱好，把全心全意为人民服务当成自己毕生追求的事业"。

曾任政和县委办主任的叶金星记得，在政和县陪廖俊波加班时，有时大家觉得很累了，廖书记就会说，我唱首歌给大家听。经常唱的一首就是《蜗牛与黄鹂鸟》，大家听着听着，也就不累了。

他的妻子林莉说，他是一个特别浪漫的人，虽然很久才能见面一次，但每逢她的生日总会有惊喜，还会和女儿一起营造温馨和谐的家庭氛围。

廖俊波被中央组织部评为"全国优秀县委书记"后，全家人都为他感到高兴。廖俊波高兴的同时，也深知责任和压力更大，他对妻子林莉说："组织上给了这么高的荣誉，除了更加努力工作，没有其他办法报答组织的恩情。"

他的女儿说，他虽然在家庭三人组的微信群里几乎不怎么说话，但她说过的话他都记在心上，小时候她想养蚕、养兔子，每次都是说完没多久爸爸就会买回来。"你知道为什么飞机会在天上飞吗？因为星星会一闪一闪……"女儿至今还记得爸爸逗她的时候模仿飞机的姿势。

连他的微信头像，都是一张由云朵组成的笑脸，在蓝天中绽放着微笑。

这个自称“樵夫”的“砍柴人”，兢兢业业、不知疲倦地一直忙碌到生命的最后一刻。如今，他突然走了，却带不走人们对他的怀念。这些天，他们仍在一遍遍呼喊着他。

同事张颖在喊：廖副，你托我买的新书《差距》已经买到了，你怎么不来取呢！

退休干部汤文池在喊：廖书记，你答应等鲤鱼山庄开业了来请老伙计们一起钓鱼吃饭的呢，不能食言啊！

来自葡萄牙的海源新材料有限公司员工米兰达在喊：廖先生，你前些天不是说要邀请我的孩子来武夷新区上国际学校吗，你忘了吗？

石圳村巾帼理事会的十个妇女在喊：廖书记，你答应有空再回石圳看我们的，村里又有新变化哟！

正盖新厂房的刁桂华在喊：廖市长，你答应等我的新厂房开工后，要舀一瓢热热的麦芽汁给你尝，你快来呀……

汇集着闽北大地涓涓细流的闽江一路向南，汇入大海。孜孜不倦的“樵夫”累了，他放下了斧头，收起了魔法，化作一朵俊美的浪花，折射着太阳的光芒。

（原文载于《人民日报》2017 年 4 月 15 日 1 版、6 版）

胜出一筹靠别具一格

姜 洁

2017年4月至6月，我先后两次参加了中央组织部、中央宣传部对廖俊波同志先进事迹的采访报道。与以往典型报道不同的是，这两次采访中，我不仅要作为人民日报记者采写见报的通讯、评论等文字类稿件，还要作为人民日报中央厨房“一本政经工作室”微信公众号牵头人，负责策划、指导、制作廖俊波系列融媒体产品。

对于我来说，这是一次全新的挑战，也创造了我15年记者生涯里的诸多第一次：第一次两度参加对同一个典型人物的大型集体采访；第一次在采访结束不到24小时内交上近万字的送审稿；第一次被中宣部点名要求采访制作典型人物的融媒体产品；第一次带着外包技术团队的一名摄像、一名编导完成前期拍摄，再和两名后期剪辑人员共同完成9个短视频；第一次在微信公众号推出的9个短视频每个点击量均超过300万、总点击量超过3000万；第一次通讯、评论和短视频均被中央网信办全网推送；第一次短视频上了微博热搜……据新华智库提供的观察检测数据，廖俊波先进事迹的传播力指数已创下当年以来全国典型人物报道最高值。

回顾两轮采访，第一轮我执笔采写了2017年4月15日见报的长篇通讯《“樵夫”的魔力》，仅在人民日报客户端的点击量就超过了223万次，此外我还撰写了评论《为官当学廖俊波》和4月16日见报的通讯《爱人者，人恒爱之》，均被网易、搜狐、凤凰等百余家网站转载。第二轮我采写了6月9日见报的通讯《廖俊波为何令人念念不忘》，见报时配视频二维码《看，他们这样画出廖俊波》，6月10日至14日见报的五篇系列“廖俊波的故事”，见报时均配“廖俊波，见字如面”系列视频二维码，该系列的母亲篇、妻子妹妹篇也分别在6月21日随《中宣部追授廖俊波“时代楷模”荣誉称号》的消息和6月22日随廖俊波同志先进事迹报告会整版摘编以二维码的形式见报，创新媒体产品倒灌版面成功率之新高，评论《“工作是快乐的”》先在人民网刊发，6月15日在评论版见报，第二轮报道推出的9个短视频通过人民日报中央厨房推出后，均在人民日报“两微一端”、人民网、秒拍、腾讯视频、网易、今日头条等多个PC端和手机端APP被100多家媒体广泛传播。

不论是文字报道还是新媒体报道，扎实的采访都是报道成功的基础，而要完成扎实的采访，就必须首先打消自己的疑虑，让自己真正了解采访对象、被典型人物的事迹所感动，这样创作出来的产品才可能让受众感动

采访刚刚开始的时候，我对廖俊波也一度抱着怀疑的态度。当所有采访对象都异口同声地说他为人和善、平易近人、工作起来不要命的时候，我心生疑窦：他真的有这些人说得那么好吗？作为一个长期分管和主管工业的领导，他真的能做到始终清廉吗？这么年轻就任副厅级干部，他真的没有走什么捷径吗？都说他工作起来不要命，他是不是个官迷呢？……一系列问题，在逐渐深入的采访中，我曾经私下里一次又一次地抛给采访对象，

也一次次在采访中暗自求证。在听到了一个个感人的故事，看到几乎所有采访对象说着说着都动情地红了眼眶、流下眼泪，看到他所到之处给当地带来的巨大变化之后，我渐渐被他的事迹打动了，被他的毅力征服了，被他的人格魅力感染了。从和很多采访对象闲谈的内容中，我触摸到了一个更加多面、更加立体、更加鲜活的廖俊波形象：他并不是那么完美无缺，但他的确又是如此的努力、如此的乐观、如此的拼搏不懈、如此的和蔼可亲。

为了让采访更加扎实，在大部队结束采访后，我留下继续深入采访，对廖俊波的妻子、女儿，廖俊波身边工作人员、司机、原同事等多人进行了二次采访，在一对一的交谈中获得了更多故事，启发对方回忆了更多关于廖俊波的细节，有助于我更加全面地了解廖俊波。这也解释了为什么4月11日我采访刚结束回到北京就接到通知，12日早上8点前必须交稿时，我能够比较气定神闲地通宵写到清晨6点多，交上了一份基本合格的送审稿。

在集体采访、规定动作中要想出彩，就必须摒弃传统的集体座谈、大队伍大呼隆的采访模式，独辟蹊径、搜寻有效信息源、深度挖掘，通过一对一采访模式耐心细致发现其他人没有注意到的闪光点

事实上，刚开始，对廖俊波的采访并非一帆风顺。第一次集体采访刚开始时，网上可以搜到的廖俊波事迹非常有限，我们对廖俊波的事迹了解还不够深入，而当地安排的采访形式主要是座谈，满满一个会议室的人七嘴八舌，每个人没问几个问题，一个小时就已经过去了。而且，在人多的情况下，采访对象也无法对廖俊波的事迹展开充分论述，半天采访下来，我感觉得到的信息千篇一律，无非是廖俊波非常敬业，整天白加黑、5+2，他突然去世大家都接受不了等。当晚，我们还集体采访了廖俊波的妻子和女儿，也感觉对方非常拘谨，说话时一直处于戒备状态。这让我非常焦虑，虽然感觉这样的采访形式不好，但又没想到更好的办法突围。当晚采访过后，当地组织部的同志拷给了我一些视频和文字资料。我一口气将这些资料全部看完时，已是凌晨1点，但仍旧感觉找不到头绪，十分苦恼。

次日上午，我们匆匆赶往廖俊波担任了4年县委书记的政和县。在车上，我突然想起，3月19日廖俊波去世消息刚发布，我曾在一个微信群里看到过南平市的一位干部发言，我赶紧找到这个群的聊天记录，查到了这是南平市纪委的一位同志，迅速加了他为好友。这位“网友”非常热心地告诉我，廖俊波当选为“全国优秀县委书记”后，他曾经两次采访过廖。他向我推荐了两位曾经在廖俊波身边工作、对廖的事迹较为了解的同志，我一下子兴奋了起来。我赶紧与这俩人取得联系。当天下午5点，在见到了政和县委办原主任叶金星、与他单独长聊了几个小时之后，我的心终于放了下来。他不仅介绍了廖俊波4年县委书记期间的事迹，更推荐我采访了一些关键人物，使我获得了更多一手的独家信息。例如许绍卫受赠染发剂，廖俊波让车给魏万进、汤文池等退休老干部受廖俊波感染发挥余热等事例，都是他首次向我提及的。

此后，我根据叶金星提供的人员名单进行了深入采访，不再与大部队一起开座谈会，而是通过一对一的深入采访，又挖掘到许多细节和鲜为人知的故事。此后几天，除了去村里的点上采访时不得不集体行动，剩余采访中，我基本都尽量采用单独采访或两三人对一人采访的模式，尽快占有足够多的信息，从而在有限时间内尽快构建对廖俊波的完整印象。

用真诚的态度去打动他人，获取对方尽可能多的信任，让对方放下戒备、尽可能地打开心扉、愿意和记者毫无保留地沟通，才能在有限时间内抓住一切可能的机会获取尽可能多的信息，也才能获取更多有效的独家信息，寻求到更多受访者的支持，做出更多出彩的产品

在武夷新区采访时，管委会副主任洪少峰在集体采访中并没说太多有价值的信息，但他说了一句“有的话当着这么多人的面我说不出来”。等他发言完毕后，我迅速找到他，要求去他办公室私聊，他欣然同意，并主动向我推荐了正在国家旅游局挂职的顺昌县县长余向红，说她对廖俊波在政和期间抓教育、医疗的情况较为了解，希望我回京后能与她聊聊。

回到北京后，我主动与余向红取得联系，她专程到报社和我畅聊了两个多小时，介绍了不少之前采访中无人提及的细节，例如石屯中心小学蓖麻子中毒事件、政和县医院探索托管改革、政和教育基金会成立的来龙去脉等，对我写稿和之后第二轮深化采访都起到了关键作用。

此外，我还不止一次与廖俊波的大妹妹廖俊芳进行电话和微信沟通，得知了不少关于廖俊波早年的独家信息，这些都有助于我进一步了解廖俊波的情况。第一次采访回来后，我和工作室的小伙伴一直在筹划如何再制作一些关于廖俊波的新媒体产品。受中央电视台热播的《朗读者》启发，小伙伴提出，是不是可以让受助者写一封信，然后通过读信的方式寄托哀思？

我把这个想法和廖俊波的大妹妹沟通时，得知廖俊波的母亲每天还在给廖俊波发微信，就提出她和母亲是否可以给廖俊波写封信。对方很快把写好的信传给了我，的确感人肺腑，这更坚定了我做“廖俊波，见字如面”系列短视频的决心。我又一一与受过廖俊波帮助的5位群众进行了沟通，他们都很快写好了信的底稿。因此，在我奉命参与第二轮采访制作廖俊波融媒体产品的任务时，“廖俊波，见字如面”系列已是万事俱备了。

不论是采写文字稿，还是制作新媒体产品，都需要采访者开动脑筋、施展创意，用独特的形式吸引受众的关注，用翔实的内容赢得受众的认可

俗话说，“千金难买好创意”。应该说，两次采访都是“命题作文”、集体采访，面临着与其他媒体同行同台竞技甚至PK的问题，而要胜出一筹，就必须靠别具一格的创意。

如今，提起廖俊波，大家用得最多的“标签”就是“樵夫”一词，应该说某种程度上，第一轮采访中我执笔的长篇通讯《“樵夫”的魔力》起到了一定的推动作用。事实上，在集体采访中，廖俊波的微信昵称是“樵夫”这个信息是所有采访者都熟知的，但当问及他夫人为何要取名“樵夫”时，一开始我并没有得到更多的有效信息。我没有轻易放弃这一线索，向多个采访对象探询这个微信名的来历，得到的说法不一。廖俊波的同事说，廖俊波出生在山里农村，他以樵夫自居，是欣赏樵夫那种兢兢业业、不畏劳苦的精神；廖俊波的大妹妹告诉我，他本人喜欢金庸的武侠小说，“樵夫”是《射雕英雄传》中一灯大师的弟子之一，是个武功高强、乐观和善的世外高人。我在采访中，认为“樵夫”这个标签可以较为恰当地概括廖俊波的特质，容易被读者记住，就大胆地用在了标题上。

创作新媒体产品更需要创意。而且，一旦出发去福建，就意味着已经进入了产品的实施阶段，必须在出发前就把产品创意、脚本、拍摄日程等全部安排就绪。除了“见字如面”系列，在被中宣部点将后，我们感觉还应该制作一些更加有创意的融媒体产品。工作室小伙伴在碰撞多次后，受到多个采访对象提到“廖俊波像阳光一样温暖”“像老黄牛一样勤勤恳恳”“像水一样清清白白”等比喻启发，决定找十余名熟悉廖俊波的人来画一幅画，用比喻的方式介绍廖俊波的特点；同时，让受访者写下他们对廖俊波印象最深刻的一句话，并解释为什么，用类似“拼图”的感觉给受众呈现一个他人心目中的廖俊波。实践证明，这样的创意的确独辟蹊径。横向对比来看，其他媒体制作的短视频尽管也不乏佳作，但使用历史资料、传统呈现方式的多，用创意通过画画、写信来呈现的仅此一家，从形式上说可以算是略胜一筹。

姜洁 简介

姜洁，女，汉族，1980年7月出生，江苏盐城人。2000年1月加入中国共产党，2002年进入人民日报社，现为人民日报社政治文化部党建采访室副主编、主任编辑。撰写的通讯《三问焦三牛——一个清华毕业生的人生选择》获第23届中国新闻奖；参与编辑的《红船观澜》获第22届中国新闻奖；参与采写的“如何看待基层干部”系列报道获第24届中国新闻奖，多篇作品获人民日报社精品奖等奖项。

邹碧华

简介

邹碧华（1967.1–2014.12）男，汉族，江西奉新人，中共党员。北京大学法律系经济法专业毕业，法学博士，高级法官，博士生导师。曾任上海市长宁区人民法院院长、上海市高级人民法院副院长等职务。

2006年当选“上海市十大杰出青年”“上海市十大优秀中青年法学家”。

2014年12月10日，在赴徐汇区法院参加司法改革座谈会途中突发心脏病，经抢救无效去世，享年47岁。

2015年1月24日，最高人民法院与中共上海市委联合召开命名表彰大会，追授邹碧华“全国模范法官”“上海市优秀共产党员”荣誉称号。

2015年3月2日，中共中央追授邹碧华同志“全国优秀共产党员”荣誉称号；3日，中央宣传部追授邹碧华“时代楷模”荣誉称号。

要闻 6 2015年2月26日 星期四 人民日报

时代先锋

勇于担当的改革奋楫者

——追记上海市高级人民法院副院长邹碧华（上）

像邹碧华一样点亮中国

满洲里开展"国家形象我塑造"活动

用笑脸打造最美

快评

要闻 6 2015年2月27日 星期五 人民日报

时代先锋

永远的"庭前独角兽"

——追记上海市高级人民法院副院长邹碧华（中）

重庆江北区聘请八百名综治特邀委员，为民排忧解难

群众代言人 社区智囊团

形成合力方事半功倍

快评

要闻 4 2015年3月2日 星期一 人民日报

纪念"三八"国际妇女节暨全国妇女先进典型表彰大会举行

刘延东李源潮会见代表 沈跃跃李海峰出席大会

花灯迎元宵

做改革航船的奋楫者

中央社会主义学院2015年春季开学典礼举行 严隽琪出席并讲话

郭声琨在河北调研时强调 筑牢全国两会安保环京"护城河"

云南沧源佤族自治县发生5.5级地震

书话两会之第一回

委员抵京抬眼望 平年盛会不寻常

为了法治的进步

——追记上海市高级人民法院副院长邹碧华（下）

时代先锋

勇于担当的改革奋楫者

——追记上海市高级人民法院副院长邹碧华（上）

本报记者　徐　隽　郝　洪

“邹碧华怎么了？在抢救？有生命危险？怎么可能！”

2014 年 12 月 10 日下午 2 点 40 许，上海高院院长崔亚东接到电话，他不敢相信自己的耳朵。上午，邹碧华还在市政法委参加司法改革会议，按计划，下午他还要去参加在徐汇法院召开的司法改革座谈会。

此刻，上海高院政治部主任郭伟清也掉转车头，向医院疾驰。奔进抢救室，郭伟清看到碧华的一只手垂了下来，便下意识地去扶他的手，那只手冰冷冰冷的。

一旁，崔亚东的喉咙像是被堵住了，一句话也说不出来。

邹碧华，上海高院副院长、司改办主任，法院司法改革最得力的干将，突发心脏病，倒在了司法改革的征途中。

“改革怎么可能不触及利益”

47 岁的邹碧华，去世前最牵挂的是司法改革。

去年 6 月，上海被中央确定为全国首批司法体制改革试点地区之一。此前，邹碧华参与研究制定了最高法“审判权力运行机制改革试点”“司法公开平台建设改革试点”等方案。这一次，推进司法改革的重担再次落在邹碧华肩头。

邹碧华参与主持起草了《上海法院司法改革试点工作实施方案》，先后召开了 15 次座谈会，历经 34 稿。

去世前几天，邹碧华还和郭伟清谈起改革方案，“他说，你们那个员额制方案还要再调整”。

法官员额制是此轮司法改革的“牛鼻子”，也是最难啃的“硬骨头”。法官比例压缩至 33%，意味着有一批现任法官进不了法官序列。怎么改？邹碧华力主避免两个“一刀切”——不按资历、行政级别“一刀切”，要科学考核，给年轻人留有机会；高院、中院、基层法院的法官比例不能“一刀切”，要给一线法官更多机会；要让真正有能力、有水平、能办案的法官进入员额中。

有同事劝邹碧华“悠着点，少得罪人”。他说：“改革怎么可能不触及利益，怎么可能没有争议？该担当时必须担当。”

邹碧华带领司改办团队，调研全市法官分布情况、人力资源实际投入，独创了一套“案件权重系数”，分析全市法官办案质效，并请来调查公司进行专业分析，寻求最佳方案。最终，员额制改革避免了“一刀切”。

“邹碧华是将改革作为事业在做，而不是作为一件事情来做。”郭伟清感慨，“做一件事，就要考虑是不是能摆得平。做事业，就是一个标准，怎样有利法治进步，就怎样设计推进。”

“有数据、重事实才能更好地推进改革”

“碧华提出的许多改革建议和方案都具有很强的可操作性。”最高法司改办主任贺小荣说，“它们都是建立在大量数据分析基础上的，不是理念的堆砌，是用事实说话。”

多年前，邹碧华在长宁法院任院长时，就是通过调查研究，用数据和事实，一点一点往前推进自己的改革设想。

2008年6月25日，邹碧华到长宁法院赴任。还没进自己办公室，就直接到会议室，讨论信访案件的化解。

邹碧华到信访办调取了500多封群众来信、100件执行案件卷宗，逐一分析问题原因。一有空就去立案大厅看法官接待，去法庭旁听法官审案子。这样过了几个月，邹碧华了解了基层法院情况，也找到了解决问题的突破口。

执行投诉多、管理薄弱，他就改革了执行流程，改变以往“一人一案管到底”的传统运行模式，将执行分成接待、查控、研判、强制4个环节，每个环节相互牵制、监督，提高执行绩效，执行投诉率下降了76%。

有当事人投诉曾经33个电话找不到法官，他就建起法院“小总机”，安排专人接听，以防法官因开庭等接不到当事人电话，也为当事人提供咨询服务。这一“小总机”模式成了如今在全国法院推广的12368热线电话的雏形。

长宁法院大楼改建，需要设立临时立案大厅。“邹院长看了设计方案，没有说不好，只是要求我们，首先调查来立案的人员数据，再和现有方案对照，看是不是符合现实需求。”长宁法院办公室主任曾俊怡回忆。

调查下来，原来的设计果然有差距，设计团队根据结果迅速调整了方案。“邹院长总说，有数据、重事实，就容易得到大家的理解和支持，就能更好地推进改革。”

“先进理念不能超越中国实际”

人们称邹碧华是博士院长，北大博士毕业后，他曾作为上海法院系统首个外派法官，去美国联邦司法中心进修了一年。

“他读的书多，可我觉着他不书生，不教条。”长宁法院副院长胡国均说。在长宁法院时，每逢信访当事人生日，邹碧华都要给对方发条短信，打个电话。他认为，法院不仅要办好案子，还要做好延伸服务，在力所能及的范围内为当事人排忧解难。

“他熟悉西方法律，同时深受中国传统文化教育，坚守中国方法。”贺小荣说，“让先进的技术和理念为中国改革实际服务，这是邹碧华的智慧。”

早在2000年在美国进修时，邹碧华就专题研究了美国联邦法院内部职责分工及法官辅助人员配置方法，回国后，写下4万字考察报告。“没人让他写这些，他自己总结的。”时任上海高院院长滕一龙说，“他还研究了司法公开制度，回来后给年轻法官做讲座，引起了很大反响。”

多年后，邹碧华在上海高院主持制定了上海法院信息化建设三年规划，综合运用互联网、“大数据”、“云计算”等信息技术，用信息化力推司法公开。其中，有 6 项应用属于全国法院首创。

邹碧华深知中国实际，了解中国法官队伍现状，不照搬国外一套。“碧华总说，给予法官更多独立审判权是改革大方向，但要有监督。”贺小荣说，“比如，碧华在方案中设立主审法官联席会议和专业法官会议制度，可以发挥资深法官的作用，为疑难案件提供咨询意见。”

“邹碧华凭借前瞻性的改革视野、丰富的实践经验成为全国司法改革的先行者，为上海乃至全国法院的司法改革做出了积极的贡献。”崔亚东说。

去年 10 月，党的十八届四中全会召开，司法改革成为依法治国的重头戏，这给处于司法改革前沿的邹碧华们注入了强大的动力。

“最让我感到难能可贵的是，他一心扑在工作上，从不计较个人得失。”崔亚东说，“在工作分工、职务升迁上，每当我征求他的意见时，他总是说服从组织安排，以工作需要为重。”至今，崔亚东的手机上还保留着邹碧华发给他的一条短信：“我觉得司法改革和信息化是真正能够改变中国法院的两大领域。如果这两年能抓紧干出模样来，也算对得起党，对得起自己的人生。个人上不上台阶不重要。”

在历史给予的重大改革机遇面前，邹碧华追求改革理想，不计个人得失，不计个人毁誉，将改革“一点一点向前拱”，用他47年充分燃烧的一生，写下了改革者的执着和信仰。

（原文载于《人民日报》2015年2月26日1版、6版）

永远的“庭前独角兽”

——追记上海市高级人民法院副院长邹碧华（中）

本报记者　徐　隽　郝　洪

从去年12月10日至今，上海长宁法院助理审判员陈婷婷心里总是盘旋着3个问题。

“你希望做什么样的法官？”

“应该怎样实现你的法官理想？”

“生命的意义是什么？”

这3个问题已经困扰陈婷婷好些年，“是他给了我们清晰的答案。”

他，是上海高院副院长邹碧华。去年12月10日，因突发心脏病，邹碧华的生命永远定格在了47岁。

邹碧华辞世后，网上网下哀思如潮。人们称赞他，“一个真正的法律人”“燃灯者邹碧华”。

“他那么优秀，我们总想他是不是天才，是不是出身、机遇很好。”陈婷婷说，“事实并非如此。他用一生证明了，只要你加倍努力，总会得到认可。”

精益求精的学者型法官

“法官当如邹碧华”——这是自邹碧华去世后，网络上转载最多、引用最多的一句话。

1988 年，从北京大学法律系毕业的邹碧华和未婚妻唐海琳来到上海，开启了他 26 年的司法职业生涯。

“他非常勤奋，到了书店就买书，经常一摞一摞地买。看书奇快，记忆力惊人。”好友王利军说。到过邹碧华家的人都对他的书房叹为观止，几千本书密密麻麻地摆放在书架上，就连桌子底下也堆满了书，其中绝大多数是法律书。

1993 年至 1999 年，邹碧华先后考取了北京大学国际经济法专业硕士研究生、北京大学经济法专业博士研究生，6 年里获得了法学硕士、博士学位。

2000 年，按照组织安排，邹碧华前往美国联邦司法中心担任研究员，对美国联邦法院内部机构设置及法官助理制度进行专题研究，其间还短期前往耶鲁大学做访问学者。“他去了一年，受到很大震撼，回来时运回了几大箱的复印资料。”妻子唐海琳说。

如饥似渴地学习是为了更好地提升自己的审判能力，邹碧华审判业务之强是出了名的。

2003年10月至2008年6月，他先后担任上海高院民一庭副庭长、民二庭庭长、审委会委员。5年中，他指导或参与审理了上海社保基金追索案、我国首例涉及英国皇家建筑协会JCT文本的建筑工程案、北方证券破产案、艾滋病群体诉讼案，以及涉及数千名当事人的“乐客多”超市群体诉讼案等一大批在全国具有重大影响的案件。在审理上海社保基金案件中，邹碧华提出“先予执行”的方案，破解了追索38亿元案款的难题，受到上海市委嘉奖。

他曾经参与合同法、公司法等重大司法解释的起草。主编或撰写了《公司法疑难问题解析》《中国法官助理制度改革研究》《中国简易程序的改革与完善》等十多部著作。2010年，邹碧华的专著《要件审判九步法》在法律界引起轰动，连续两年成为法律出版社畅销书。

公正不仅仅体现在法庭上

邹碧华的微博和微信名叫“庭前独角兽”。独角兽是一种能辨是非曲直、识善恶忠奸的神兽，是中国传统法律与公正的象征。

专业才能公正，而邹碧华所追求的并不止于个案的公正，“一个案子的处理不仅要公平，还要让当事人能从中感受到司法的温暖，这是邹院长对公正的诠释。”长宁法院少年庭法官顾薛磊说。

5年前，小铭身患白血病，5岁的他被亲生父母狠心抛弃。无钱为孙子看病，走投无路的爷爷李培亭和老伴来到长宁法院，要以小铭的名义起诉他的亲生父母。“当时，还没有未成年孩子告亲生父母的案例，所以迟迟没有立案。”顾薛磊说。

那时候，小铭已经病得很严重，只能保守治疗。得知情况后，时任长宁法院院长的邹碧华带着立案庭法官开了两天会，研究法条，最终决定立案。“法律的精神是保障孩子的权益，不要被僵硬的法条所束缚。”邹碧华说。

最终，法院判决小铭的父亲将名下房产划归小铭作医药费，小铭也坚强地活了下来。小铭的奶奶感动不已，她决定死后将遗体捐给医学院做研究，并签署了相关协议，作为对好人的报答。

邹碧华曾经说过，“当一个好法官光靠专业知识是不够的。专业知识如果不与社会生活相结合，如果没有人文精神的滋养，就会干瘪无味”。

“他特别强调人性化服务理念。”长宁法院少年庭副庭长钱晓峰说，“法院干部能力培训，他请了虹桥宾馆的大堂经理来讲客户服务。这是我们从来没想过的事情。一杯清茶、一杯咖啡、一条毛巾，让当事人感觉到温暖，感受到尊重。”

在邹碧华看来，公平正义不仅仅体现在法庭之上，在更大范围内让人感受到公正，这是一个法官的价值所在。

推动法官律师良性互动，提升司法公信力

邹碧华去世当晚，一位律师在微信圈上写下八个字：“良师益友，品行高洁。”

那一夜，网上网下，律师群体纷纷向邹碧华致敬，痛惜他英

年早逝。有网友疑惑："碧华做了什么，让那么多律师怀念他？"一位律师在微博上这样回答："因为他有一个真正法官的学养和操守。"

作为法官，邹碧华有着清醒的社会角色意识。"律师对法官的尊重程度，表明一个国家法治的发达程度；而法院对律师的尊重程度，则表明这个社会的公正程度。"这是邹碧华生前最后一次公开演讲中的一句话。

因为这句话，邹碧华在法庭上努力营造法官、律师相互尊重、信赖的氛围；独创《法官尊重律师的十条意见》，呼吁建立法律共同体；倾力推出律师服务平台，改善律师执业环境。

"那是2010年，邹碧华听到一些律师抱怨部分法院的法官对律师很不尊重，很是感慨。"长宁法院监察室主任傅为高回忆。

在邹碧华看来，法官和律师之间在工作上要有距离，而平常应该是朋友，"不要以为律师都会来腐蚀你，心底纯净地看待法官与律师的关系，就能形成良性互动"。

邹碧华去世前1个月，正忙于推出他精心打造的律师服务平台。在这个平台上，律师不仅可以申请网上立案、网上支付诉讼费，还可以根据自己代理不同案件的出庭时间，申请庭审排期。有了这一平台，全市律师可以在网上阅卷，每年减少60万个小时工作时间，节省10万次车辆往返。

2014年12月9日，邹碧华去世前一日，上海法院律师服务平台试运行。当天中午11时45分，邹碧华在微信朋友圈发出他生命中最后一条留言："希望让律师执业环境越来越好。"

如今上海市1325家律师事务所的近17000名律师，都已成为这个服务平台的受益者。他生命中的最后一条留言，成为许多律师心中的永恒记忆。

（原文载于《人民日报》2015 年 2 月 27 日 6 版）

为了法治的进步

——追记上海市高级人民法院副院长邹碧华（下）

本报记者　徐　隽　郝　洪

在上海长宁区法院新推出的信访管理系统中，青年法官张枫设立了一个秘密账号。

“这是给邹院长留的。”张枫说，“我希望，他在天堂里能看到凝结着他心血的信访系统升级了。”

让张枫忘不掉的邹院长，是上海高院副院长邹碧华。去年 12 月 10 日，因突发心脏病，邹碧华倒在了工作岗位上。熟悉和不熟悉邹碧华的人用各种方式去纪念他，在张枫这一代年轻法官心里，“邹院长就是理想的现实版”。

“他多才多艺，又重情重义”

妻子唐海琳和邹碧华是大学同学，“他爱画画，那时候，我的床头都贴着他画的画”。大学毕业时，邹碧华在唐海琳毕业纪念册上写道：“你的生命就是我爱的雕塑。”

毕业时，邹碧华决定随唐海琳一起回上海发展。1988 年 7 月，在投送了 60 多份简历后，邹碧华被上海高院录用。

“他读书特别快，对社会有很多思考，很忙碌，但也快乐、满足。”唐海琳说。

2006 年，邹碧华当选为“上海十大杰出青年”。回家后，他忍不住向妻子“嘚瑟”了一下。“碰到开心的事，他就像孩子一样，摇头晃脑告诉你。”唐海琳说，“他多才多艺，又重情重义。”

在长宁法院收发室员工何勇眼里，“情义”二字意味着深深的尊重。邹碧华到长宁法院后的第二天，便前往每个庭室慰问。何勇没想到新领导会到不起眼的收发室来。“何老师！”邹碧华进门叫了一声，何勇的心头一热。

第二年年底，邹碧华让何勇统计收发室一年工作量。一个月后的新春茶话会上，何勇突然听到自己的名字：“在恭贺新禧的同时，不要忘记感谢那些默默无闻的普通工作人员。像何勇老师，他这一年发放报纸 7 万份，与法警交换文件 3800 份，收寄各类信件 35600 封……节约邮费 760 元。让我们大家一起为何勇老师鼓掌！”

这位在对越自卫反击战中担任过连队指导员、经历过无数子弹从头顶擦过的老兵，在那一刻泪流满面！

“保持心底纯净，每天就有积极心态”

“和邹院长在民二庭搭档3年，你总能感受到他的真诚和激情。”现任上海铁路运输法院院长俞秋玮说，“我问他，怎么才能做好。他说，不要计较身边的不满，做好自己，保持心底纯净，每天就有积极心态，就能做好工作。”

上海高院司改办副主任张新记得，邹碧华有三句口头禅。

一句是“没事儿，我不累！”

去年10月，张新陪邹碧华去甘肃兰州开司法改革座谈会。“早上6点从上海出发，到兰州12点。开会期间不停批阅我们送给他的材料。会务上安排可以住到第二天，当天晚上他就赶回上海，到家已经是第二天凌晨。我爱人说，你那个领导好像不一样，这么连轴转怎么受得了。”

邹碧华的另一句口头禅是“现在人力成本很昂贵，你们先去忙吧”。

邹碧华是上海高院司改办主任，有许多会议要参加。“按常规，我应该陪着领导去参加会议，但他总是说，你们忙你们的，我自己去就行。”张新说。

邹碧华还有一句，“没事儿，有我在”。

司法改革的许多工作他都是亲力亲为。“我们有个介绍司法改革进展的百宝箱式的PPT，这几百页的PPT是他自己加班加点完成的。他总说，只要我能完成的，我尽量不麻烦你们。”张新说。

“他总能激发你内在的激情，找到自身价值”

“他总能激发你内在的激情，找到自身价值。”张枫说。

上任长宁法院院长伊始，邹碧华就召集年轻法官开座谈会，讨论“职业生涯中的七年之痒”。

张枫第一个发言，“我心里很不以为然，什么职业规划，我们下属的规划不是你们领导来定的嘛”。

“当时，他说了一句话击中了我。他说，有时候不是机会没眷顾你，而是你自己迷失了方向。”

邹碧华一有机会就去旁听年轻法官开庭，和年轻人讨论案件，探讨工作方法，给他们创造机会。

有一次，民三庭顾鸣香开庭审理一起因漏水引发的邻里纠纷，当事人在庭上激烈争吵起来。“当时我比较紧张，一下子就不知道怎么办了。”

休庭后，在庭下旁听的邹碧华和顾鸣香讨论起庭审，他提醒顾鸣香，可能案子的关键不在诉状本身。顾鸣香去实地探访，通过实验找到了漏水原因，调解结案。

邹碧华听说案子圆满解决，很高兴。他鼓励顾鸣香将办案经过写下来，收进他主编的《法庭上的心理学》。在他的激励下，包括顾鸣香在内，长宁法院 40 多名干警通过了心理学资格考试，获得国家二级心理咨询师资格。

“你能感觉到他对每个人的关注。”长宁法院法官张青说，“他有个习惯，下班以后走到楼下，如果办公楼还有几盏灯亮着，他就上去再到各个办公室看看。”

繁忙工作之余，给华东政法大学毕业生做职业规划是邹碧华每年的保留项目，因为讲座内容丰富又实用，每次都人气爆棚，甚至还有很多外校同学慕名而来。

2010年6月，邹碧华给夏关根等3名他的硕士毕业生发了一条长达500多字的短信，提出建议：“你们有的人进入的是权力领域，今后会有很多人通过各种各样的关系找到你们，你们一定要耐心听取他们反映的情况，但决不可把私利带入其中，否则会有违司法良心。”

博士生唐臻豪回忆，老师从来都不说场面话，他真的在关注你的成长，是在尽自己的努力，让世界再多一些人为法治进步而奋斗。

（原文载于《人民日报》2015年3月2日4版）

从不寻常处深刻理解典型

徐　隽

邹碧华是习近平总书记批示的第一个法院系统的典型，他生前曾任上海市高级人民法院副院长。刚接到采写邹碧华事迹的任务时，我心里还有点儿发怵。一是当时媒体对邹碧华的报道已经铺天盖地，感觉很难写出新意；二是在我印象中，法院系统典型很少有“精彩”的故事。法官不像警察那样勇破奇案，不像检察官那样智擒贪官。法官的工作相对单一，从新闻传播角度看，往往重要但不闪耀。这些年，法院系统涌现的典型，有的是捐献骨髓受人尊重，有的是与病魔斗争彰显刚毅，有的是调解纠纷默默无闻……很少有现象级的典型人物出现。邹碧华会不会也是这样呢？

要克服畏难情绪，只能靠深入采访。出发前，我几乎把媒体对邹碧华的报道看了个遍。磨刀不误砍柴工，在碎片化的回忆、故事、感想中，我捕捉到了一些不同寻常的细节。

正是这些不同寻常的细节，提供了写好典型人物必备的矛盾冲突甚至是戏剧冲突，也为文章写出新意、写出深度提供了可能。

第一，邹碧华是上海高院副院长，是一位领导干部。他去世时是2014年，那时的网络空间还不像现在这样清朗，仇官仇富现象还比较普遍。然而，邹碧华逝世，最早是“民间舆论场”发起悼念，很多人的微信朋友圈几乎一夜刷屏。一位领导干部能得到群众如此自发的怀念，不同寻常。

第二，邹碧华是一位法官，从参加工作起就在法院工作。然而在悼念邹碧华的人群中，律师群体却非常积极。其实，在当时，法官和律师的关系并不像现在这样平等，二者仿佛猫和老鼠，律师在法庭上有时得不到应有尊重，对法官和法院怨声载道。法官离世，律师悼念，甚至在某地律协组织的足球赛开场前还先为邹碧华默哀，不同寻常。

第三，邹碧华生前留下了大量关于司法改革的文章、讲座、视频，然而，当时司法改革刚试点，我们到一些地方采访司法改革，常常会吃闭门羹，没有多少人会谈改革，更多的是在等待、观望。这与邹碧华大张旗鼓宣传改革、深入细致研究改革、大刀阔斧推动改革形成了鲜明对比，不同寻常。

这三个不同寻常吸引了我，我感到，只有围绕矛盾冲突甚至戏剧冲突点做文章，才能写出新意、写出深度，才能回答为什么我们这个时代需要更多邹碧华。

于是，一到上海，我就和邹碧华的家人、同事、领导、同学以及与他打过交道的当事人联系，在集体采访之外，又见缝插针开展单独采访。功夫不负有心人，大量鲜活的事例扑面而来，邹碧华的“过人之处”逐渐清晰：

群众之所以怀念他，因为他心系群众。在基层法院当院长时他主动提出分管信访，别人当作烫手山芋的信访工作，在他那里却干得得心应手。他待人真诚，对收发室的职工都叫老师。他会带队伍，手把手带徒弟，不少人已经走上领导岗位或成为业务尖兵。全面从严治党呼唤像邹碧华一样践行群众路线的领导干部。

律师之所以敬重他，是因为他尊重律师。他敢为人先，在全国率先出台保障律师权利的办法，律师到法院可以免安检，并使用专门的休息室、更衣间，法官随意打断律师的辩护发言会受到处罚。全面依法治国需要像邹碧华一样保护当事人权利的法官。

邹碧华之所以敢于推动改革，是因为他真正懂改革。他北大毕业，国外访学。为了弄懂日本案例，一年内自学掌握了日语；为了研究用信息化手段管理法院，硬是把自己变成了软件专家；为了指导徒弟判案，把自己的审判心得写成教科书，成为大学生常备书目……全面深化改革离不开像邹碧华一样锐意创新的人才。

采访到这儿，邹碧华的事迹已经很扎实了，写成一篇典型人物稿已经足够了，但我还总感觉缺点什么。在与邹碧华家人的接触中，我发现，邹碧华在生活中展现出来的细节是如此真实：

取得成绩了，有点小得意；遇到挫折了，有点小失落。对爱人，相敬如宾，温柔体贴；对儿子，父爱如山，言传身教。他不仅自己优秀，而且爱人事业有成，孩子学业无忧，家庭幸福美满。

我认为，把邹碧华为人为夫为父的成功之处表现出来，对处于任何人生阶段、从事任何职业的人来说，都是难得的励志故事，都能受到启发、引发共鸣。

就这样，我和人民日报上海分社记者合作，用近乎白描的方式把采访挖掘出来的故事、细节、话语呈现给读者。没有过多渲染，没有华丽辞藻，力图给读者介绍一位人人能学的榜样。

文章写完，我自己读了一遍又一遍，越读越觉得，做共产党员要像邹碧华那样，做法官要像邹碧华那样，做人要像邹碧华那样，好像做什么都要像邹碧华那样。至此，我才感到，文章已经说服了我自己，让我有了见贤思齐的冲动，可以提交了！

文章见报后，一位大学老师给我发来短信："邹碧华的文章写得好，看后感觉很痛心，天妒英才。"的确，不少人看后，都对邹碧华的离世感到深深的遗憾，觉得这么完美的人，怎么就走了呢？

收到读者第一时间的反馈，我心里一直悬着的石头落了地，感到报道的基本目标也许已经达到了。因为，只有深深认同典型人物，觉得他不假、不装、不做作，把他当偶像、当榜样、当楷模，才会对他的离去感到伤痛，才会对他产生发自内心的敬仰，才有学习效仿他的内在动力。

采访邹碧华，是我承担的第一个中宣部重大典型宣传任务，过程中得到了温红彦主任、张毅副主任的指导和鼓励。通过这次学习提高，我感到，在典型人物辈出的时代，要让笔下的典型人物被读者认可，就必须写出新意、写出深度，必须开掘出典型人物与时代需求的连接点，必须展现出典型人物的“过人之处”。要做到这一点，不妨从典型人物不同寻常的矛盾冲突甚至戏剧冲突中去找答案。带着问题去采访，带着疑惑去解答，努力塑造既令人敬仰，又可学习、可效仿的典型形象。

徐隽

简介

徐隽，男，汉族，1988年1月出生，四川西昌人。2008年5月加入中国共产党，2012年进入人民日报社，现为人民日报社政治文化部政法采访室副主编、团支部书记。参与制作的新媒体产品获第28届中国新闻奖，多篇作品获人民日报社精品奖、中国人大新闻奖等奖项。被授予六五普法全国模范个人、中直机关青年岗位能手。兼最高人民法院特约监督员。

兰辉

简介

兰辉(1965.4-2013.5)男，回族，四川北川人，大学本科学历，中共党员。生前曾任四川省北川县团委副书记、书记，5·12汶川特大地震后，担任北川副县长一职。

2013年5月23日，兰辉在下乡检查道路交通和安全生产工作途中，于北川县漩坪乡不慎坠崖，因公殉职，享年48岁。

2013年9月，中央组织部追授兰辉同志“全国优秀共产党员”称号。

2013年10月，中央组织部、人力资源和社会保障部、国家公务员局追授兰辉“全国人民满意的公务员”荣誉称号。

2013年10月15日，中华全国总工会追授兰辉“全国五一劳动奖章”。

2013年11月29日，四川省人民政府追授兰辉为全省民族团结进步模范个人。

人民日报　政　治　2013年9月24日 星期二　11

公仆情怀守护羌山湔水

——记四川省北川羌族自治县原副县长兰辉

本报记者 刘 阳

以先锋模范为镜

最后一天，他仍在路上

修路建桥，他眼里容不得半点沙

以忘我的工作，告慰遥远的妈妈

亏欠了家人，无愧于北川

厚德为人，清廉为官

化作一朵浪花，融入家乡的堰塞湖

公仆情怀守护羌山湔水

——记四川省北川羌族自治县原副县长兰辉

本报记者　刘　阳

有一个儿子，母亲去世3天他才知晓，与父亲同住一个小区却一个月一次也见不上；

有一个丈夫，家里事情他全都照顾不上，妻子的就业问题，他有能力帮却没有帮；

有一个父亲，女儿出生时他没在身边，唯一的慰藉是高考前送去的鸡汤；

……

他是兰辉，四川省北川羌族自治县原副县长。一个看似如此不近人情、不顾亲情的人，在北川百姓心里，却是一个好领导、大好人。

2013 年 5 月 23 日，他在带病进山检查工作的路上，不慎摔下悬崖，因公殉职。

他的成长始终受到羌山湔（jiān）水的滋养，他的心始终记挂着大山深处的百姓。他走后，北川的百姓自发走上街头，用泪水与思念回报他对这一方山水的深情。

最后一天，他仍在路上

需要修的路还多，需要架的桥不少。美景，但无心欣赏，因为百姓出行难。

——兰辉微博

从北川新县城出发，驱车向北，经 302 省道，半个多小时后就到了张家湾码头。

在北川，老百姓把大山里的十几个乡统称为“关内”。汶川地震后，唐家山堰塞湖吞没了老百姓往来关内外的唯一通道，进出关内，坐船成了最经济最便捷的路径。

我们在码头上了船。陈邦清说：“不远了，这个弯道拐过去就到了。”他要带我们去看兰辉坠崖的地方。

陈邦清是兰辉的司机。原计划，我们要走的是兰辉 5 月 23 日下乡检查工作的路线，擂禹路、环湖路、任禹路、都开路……但今年入夏以来，北川遭遇了 50 年一遇的暴雨，泥石流频发，道路多处塌方，我们不得不乘船前往。

山路，悬挂在白云之上，冬天积雪，夏季塌方，春秋两季还好，但没有越野车也别想顺利通行。

5月23日早上，陈邦清像往常一样，8点半接到了兰辉，加上北川县交通局、安监局的同志，一行7人向关内出发。

这一天，兰辉的身体状况很不好，是带着药上路的。4月26日，他在绵阳市第八医院接受了肛肠手术。这个手术，他已经拖了好几年。今年4月再去医院，病灶已经化脓感染，他才住院进行了手术。

山里的汛期来得早，进入5月，兰辉就绷紧了弦。他是分管交通、安全的副县长，责任大，压力大。这份压力，除了父亲兰甲正，他从未向外人说起，“老汉儿嘞，我管这个工作，一旦出事就人命关天，经常提心吊胆瞌睡都睡不着”。

按照常理，肛肠手术术后怎么也要住院一个多月，但5月14日伤口还在出血，兰辉签下《离院责任书》就头也不回地走了。

“前几天省里才出了几起安全事故，我心头毛焦火辣的，在医院咋待得住！”他对妻子周志鸿说。

这也不是他第一次不听医嘱擅自离开医院。他是“驴脾气”，决定的事，谁也改变不了。2012年初，他在擂禹路检查工作时滑倒，手臂骨折，住院几天就溜出来工作。这样的举动，医院已经见惯不惊。

23日上午，第一站是曲山镇治新村一处桥梁工地，安排交通、发改、财政等部门现场办公解决相关问题，然后在邓永路一段塌方处部署排险保畅工作，11点多，到海拔1800米的漩坪乡插旗岭地质灾害隐患点检查监测方案、险情预警和群众撤离方案，在漩坪乡政府，对群众汛期安全出行方案详细讨论。这期间，他已经换了两次药。

山路不好走，一路颠簸，连坐着都难受。兰辉一直抓着车门上的把手，半蹲半坐。天气溽热，他身上那件洗得发白的格子衬衫被汗水淌湿了好几遍。

到白泥乡食堂吃午饭的时候，已将近下午 1 点。大家知道，跟着兰辉下乡，吃饭常常没点儿，今天这顿饭吃得还算早。可谁也没想到，在白泥乡镇府食堂，一碗汤泡饭就是兰辉的最后一餐。

饭后继续上路。暴雨在即，他让陈邦清走路况最不好的环湖路，看看道路通行的情况。

在路上，是兰辉工作的常态。跟着他往山里跑多了，陈邦清总结出了一套经验：被困山上是常事，车里一定要备上雨靴、干粮、军大衣；山路上看到徒步的百姓，就把车停下来捎他们一程；在路上，兰辉喜欢听点音乐，他有个 U 盘，存了 100 多首老歌，《三套车》《我的祖国》……但这一天，伤口疼得厉害，他也没了兴致。

下午 3 点，车开到地势险峻的马岭岩。兰辉对陈邦清说："我有点儿恼火，要停车换药。"

车停下来，他拿着黑色塑料袋装的药，独自朝车后走去。安监局副局长金晓宁和陈邦清留在车上等他。

过了一会儿不见他回来，又等了一会儿还不见回来，金晓宁着急了。他下车找兰辉，四处不见人影。他大声喊："兰县——兰县——"山谷里只有他自己的回声。他把陈邦清叫下车一起找。陈邦清在悬崖边的草丛里发现了兰辉装药的黑色塑料袋。两个人愈发着急，慌忙抱住岩壁探出身子往下望——30 多米的悬崖下，清冷如玉的湖面上，漂浮着他们熟悉的格子衬衫包裹的身体……

我们的船停在湖中央，陈邦清指着一侧的悬崖说："就是这里了，那块白色的岩壁下面。”

迎着刺目的阳光，这位壮硕的羌族汉子眼泪夺眶而出。

修路建桥，他眼里容不得半点沙

阳光真好，尤其从隧洞中出来。幸福的生活也需要付出，我们要做的就是，避免生命的付出。

——兰辉微博

陈邦清开始给兰辉开车，还是 2010 年 7 月的事。

那时候，兰辉已经是分管交通、安全、档案等工作的副县长。灾后重建，正是最紧张的时期。

地震之后的北川，90% 以上的道路、桥梁被毁，20 个乡镇的交通全部瘫痪，262 个村道路中断。重新规划的都开路、马桃路、302 省道，正在如火如荼的建设中。震后打通的擂禹路，是新老县城通往关内 12 个乡的唯一通道，最低海拔 600 多米，最高海拔 2000 多米，山里地质变化频繁，气候变化大，老百姓的出行天天都是难题。

哪里有难题，哪里就有兰辉的身影。

山里下雨道路塌方，他就带着队伍穿着雨衣雨靴进山指挥抢险；高山道路冰冻积雪，他就亲自上阵撒盐、推车、铺棕垫；哪个路段提出要工程变更，他就带着交通、安监、发改、财政等几个部门到现场办公……

2011 年的一天，山洪暴发，100 多名修路工人被困在山里，没有食物和饮用水，他带着人坐上冲锋艇就往堰塞湖里去。他一米七的个头，体重不到60公斤，在波涛汹涌的湖中央，越发显得瘦弱。

瓢泼大雨里，金晓宁将双手拢成扩音筒：“兰县，太危险了，您回去吧！”他用手抹一把眼镜上的雨水，冲锋艇继续往前。一个大浪过来，水流漫至腰际，更大的石块被裹挟着横冲直撞翻滚过来。“兰县，太危险了，您回去吧！”身边的人都冲他大喊。他用手抹一把眼镜上的雨水，什么也不说。直到冲锋艇也罢工了，只好撤回去，打电话协调山里的警务服务站解决问题。

类似的事情不胜枚举。有人劝他：“兰县，有的事情让分管部门的同志解决就是了嘛。”兰辉说：“我是分管副县长，很多事有我在，要好协调些。”

在“拼命三郎”身边工作，有人有怨言是难免的，但陈邦清没有，他的里程表上已经累计了24万多公里，平均每天200多公里，相当于每个月要把北川跑3遍以上。跟着兰辉，北川的大小道路，没有他没走过的。当地人管兰辉叫“车轮子县长”，他乐得成为这个车轮子“司长”。

交通安全工作急难险重，但交给兰辉，县委书记刘少敏一万个放心。“兰辉是个特别有责任心、特别细心的人，没有人比他更能担得起这份工作。”

在北川修路建桥的施工方都知道，想在兰辉眼皮底下蒙混过关，绝对不可能。起初，还有人以为，这个中文专业出身的领导，对工程专业不会有太多了解，犯几次“事儿”之后才知道，这个戴着深度眼镜、身板单薄的人，根本不是想象中的文弱书生，他眼里容不得半点沙子。

兰辉的车上随时放着一个十字镐，走到哪里，他的检查工作就进行到哪里。

2010 年的一天，兰辉途经正在施工的小曲路，发现路面明显有问题，就让车停下来。他把施工方代表叫来问话："这个水泥面厚度是不是按设计标准施工的？"施工方笑脸相迎，支支吾吾，想搪塞过关。兰辉转身从后备厢取出十字镐，使劲在路面上凿出几个洞，又掏出随身带的卷尺，弯下身测量水泥面的厚度。谁能想到一个分管县长身上带的家什这么齐全？施工方惊得一个字也不敢言语。

陈邦清说，自打为兰辉开车，车上就备着《公路建设技术标准和施工规范》和县里编的《乡村道路建设手册》。这两本书，兰辉走到哪翻到哪，已经被他翻得卷了边儿。"他清楚自己是个门外汉，心头着急，一天到黑都在补课，看哪个敢蒙他！"

施工方找他通融也是常有的事。找他没用，就找他身边的工作人员张禄海。"小张呀，你在兰县身边的时间多，帮我们说说好话嘛。"张禄海也知道兰辉的脾气，每次都回绝道："兰县决定的事哪个改得了？你们还是回去把路修好吧。"

陈邦清有时候劝他："领导嘞，这么干下去好得罪人哟！"

兰辉却说："山区修路不容易，一条路要用好多年。今天我不得罪人，今后大家可能都要成罪人。"

以忘我的工作，告慰遥远的妈妈

有人问，（汶川地震）四年了应该忘了吧。可能吗？母亲遇难在老县城，我能不去追思燃烛而去酒肉？还有其他故去的亲人以及朋友同事，他们在老县城等我去聊聊。

——兰辉微博

2008 年 5 月 12 日午后，时任北川县政府办公室主任的兰辉正带着前来投资的客户在曲山镇东溪村考察。突然间，山崩地裂，地震发生了。兰辉被埋在崩塌的土堆里，他用尽全力刨开土块爬出来，将周围的老百姓集结起来，带着他们往山外走。

雨一直下。天黑时，兰辉一路救助并集结起来的老百姓已经有 200 多人。山脊上风雨交加，余震频繁，眼看着脚下的裂缝越来越宽。搜救飞机轰鸣着从头顶呼啸而过，却没有发现黑暗中的他们。有人呜咽，有人绝望，兰辉一宿没合眼，不停地安慰大家。就这样挨到天蒙蒙亮，他带着被恐惧笼罩的乡亲继续出发，拿着弯刀和锄头，一路披荆斩棘，直到 5 月 14 日，才走到了老县城。

他当然预料到家人可能会遭遇不测，但回到老县城的第一时间，仍然马上到任家坪临时安置点向书记、县长报到，迅速投入紧张的抢险救灾工作。

3 天后，兰辉得知，他的母亲和大嫂已经在地震中遇难了。

抗震救灾工作千头万绪、错综复杂。抢险救人、抢通保通、卫生防疫，每一件都刻不容缓。沟通领导、协调部门、联系乡镇，每一项都事关紧急。当时和他一起工作的人回忆道，那时候的兰辉工作起来就像一台不知疲倦的机器。

见到妻子和女儿，已经是地震一周后的事。

那一天见到的，还有他在川北教育学院上学时的同学刘勇。

在纷乱的绵阳火车站，兰辉送别离开北川的第一批战士。他给在绵阳生活的刘勇打电话，请他帮忙送几件换洗衣服来。

“见到兰辉，他脸上、身上全是泥，眼镜歪歪地架在鼻梁上，手指尖有凝固的血渍。鞋子开了口，裤腿也破成丝丝缕缕。我们见面不过几分钟，他从我手里拿了几件能穿的衣服就又回北川了。”

妻子已经想不起来，绵阳一别后再见到兰辉是什么时候。只记得兰辉给她打电话，让她带几件换洗的内衣裤到绵阳中医院。“他已经高烧几天了，烧得说胡话，那是累的啊。”

震后第三个月，年近八旬的兰甲正终于在擂鼓镇安置点的政府临时办公板房外，远远地看到了自己的儿子，但见他被那么多人围着，拉的拉，哭的哭，老人也没好意思去打扰他。

兰辉常说，人生在世，要懂得感恩。他告诉朋友：“地震的时候，正是因为在工作，我才活了下来，如今就更应该努力工作。这是感恩，也是对那些在地震中离开的北川人最好的告慰。”

他说到做到了。地震后几乎每一天，他都一直处于高强度工作状态。他去最难最险的路段协调指挥，他去矿井深处排查安全隐患，他去老百姓家里嘘寒问暖……

他时时刻刻挂念着百姓。302省道终于通车了，他在微博上招呼乡亲们回家过年；他在百度北川吧隐藏了副县长身份，真诚地与百姓交流，听取他们对政府工作的意见；过年过节合家团聚的时候，也是他内心最歉疚的时候，整整3年，他没有和家人一起过过春节……

兰辉最终没有找到母亲和大嫂的遗体，时间不允许，工作不允许。他也从来没有刻意与人提起过。直到有一次，刘勇到北川新县城办事，叫他出来一起吃饭。见面的时候，兰辉的手机响了，铃声是《遥远的妈妈》。“那时候我才明白，母亲去世的事，他一直都没有放下。”

亏欠了家人，无愧于北川

我珍惜荣誉，珍惜生命过程中的每个闪光点，我会在余下的日子中让每一天发光，为那些需要得到帮助的人。虽然我不富裕，虽然我讷言少语、不愿表白，但相信，诚，会激发有感情的人。

——兰辉微博

在北川县档案馆，我们见到了年近五旬的档案馆门卫母军贤。他至今记得与兰辉第一次见面时的场景，那是汶川大地震后，他作为北川老县城的三轮车夫代表去信访办上访。

母军贤的两个孩子都是残疾，地震后家里仅有的那点地没有了，北川新县城建起来后，三轮车也变得多余，一家人的生活更加拮据。

那一天在信访办见到兰辉的时候，已经是下午 1 点多了。几个人朝信访办走来，有人迎上去：“兰县，这么晚了，先吃了饭再说嘛。”其中那个戴着眼镜、瘦瘦的人说：“群众都等了这么久了，我先听听他们的意见再吃。”

说到这里，母军贤哽咽了。

这次见面，兰辉把自己的电话号码告诉了母军贤。从此他们常联络，在兰辉的帮助下，母军贤和女儿的困难都得到了解决。

在北川，不管谁有困难找到兰辉，他都会把自己的电话号码告诉对方，并且竭尽所能帮忙解决。时间长了，很多人都知道了他的电话号码，大小问题都找他。一个副县长的手机，成了当地的“雷锋热线”，任何时候都响个不停，办公室、车里、家里，到处都有他的充电器。

只是，家里人要找他，却越来越难。“他分管的工作太多了，哪里还有时间照顾家？他的家人，我见得比他多得多。”陈邦清说。

按理说，一个分管交通、安全的副县长，手里那么多就业机会，随便“胡噜”一个也能给了家里人，可直到现在，兰辉的妻子和兄弟，都还是临时工。

家里人的埋怨是情理之中的事，父亲跟他拍桌子：“官儿当大了，了不起了？只帮外面的人，不帮家里人！”兰辉劝导他：“老汉儿嘞，莫生气，我们再困难，有残疾人困难吗？有五保户困难吗？我们至少正常生活没问题吧！”说得一家人都没了脾气。

更让父亲失望的是，同在一个小区住着，却常常一个月也见不上儿子。他索性把身后事也交代给了别人。表爷来电话说起这件事，兰辉心里自然不是滋味。

女儿兰欣怡也是一肚子委屈。小时候，父亲每周带她去学电子琴，一路上有说有笑，那是多么幸福的时光。而最近几年，同在一个屋檐下，却常常连面也见不上。但她忘不了 2011 年高考前，父亲只要有时间，就亲自下厨为她炖鸡汤，送到在绵阳读书的她面前时，常常是深夜了。有天晚上，父亲送来半只鸡，女儿为难地说：“爸爸，我吃不完。”他抚摸着女儿的头：“欣儿，多吃点啊，马上高考了。”女儿的姨妈在一旁打趣：“平时没空关心孩子，今天一口气就要给她全补上？”他不说话，默默地转身走出去。兰欣怡说，那一刻父亲清瘦的背影，叫她心疼。

他仿佛是个感情极其坚韧的人，但终究是凡俗的肉身，谁能没有儿女情长？谁又不愿与家人相守歆享天伦之乐呢？他从未向家里人袒露自己心里的歉疚，但偶然的一次，陈邦清却看见了他的眼泪。

2012 年，兰甲正因高血压引发癫痫被紧急送到医院救治，当天兰辉正在检查矿井安全，晚上 11 点多了才满腿是泥地赶到医院。父亲已经昏迷不醒，他轻手轻脚在病床前坐下，在父亲耳边轻轻地说了声："老汉儿，对不起。"眼泪流了下来，悄无声息。

直到兰辉去世以后，许多老百姓自发去兰甲正家里看望他，老人才知道，原来兰辉帮助了这么多人，还资助了 6 个学生。"他走了我才晓得，我真不该埋怨他啊。"

处理完后事，回南京上学前，女儿给兰辉发了最后一条短信："爸爸，您要在天上看着我，看到女儿像你希望的那样，快乐地生活……无论我在哪里，我都会热爱生我养我的这片土地，做一个负责任、敢担当，无愧于家乡的北川人。"

厚德为人，清廉为官

三年前的今夜入住新县城，整理旧物，从老城带出的是小偷不要的书籍和相片，这也是我最珍视的……我相信，在当时要书不要命的情况下，这些书会影响我一辈子。

——兰辉微博

我们去探望兰甲正，82 岁的老人穿着已经破了洞的老汗衫，指着墙上的照片说："兰辉的照片是他走之后挂上的，中间这个是他妈妈，右边这个是他大嫂。现在他们终于在一起了。”

兰甲正清晰地记得兰辉小时候的模样：“他是四个孩子里最聪明勤奋的，从小就爱看书，也喜欢唱歌跳舞，山里的羌歌羌舞他都会。那时候我们老两口都在茶厂上班，他放学回来，就在外面的石头板凳上做作业。大人下班回来，就帮着捡柴、做饭。”

兰辉走了以后，来看望兰甲正的百姓都告诉他，兰辉是个好人，到山里去检查工作，生怕给他们添麻烦，不吃饭不说，有时还帮着干活。

父亲说兰辉是穷人家的孩子，没有忘本。然而，一个人的为人之道，一个干部的为官之道，哪里是出身贫富这么简单？刘勇更愿意相信，兰辉为人为官的种种品格，源自他的文化积淀和选择。

刘勇还记得，1985年他和兰辉一起考上川北教育学院中文系。那一年招收的40名绵阳学生里，兰辉的考试成绩是第一名。“我和兰辉是室友，他睡上铺，我睡下铺，我们喜欢一起读书、一起散步。”

西南的春季，沾衣欲湿杏花雨。兰辉、刘勇和几个同学一起，漫步在遂宁昭化古城的古刹里。雨滴落在兰辉卷曲的头发上，袅然生出些诗意。他们聊萨特、聊米兰·昆德拉……兰辉说他喜欢杜甫的诗，欣赏孟子的思想：“穷则独善其身，达则兼善天下。”

他也曾有过离开北川、调往绵阳的机会。刘勇劝他，到绵阳来吧，机会更多，空间更大。但他犹豫再三还是拒绝了。

他是个抛却了小格局的人。1993年，他在给同事王玉梁的信中写道：“对利益的得与失，希望能保持一种‘静’的心境。不以得而狂喜，不以失而忧悲。埋头做工作，按团县委、乡党政的要求去做。黄金无论埋多久，终究是黄金。”

他是个有情有义的人。他一生不抽烟、不喝酒，在通口镇当镇长时却为一位老大爷递过来的叶子烟破了戒。他知道，那不只是一杆烟，那里面是沉甸甸的情感。

他是个满腔热血的人。1996 年，他在长途客车上与歹徒搏斗，被打得昏倒在地。妻子心疼地嗔怪，他却执拗地说："这种事我得管，下次遇到还管！"

……

正是这点点滴滴，雕刻出了北川老百姓口中的"兰县长"。

化作一朵浪花，融入家乡的堰塞湖

这里就是港湾，夕阳挽起潮起潮落的浪花，听风再奏思念曲，随湔江水流曲山城。

——兰辉微博

时间回到 2013 年 5 月 23 日下午。

5 点 18 分，兰辉被送到北川县人民医院，已没有了生命的迹象。

5 点 20 分，医院宣布兰辉临床死亡。

天气预报里那场暴雨终于下了起来，仿佛整个北川都在哭泣。

人们常常假设，如果在人生的某个当口做出了不一样的选择，人生的结局或许会是另一番景致。

妻子说："如果那天早上我拦住他，让他在家好好休息，就不会这样。"

女儿说："爸爸 4 月份在厦门出差时，说想顺道来看我，我担心他身体，让他赶紧回家做手术。如果他来了，就不会这样。”

刘勇说：“那时候我们都劝他来绵阳工作的，如果他来了，就不会这样。”

……

可是，人生从来都没有如果，只有那么多承诺还没来得及兑现。

妻子说：“你答应过晚上陪我跳坝坝舞，还没跳你怎么就走了？”

父亲说：“你答应过带我去看唐家山堰塞湖，还没去你怎么就走了？”

女儿说：“你答应过忙完工作带妈妈和我去旅行，还没去你怎么就走了？”

……

他唯一不曾食言的，就是北川的老百姓。

送别兰辉那天，自发来与他告别的群众挤满了两条街。

人群中，有人想起，在他去世前两天的深夜，就像感知到了某种遥远的召唤，他在常常流连的百度北川吧重新整理了自己曾经写给母亲的所有诗歌，其中一首，他一次又一次地转发：

清明记忆

回曲山城
今天是团聚的日子
回小城的路上
呼唤又响起在耳边
那是母亲催在昏黄街灯下捉迷藏的我们回家

……

亲人们呐我不止今天才看望你们

我时时都在探望

在半山腰杏花梨花深处的那块巨石上

在所有北川人都称着望乡台的巨石上

今天是清明的时节

今天是亲人们团聚的日子

（原文载于《人民日报》2013 年 9 月 24 日 11 版）

用心与笔下的人物对话

刘 阳

兰辉是四川省北川羌族自治县原副县长，是党的十八大后习近平总书记批示的第一位典型人物，也是党的群众路线教育实践活动的代表人物。2013 年 5 月 23 日，兰辉在带病进山检查工作的路上，不慎摔下悬崖，因公殉职。

记得我接到采写任务时，兰辉的相关事迹已在全国各大媒体上有过一轮报道，要求中央媒体再度深入采访报道，足见党中央对这个人物身上品质的珍视。这轮报道，报社领导特别要求，要打破典型人物写作的常规方式，用报告文学的方式呈现兰辉的精神和事迹。这对于我来说，是一次挑战、一次锻炼，也是报社领导的一份信任。

2013 年 9 月 24 日，本报 11 版用一整版的篇幅刊发了我采写的长篇人物通讯《公仆情怀守护羌山湔水》。几年过去了，再细读该报道，今天的我已感到自己那时候笔下仍带着稚嫩，文章仍然有很大的进步空间，但那一路的采访和数度推翻又重来的写作过程，的确让我的新闻业务水平提升很大。我想，每一次典型人物写作都是对记者业务能力的一次历练，也是对写作者情感和价值观的一次洗礼。

了解那些看似无足轻重的“杂闻”

采访对于新闻报道的重要性，是每位记者在新闻业务培训之初都会记录在笔记本上的。然而，日复一日的工作中，这条职业基本素养却常常因懈怠而被搁置一旁。

典型人物采写，没有采访，就没有故事。而故事，是展现人物性格及其形成原因的基本载体。

在赴北川采访前，对于兰辉的报道已经见诸各大媒体，在网上搜索“兰辉”，相关文章已然铺天盖地。按理说，他的事迹已被媒体挖掘得差不多了，为什么还要去采访？我觉得，那是因为记者在写作之前，首先要真正用自己的心去走一遍写作对象的人生，体验他曾经的体验，站在他的角度看世界、想问题，只有这样，你才能相信你笔下的人物，才能与人物产生共情与共鸣，也才能打动你的读者。

记者到达北川第一天，当地组织了兰辉家人和同事的见面会，他的妻子、女儿和同事们大致讲述了自己心中的兰辉。那天傍晚，我们几位记者走上大街，在习习晚风中走遍了北川新县城的几条主要街道。这样的行走，不是为了休闲，而是为了建立起对兰辉生活和工作环境的感性认识。兰辉生前是主管交通和安全的副县长，这里的每一条街道都是他的工作现场。

随后几天，我们先后到兰辉家采访了他的妻子，到兰辉父母家采访了他的父亲，到他的办公室采访了他的秘书，到他坠崖殉职的堰塞湖目睹了当时的环境，到他生前最牵挂的几条山间公路看了路况，到他曾经工作过的县档案馆看了他年轻时奋斗的地方，与他曾经资助的贫困儿童聊天，与他一起就读于北川教育学院的同学畅谈他曾经的文学志向……

一个人的性格和精神追求究竟是如何形成的？通过这许多天的采访，

我仿佛看到了年幼的兰辉点点滴滴的成长——他是穷人家的孩子，他知道贫困带给人们的疾苦，他始终不忘本；他热爱文学，爱读杜甫的诗，欣赏孟子的“穷则独善其身，达则兼济天下”；他经历了汶川特大地震，在工作中带领乡亲们逃生，他也因此感念他的工作和乡亲们……一个人的内心世界就像一个黑洞，它无穷大，有无限深的根源，值得每一个要写作他的人去发现和探究。

文学写作中有一个专业术语，叫“闲笔”，也就是与主要人物或故事主干看似无关的内容。“闲笔”对文学作品的重要性，历代各国的文学家都有阐释，它丰满着文学作品的血肉，更给作品带来独有的气度和风韵。其实，在典型人物写作中，对人物主要事迹之外内容的把握，就像文学作品中的“闲笔”一样重要。在此之前，也许人们只看到了兰辉是一位好领导，却鲜有人试图去想，他为什么会成为一个这样的人？他的内心世界因何而丰富和敏感？他的成长经历是如何镌刻出了后来的他？而要回答这一切问题，都要通过对那些看似无关紧要的情况的了解，也只有回答了这些问题，才能充分理解人物的情感逻辑，写出鲜活的、独一无二的那一个“他”。

写一个真实的人

典型人物写作往往容易陷入脸谱化的窠臼，对于读者来说，一些文章中的人物并不具有独特性，就好像把人物的名字换成另一个名字，也看不出有什么违和感。这样的典型人物写作，在我看来是失败的。之所以出现这样的情况，我认为，还是记者在写作过程中把人物过度抽象化，让人物脱离了人之为人的寻常心态。

在采写兰辉的过程中，一次偶然，我在网上无意间搜索到了他生前的微博，以及他在北川某网络论坛上匿名发表的帖子。这些收获，对于我当时的写作而言，无疑是异常珍贵的。

在采写已故人物时，我们常常遇到的一个重大困难在于，我们听了他身边人从不同角度说他，却没有渠道从他自己的讲述中去了解他的立场和逻辑。即便在对仍然在世的人物写作中，我们能与人物进行面对面的交流，却也有一个问题挡在面前——当一个人已经被树为典型人物之后，他的言谈与他曾经的内心想法是否一致？语言的壁垒又会给我们对这个人物的塑造制造出什么样的樊篱？在这样的情况下，兰辉生前的微博和匿名发表的帖子，给了我真正走进他内心的机会。

兰辉是一名优秀的基层干部，但就在我们的报道表现他对工作、对人民群众无限热忱的时候，也不应该忘记他也是一个普通人，在家庭中，他是儿子、是丈夫，也是父亲。一个人的情感逻辑和情绪波动是不可能因为空间的转移而完全剥离的，我们在了解一个人的行为逻辑时，应该全面了解他所处的现实和情感环境。

兰辉的母亲和大嫂死于汶川特大地震，但由于当时工作所限，他始终没有找到亲人的遗体，这成为他人生最大的遗憾。但如果仅仅把写作停留在这个层面，故事未免过于教条化。事实上，在兰辉的微博中，他一次又一次地提到对母亲的想念。采访中，他的同学告诉我们，地震后几年，兰辉始终没有在大家面前提起过母亲，直到一次吃饭时，他的手机响了，铃声是歌曲《遥远的母亲》，大家才知道，原来他对母亲的去世始终耿耿于怀。在兰辉去世前的几个星期，他在网络论坛上匿名发表了一首自己写给母亲的诗，感念自己小时候母亲给予的温柔……点点滴滴，让我看到了作为一个儿子的兰辉，他的内心何其敏感和细腻。我把我看到和感受到的这一切写进报道中，我想，读者也会通过这些细节，认识一个有情感的兰辉，一个真实的党的好干部，也只有这样，我才能把我笔下的人物带进读者的心里。

一个好人之所以能成为所有人敬重的好人，一个好干部之所以能成为老百姓爱戴的干部，一定是有理由的。而记者在采写典型人物过程中，往往进入的一个误区是，我们认为所有的典型人物之所以成为典型人物，都是理所当然的，他们的优秀品质都是与生俱来的。一旦带着这样的思想去写人物，写出的文章就一定是公式化的。我认为，在典型人物写作中，记者最重要的工作是要发掘典型人物之所以能成为典型人物的内在逻辑，这种逻辑既有现实环境的因素，也包括人物内在精神和情感因素，尤其是后者，往往才是将人物还原真实的关键所在。

让故事自己说话

写作中我们常常陷入的另一个困境是，写作者的论断过多，各式各样的形容词和溢美之词堆砌，概念化总结代替了有血有肉的故事，从而导致了读者对文章的抵触情绪。

在采写兰辉稿件过程中，我始终提醒自己，要让故事和人物自己说话，而作为写作者的人唯一要做的就是去呈现他们的所做所言。

通过大量采访，我积累了许多兰辉生前的小故事，有的故事看似并不重要，但一旦确立了文章的主体结构，就会发现，如果把它们放入适当的部分，就会让文章变得更加鲜活生动、人物更加立体可信。

比如，兰辉的一位同事告诉我，兰辉生前从不抽烟喝酒，但在通口镇当镇长时，一次调研工作中，一位老大爷递过来一杆"口子烟"，只有那一次，兰辉破了戒。后来，同事问他为什么，他轻描淡写地答道，那不只是一杆烟，那是老大爷的感情，不抽那口烟会伤了大爷的心。

再比如，兰辉的一位同学告诉我，从川北教育学院毕业，兰辉被分配到北川擂鼓中学。他所任班主任的班级有50多个学生，孩子们的家都住得离学校很远，最远的有四五十公里。即便这样，他仍然把每个孩子都家访到了。有一次去特别远的楠竹家访，周日晚上，学生、老师们都回学校了，他才带着家访的学生，拄着竹棒狼狈地走回来，全身沾满了泥巴。从那时起，他就一直在资助贫困生，虽然他自己也不富余。

让故事自己说话，让读者用自己的心在故事中发现人物，我始终认为这才是一篇好的人物报道应有的写作方式。写人物报道，首先是要让读者沉得下心读得下去。道理不是用生硬的字句刻出来的，而是要用人物的一言一行渐次氤氲开来，让人心服口服。

采写兰辉这篇人物特稿，对我的启发还有很多，这里无法逐一列举。当然，在文章采写中，我也有不少遗憾，也有更多由于经验有限带来的不足。

但总的来说，我觉得这一次采写任务给我带来的最大收获，除了写作技巧，则在于真正学会用心去感悟、用心去体验、用心去与人物对话，哪怕他已经不在这个世界上。

我记得特别清楚的是，离开北川那天，我们坐车穿过北川新县城，看着车窗外的景致，我仿佛真的感觉到兰辉的身影就会出现在下一个路口，他已经与我完成了一次透彻的长谈。

刘阳

简介

刘阳，女，汉族，1981 年 7 月出生，重庆人。2006 年 6 月加入中国共产党，同年 8 月进入人民日报社，现为人民日报政治文化部文化采访室副主编、主任编辑。作品多次获人民日报精品奖等奖项，被评为人民日报社年度优秀先进个人。

张超

简介

张超（1986.8-2016.4）男，汉族，湖南岳阳人，大学本科学历，海军少校军衔，海军某舰载航空兵部队原一级飞行员，中共党员。

2016年4月27日，张超同志驾驶歼—15飞机进行陆基模拟着舰训练时，突发电传故障，危急关头，他果断处置，尽最大努力保护战机，推杆无效、被迫跳伞，坠地受重伤，经抢救无效壮烈牺牲，年仅29岁。

2016年4月29日，海军政治工作部批准其为革命烈士。

要闻 8

“飞鲨”是怎样炼成的

——追记海军某舰载航空兵部队一级飞行员张超烈士（中）

时代先锋

山东临沭发展特色产业

柳编绒绣助力脱贫

绿水青山再结金瓜银果

“健康蜜月小镇”

情定湖州南太湖畔

要闻 6

供给侧 改革动真格

马不停蹄向前走 扎实作为见成效

化作海天一“飞鲨”

——追记海军某舰载航空兵部队一级飞行员张超烈士（上）

时代先锋

壮阔海天，写下闪亮青春

文明背包客

改革调研行

人民日报

RENMIN RIBAO

紧抓主线 扎实推进 成效渐显

发力供给侧 打响攻坚战

为我国航母舰载机事业英勇牺牲

张超：“飞鲨”英雄 魂系海天

时代先锋

改革调研行

重温誓词迎“八一”

把党的建设新的伟大工程推向前进

——各省区市认真学习贯彻习近平总书记“七一”重要讲话

中办国办印发《意见》

进一步完善中央财政科研项目资金管理等政策

督查别当“门外汉”

南海今日开渔

人民日报

9 要闻

土地有序流转，经营规模扩大，收入稳步增加

活权 活地 活“三农”

“飞鲨”英雄情亦真

——追记海军某舰载航空兵部队一级飞行员张超烈士（下）

时代先锋

改革调研行

别样下35毫米深高寒

“小雪豹”长春下线

第六届北京（国际）藏学研讨会在京开幕

化作海天一“飞鲨”

——追记海军某舰载航空兵部队一级飞行员张超烈士（上）

本报记者　倪光辉

苍茫海空，辽宁舰劈波斩浪，一架架“飞鲨”战机陆续临空、绕舰、着舰。这意味着，新一批中国航母舰载战斗机飞行员将诞生！

然而，本已做好充足准备、具有绝对实力的一位“飞鲨”英雄缺席了。他叫张超，海军某舰载航空兵部队一级飞行员。

今年 4 月 27 日，张超在驾驶舰载战斗机进行陆基模拟着舰接地时，战机突发电传故障，危急关头，他果断处置，尽最大努力保住战机，推杆无效、被迫跳伞，坠地受重伤，经抢救无效壮烈牺牲。

张超是为我国航母舰载机事业牺牲的第一位英烈。在壮阔海天绚烂绽放的生命之花，永远定格在了 29 岁的青春。

生命最后的 4.4 秒，折射其一生的报国梦想

4 月 27 日 12 时 59 分，连续完成两架次海上超低空飞行后的张超，驾驶战机执行当天最后一个架次飞行任务。当他近乎完美地操纵飞机精准着陆时，飞行教员已经开始在心里点赞，这意味着他们又顺利完成一天的飞行任务。

然而，谁也没料到，已经接地的飞机突报“电传故障”。电传故障，是歼—15 飞机最高等级的故障，一旦发生，意味着飞机失去控制。不到两秒钟，机头急速大幅上仰，飞机瞬间离地，机头超过 80 度仰角。所有人的心都揪了起来。“跳伞！跳伞！”飞行指挥员对着无线电大喊。几乎同时，火箭弹射座椅穿破座舱盖，“呼”的一声射向空中……

正在塔台商议第二天飞行计划的舰载航空兵部队长戴明盟、时任团长张叶马上往外冲，朝张超落地的方向狂奔。由于弹射高度太低，角度不好，主伞无法打开，座椅也没有分离，从空中重重落下，在草地上砸出一道深深的痕迹。此时的张超脸色发青，嘴角有血迹，表情十分痛苦。救护人员赶到了，张超被紧急送往医院。

20 多分钟的路程，张叶从未觉得如此漫长。“团长，我是不是要死了，再也飞不了了……”张叶没想到，这句话竟成了张超最后的告别。15 时 08 分，一颗年轻的心脏永远停止了跳动。彩超检查显示，在巨大的撞击中，腹腔内脏击穿张超的胸膈肌，全部挤进了胸腔，心脏、肝脏、脾、肺严重受损。

“战机在张超的心里，比生命更重要！”现场视频和飞参数据清楚地显示，在飞机出现大仰角时，张超做出的第一反应竟是把操

纵杆推到头，他想保住飞机，却错过了最佳跳伞时机。“从 12 时 59 分 11.6 秒发现故障到 59 分 16 秒跳伞，整个过程仅用了 4.4 秒，张超娴熟地完成了一系列动作，堪称优秀的战机飞行员。”戴明盟说，张超肯定知道，歼—15 飞机系统高度集成，发生电传故障，第一时间跳伞才是最佳选择。生死关头，张超却做出了一个“最不应该”的选择……

张超 1986 年 8 月出生在湖南岳阳的一个农民家庭。大家庭里有 10 多名党员，大舅当过 20 年兵，从小耳濡目染党的信念宗旨、听舅舅讲战斗故事，他的胸膛里早就激荡着一股英雄气，从军报国的理想在他心里深深扎下了根。

2003 年 9 月，空军到张超就读的岳阳七中招飞行员，张超欣喜若狂。因其 3 个哥哥少年时先后淹死、病亡，张超是家里的“独苗”，家人劝他“别去当飞行员，这职业太危险”，但张超还是第一个报名应征。2004 年 9 月，张超顺利通过层层考核选拔，成为当年全校唯一的飞行学员。

进入航校后，张超不知疲倦地学习、训练。两年下来，理论功课门门优秀，训练成绩项项满分。航校毕业时，学校提出留他任教，他坚决要去作战部队，要去“海空卫士”王伟生前所在的海军航空兵某团。

他在日记中写道：“飞行不仅是勇敢者的事业，更是我的使命所系、价值所在！”

从零追赶，敢做不畏挑战的“飞鲨”英雄

2012年11月23日，万众瞩目中，首飞试飞员戴明盟驾着战鹰成功实现了中国舰载机在自己的航母上成功起降。从这一刻开始，张超梦想深处再次荡起涟漪。

随着航母事业的发展，要在三代机部队遴选舰载战斗机飞行员的消息，搅乱了张超平静的心。一个崭新的“舰载梦”在张超心底萌生了。“要干就干最难的，要飞就飞舰载机！”张超第一个递交了申请表。

2015年3月，张超以优异的成绩被选拔进入舰载机部队，正式投身舰载飞行事业，成为中国海军最年轻的舰载战斗机飞行员。

此前的张超是部队公认的飞行尖子，先后飞过多型战机，参加过西沙驻训等10多次重大演习演练。曾数十次带弹紧急起飞，次次都出色完成任务。在某飞行团，他改装二代机第一个放单飞，改装三代机比计划提前4个月完成，和战友们一道创造了海军三代机改装多项新纪录。

然而，从陆基到舰基，并不只是简简单单的一字之差，更意味着一切归零。

“有本事，就是要素质过硬、能打胜仗”，这是张超挂在嘴边的一句话。他是这么说的，更是这么做的。

张超是海军超常规培养的舰载机飞行员之一，而同班其他飞行员在两年前就开始了培训。为了赶上进度，张超用近乎疯狂的状态学习钻研，夜以继日逐项攻关。他经常利用周末和休息时间给自己

加量，把自己“绑”在模拟器上训练，就连睡觉室友都常听他念叨上舰飞行口诀，他的模拟器飞行时间超过大纲规定近3倍。对战机座舱内上百个飞行仪表和电门，他能“一摸准”“一口清”，每次飞行几百个操纵动作和程序记得丝毫不差，近百个空中特情处置方案倒背如流……

陆基模拟着舰训练中期，张超进入着舰技术反复期，技术状态时好时坏，训练成绩徘徊不前。为突破技术瓶颈，每飞完一个架次，张超都会不停地向教员请教自己飞行存在的问题；每个飞行日讲评，他总是第一个请着舰指挥官分析自己动作的偏差，不搞懂弄通绝不罢休。

张叶回忆说：“张超牺牲了很多休息时间，平时很少外出，都是在房间、在模拟器上加班补课。”付出终有回报，张超训练水平稳步提升，飞行技术日臻完美，所有课目全部优等，在班里训练综合成绩名列前茅。

既是一座精神丰碑，更是一块前进路标

“他是为飞鲨而生，为飞鲨而死的！等上舰的时候，我要带着张超的徽章，让他陪我们一起见证，成为真正的舰载战斗机飞行员！”团参谋长徐英告诉记者。

遗体火化那天，全团飞行员去殡仪馆送张超最后一程。看到张超仍然佩戴着二级飞行等级标志，其实他在今年3月就被评定为一级飞行员，因训练紧张还没来得及换发，徐英摘下自己的一级飞行员标志，端端正正地戴在张超胸前。战友们把张超的二级飞行员标

志珍藏起来，表示“要带着这枚胸标一起飞上航母，完成张超未尽的心愿”。

在战友眼里，张超是一个完美主义者。他大胆地飞、科学地飞、安全地飞，飞行技战术水平跨越式提升。训练之外，他还善于总结。张超把自己改装的经验体会写成论文发表在团里《尾钩》舰载飞行杂志上，为后续改装的舰载机飞行员提供借鉴，这期杂志也成为全团每名飞行员的珍藏。

“诚实守纪，是飞行员宝贵的品质。”戴明盟介绍说，飞行讲评非常严苛，都是直指问题，但有些问题如果飞行员自己不说，别人未必知道。在一次驾驶教练机起飞后，张超忘记把起落手柄复原。这个小失误，短期内虽不会造成直接严重后果，但时间一长容易使电门失效，最终导致起落架放不下来等灾难性后果。飞行讲评会上，张超主动说出自己的错误，虽换来一顿严肃的批评，但他觉得很值得，警醒了自己，也提醒了其他人。

使命召唤、时不我待。距离驾驶“飞鲨”上舰的梦想越近，张超浑身越有使不完的劲。从 4 月初开始，张超在紧张的飞行训练之余，把全部精力都用在整理经验、收集资料、编写教范上，只用了 20 多天就整理出视频资料 200 余份、心得体会 2 万余字，丰富了舰载飞行的“资料库”。

张超的电脑里，保存着一份歼—15 飞机实际使用武器的教学法。“今后，每一个学习歼—15 飞机武器使用的飞行员，都会记住张超的名字。”副团长孙宝嵩表示，这套教学法凝聚着心血，体现着担当，弥足珍贵，成了张超为航母部队战斗力生成贡献的最后一份力量。

“张超既是一座精神丰碑，更是一块前进路标。航母事业是一项全新的事业，未来考验还很多、要走的路还很长，但我们一定会朝着尽快形成航母战斗力的既定目标，毫不动摇、毫不畏惧，勇于探索、勇敢前行！”戴明盟说。

6月16日，渤海湾畔，一架架歼—15飞机再次展翅海天间。

矢志舰载事业，甘洒热血驰骋长空；献身碧海蓝天，千秋浩气永垂英名。魂归海天，英雄不死！

（原文载于《人民日报》2016年8月1日6版）

“飞鲨”是怎样炼成的

——追记海军某舰载航空兵部队一级飞行员张超烈士（中）

本报记者　倪光辉

航母舰载机飞行，作为中国海军走向深蓝的重要一步，其未知性、风险性，会令一些人望而却步；而其开拓性、挑战性，会令另一些人怦然心动。

海军某舰载航空兵部队一级飞行员张超，当然属于后者。为了心中的报国梦，他选择了飞行员职业、舰载机事业，并矢志不渝，直至生命的最后一刻，还在挽救最爱的战机、保卫国家财产。2016年4月27日，在执行飞行训练任务时，因飞机突发电传故障，张超不幸以身殉职，年仅29岁。

青春定格在壮阔海天，那是最美的、血染的风采。张超，也被誉为“飞鲨”英雄的杰出代表！

要飞就飞最好，淬炼三代机的“尖刀”

2013 年 12 月，张超作为年轻飞行员，成为海军南航某团三代战机改装新员。尽管是第一次接触最新型国产三代战机，但“挑战最好的飞机，把最好的飞机飞得最好”的信念时刻激励着张超，他一开始就朝着“尖刀”目标进发。

为尽快熟悉新飞机操纵原理，张超加班加点，一头“钻”进资料堆，翻阅飞机资料，把摘录的数据、符号记到小本子上，走到哪儿背到哪儿，上百个开关、电门、设备一天坚持画五六遍。功夫不负有心人，最终，他把各组技术数据、座舱内 100 多个开关、电门、按键、旋钮烂熟于胸，做到“一问明”“一摸准”。

理论改装一结束，紧接着是实际操作。能否完成飞行理论到飞行实践的顺利跨越，将决定着能否拿到驾驭三代战机的“资格证”。

张超改装某型战机时，成为同批飞行员中第一个放单飞的人。然而，面对新型战机的“放飞”环节，张超仍旧一丝不苟，他甚至比常人付出了更多的努力。

克服机械式仪表到数字式仪表的变化，每天在飞机模拟测试状态下，判读上几十遍各类仪表读数，直至形成习惯；适应飞机制动操作更精细的要求，把橡皮泥揉成团，放在地上当成刹车，踩扁了再复原，反复地练到要多厚就能踩到多厚的程度，练成了用脚刹车的精准动作……

努力没有白费，张超提前 4 个月完成新机改装，他和战友们一道创造了该型三代战机改装多项纪录。

双机纵队筋斗，是某型战机特技飞行的高难动作，两机高度差不到 10 米，纵队向上翻转时，对飞行员技术水平、心理素质以及操纵精准度有很高要求，稍有差池可能导致两机相撞或者后机进入前机尾流，酿成重大事故。这也是一些外军飞行员用来炫耀飞行技术的“招牌动作”。

在飞这个充满压迫感和高风险的动作时，张超出现了少有的迟疑。教员卢朝辉看出了他内心的胆怯，及时给他鼓励、为他示范，打消了他的顾虑。张超主动要求来一个，说完一拉操纵杆，和长机协同完成了一个无可挑剔的双机纵队筋斗特技。“飞得漂亮！”落地后，卢教员冲张超竖起大拇指。

每个架次都在追求完美，每次升空都是自我超越。每飞完一个架次，张超都会毕恭毕敬地向教员敬个礼，然后追着教员不停问自己飞行存在的问题，聚精会神地聆听教员讲解，生怕漏过一句话。

在日记中，张超这样写道：“英勇顽强是血性，不怕牺牲是血性。对于舰载战斗机飞行员来说，面对未知敢于挑战，遇到瓶颈勇于超越，也是血性。”

多次经历空中特情，每次都直面生死、果断应对

在并不太长的飞行生涯中，张超多次经历空中特情，每次都直面生死考验。

2012 年 1 月 9 日，海南某机场，某团跨昼夜飞行训练正如火如荼展开。刚完成三代机改装的新飞行员张超驾驶战机起飞不久，

便发现液压指示不正常，并有继续下降的趋势。液压一旦失灵，将造成飞机操纵失控，后果不堪设想。

此刻的张超，异常冷静，果断平稳转向 180 度，快速检查起落架收放装置，干脆利落地完成系列应急处置操作。飞机随着液压的下降越来越难操控，在地面指挥引导下，张超精心操作，最终驾机安全着陆，避免了一起严重飞行事故。

一次，张超驾机执行战备巡逻。战机突然抖动剧烈，左发动机骤然停车。这是张超第一次遭遇空中停车。他沉着冷静，迅速关闭左发动机油门，调整右发动机油量，不断修正失去平衡的战机，调整飞行姿态，成功驾驶故障战机返航。

有一年 3 月底，由于任务需要，上级指示张超所在团派出战机转场某机场执行战备值班任务，得知此事的张超主动请缨。机场陌生、环境差异大、海上气象复杂，每一个对飞行员来说都是不小的挑战。那天，天高云淡，他驾机与编队奔袭一个多小时才飞抵。对准跑道、下降、放起落架、着陆、放减速伞，动作一气呵成，张超以完美的动作降落在距离短、风向变化快的海岛机场。

历经危险考验的洗礼，张超不仅没有退缩，反而更激起了战胜艰险、勇攀高峰的血性斗志。一次飞行时天气突变，海天之间乌云翻滚，暴雨如注，能见度瞬间降到不足百米。当时天上还有 7 架飞机，张超就在其中。而备降机场天气也十分复杂，更要命的是飞机油量所剩无几，塔台指挥员只能冒险让机群在本场迫降。危急关头谁当“领头雁”？团领导不约而同想到张超。

张超驾机准备第一个迫降，为后续机群探路，为战友开辟生命通道。他呼啸着冲出云层，迅速对准跑道，又凭借高超的驾驶技术成功避开跑道积水侧滑险情，飞驰的战机在积满雨水的跑道上冲起数米高的水帘后，稳稳停了下来。

在他的示范引领下，其余6架战机依次在大雨中超气象强行着陆。

忠诚护卫海空，彰显英雄的血性胆气

为什么能坦然面对生死？张超靠的是对飞行事业的热爱和对祖国的忠诚。“越是危险时刻越能体现英雄本色，越是面对强敌越能检验使命担当。”张超曾这样说过自己的英雄观。

在重大任务面前，张超的血性胆气更是表现得淋漓尽致。

在南海驻训和战备值班期间，张超几乎是天天与外机进行面对面的较量。2014年5月一天，尖利的战斗警报响起，一架外机抵近我南海岛礁侦察，上级命令驻训分队严密跟踪监视，驱离外机。正在值班的张超与僚机闻令紧急战斗起飞，迅速抵达任务空域。面对强敌的肆意挑衅，他斗智斗勇，寸土不让，始终令对手占不到半点便宜，直至将其成功驱离。驻训期间，张超数十次这样带弹紧急起飞，次次都出色完成任务。

在一线部队时，他每年春节几乎都是在紧张的战备值班中度过，就连结婚这样的人生大事，也只能利用战备值班间隙完成。婚礼前一天，他才匆匆赶回家。婚礼上，他说的第一句话是感谢正在一线战备值班的战友，令全体亲友为之动容。蜜月过了不到一周，他又急忙归队重返战斗岗位。

一线部队的摔打与磨砺，让张超在舰载机上舰飞行的征途中不屈不挠、越挫越勇。他几近完成了舰载机训练的所有飞行架次，就在即将迎来上舰飞行、梦想成真的时刻，奋进的人生航迹却戛然而止。

砺胆海天，彰显凛然血性；海天呜咽，泣念飞鲨英雄！

（原文载于《人民日报》2016年8月2日8版）

“飞鲨”英雄情亦真

——追记海军某舰载航空兵部队一级飞行员张超烈士（下）

本报记者　倪光辉

“提笔安天下，跨马定乾坤！”

在海军某舰载航空兵部队飞行员宿舍的一扇门上，记者看到了这样一句话。这是一位飞行员贴上去的。这句话上面，是一张年轻英俊的照片。这个怀着远大理想、看上去似乎有点“年少轻狂”的阳光男孩，曾经是一位驾驶舰载战斗机巡天蹈海的飞行员。

他叫张超，一级飞行员，护卫祖国海空的“飞鲨”英雄。在飞行训练时，因飞机突发电传故障，张超不幸以身殉职。近日我们来到这里，在部队战友和家人亲属的回忆中，我们追寻英烈，从另一个视角来敬慰英雄。

英雄眼里的“纯净小子”

同一个梦，冥冥中牵连着两位“海空英雄”。

一位是鼎鼎大名的“海空卫士”王伟，另一位则是从王伟生前所在团走出来的舰载机飞行英雄张超。

英雄跨越时空，惺惺相惜。

张超的大舅当过 20 年兵，张超就是在听着大舅讲的一个又一个战斗故事中长大的。英雄梦就是这样生根发芽的。

2001 年 4 月，得知海空卫士王伟在“中美撞机事件”中的英雄壮举，原本渴望当兵、渴望成为一名海空飞行员的张超，当即拍案而起，在为王伟英雄叫好的同时，他暗自立下誓言：一定要当一名像王伟一般的海空卫士，时刻守卫祖国的万里海空！

时隔 8 年之后的 2009 年 7 月，经过航校和部队的严苛训练，以优异成绩毕业的张超，毅然选择了“海空卫士”王伟生前所在部队——南海舰队航空兵某团。报到时，张超一句“我就是冲着王伟来的”豪言壮语，至今令许多战友印象深刻。

能在自己心中崇拜的英雄所在部队从军报国，张超内心满是自豪，全身满是动力。学英雄事迹，当英雄传人。在英雄精神引领下，张超先后出色完成两个机型改装，迅速成长为优秀的海军航空兵三代机飞行员。

“张超这小子，天生就是块干飞行的料！”2014 年底，进行舰载战斗机飞行员考核选拔，舰载航空兵部队司令员戴明盟第一眼见到张超时如此感慨。

“他朴实阳光，眼神透彻，脸上总是挂着笑，很有亲和力。”“他那种期盼甚至带点乞求的眼神令我感动、让我心动，我就喜欢像他这样纯粹追求飞行事业的飞行员。”被誉为“航母舰载战斗机英雄试飞员”的戴明盟红着眼圈，动情地追忆。

张超见到戴明盟也特别激动，急切地说：“我非常仰慕您，特别想成为您光荣团队的一员！”

2015年初，已是单位飞行骨干、家属也特招入伍随队的张超，主动舍弃个人提升机会和安稳家庭生活，毅然来到舰载战斗机团。

战友口中的“暖男超哥”

“张超从来都是这样，他太痴心于飞行了，训练起来没日没夜，飞行起来无畏无惧。”说起训练，战友们认为张超是个“拼命三郎”，但在生活中，大家都亲切地称他为“暖男”“超哥”。

张超喜欢打篮球，打得很好。打球时，不管是对他犯规还是不小心碰撞，他从来不发脾气，总是笑呵呵的。

张超不会踢足球，但是只要组织踢球，他都会参加。他不上场，在旁边帮大家收拾衣物、拿水保障。大家感觉他像个邻家大哥。

在一起飞行时，张超对地勤官兵特别尊敬，总说“空勤地勤是一家，大家都是好兄弟”。一次会餐，张超以水代酒敬地勤人员，他说：“感谢地勤人员给我们维护飞机！感谢兄弟们的辛苦保障！”大家听了很感动。

张超有个习惯：每次起飞前和着陆停稳出舱前，他都会给地勤人员伸个“大拇指”。这个细节让大家感觉很温暖。事故发生后，一个地勤人员说，“真希望那次着陆，他能和往常一样，还向着我们伸一个大拇指，可没想到，这成了永远的回忆。”

张超是家里的独子，也是这个家庭的顶梁柱。张超父亲企业改制下岗，母亲身体不好，全家因拆迁长期租房居住。张超生活很节俭，这让朝夕相处的战友印象深刻。“他洗发水快用完时会兑点水再用几次，旧款剃须刀用了不知多少年，衣柜里只有几件军装和运动服，床下两个小箱子，鞋架上几双旧鞋，剩下就是书。他牺牲后，教导员让我整理他遗物，发现就只有这几样东西……”

和他同寝室的飞行员艾群一直不理解比自己小3岁的张超为什么这么费力攒钱。当张超把多年积攒的20万元一次性给父母在乡下建房子时，他才明白，这是张超的孝心。

“虽然他过得特别节俭，但对战友们却不抠门。休假回来，他会把妈妈做的腊鱼、萝卜干给我们分享，还从千里之外拖着一大行李箱老家特产‘酱板鸭’分发给大家尝。就在牺牲前10天，他让妻子寄了两盒‘君山银针’新茶，分给我们喝。现在茶未凉，他人却走了……”说起张超，战友们泣不成声。

“相守变永诀只是一瞬间，鲜活的面孔变成了怀念。我哭泣着呼唤你的名字，期盼你能给我只言片语。带着我的祝福我的牵挂，愿你在天堂里飞得更远……”团参谋长徐英含泪为张超写了一首100行的长诗，追忆他们曾经的点滴，寄托自己的哀思。

战友们说，张超虽然不在了，但他永远是舰载航空兵部队的一员。

家人乡亲心中的骄傲

“女儿很想你。”“没有办法不想念……”“与你分别 78 天了。你是否还能够感知这血染的荣誉？”……

打开张超微信的朋友圈，一字一句，一图一文，每天更新，好似他从未离开过。自从张超牺牲后，妻子张亚每天帮着张超更新着朋友圈，时而发一张女儿的图片，时而抒发自己的思念之情。

在海军南航飞行团时，妻子为支持他的飞行事业，辞去了国航空乘工作，特招入伍来到海南。2014 年，可爱的女儿出生、父母也过来团聚，一家人其乐融融、幸福美满。

面对张超选择舰载战斗机，家人起初并不理解。父母劝他：“我们在电视上看过，航母上飞比陆地要难得多、也危险得多，你可要想清楚。”妻子问他：“一家人刚团聚，过得好好的，为什么要分开？”然而，他们也知道，这是张超热爱的事业，最终还是默默支持他。

今年 4 月，张超牺牲前，妻子张亚曾想来部队看看他。

张超到舰载航空兵部队一年多了，还没让张亚来过。每次张亚提出要来，他总说，“等我上完舰。舰载战斗机飞行员只有真正驾机在航母上起降了，才算得上是舰载战斗机飞行员”。

4 月 27 日，张亚买好了第二天的火车票，跟张超约好，先去沈阳看朋友，再趁“五一”假期来部队看他。

那天晚上，张超平日里很准时的“平安”电话却迟迟没有来，张亚打了好多个过去也没人接。她有些心慌，往常只要白天飞行，张超都会打电话报平安。

但无论如何，张亚也没想到，挚爱海天飞行的丈夫已经走了。

张超和张亚有一个浪漫的约定——等他上舰那天，她要来部队共同见证梦想成真的一刻。张亚将会手捧鲜花，和两岁的女儿一道，迎接心中的“男神”凯旋！

可是，这个约定再也无法成为现实了。

在家人和乡亲的眼里，张超是个孝顺懂事的好孩子；在老师和同学的眼里，张超是个乐于助人、重情重义的好学生。上军校后第一个月发的110元津贴，张超只留了10元买洗漱用品，其余100元寄给了父母，父母至今都舍不得花，留着做纪念。他自己穿着旧皮鞋，把新发的皮鞋寄给父亲。每次回家探亲，他总是陪父母说笑，聊聊心爱的战机和未来的规划，告诉他们飞行是多么的快乐。

张超父亲张胜华是一名老党员，得知张超牺牲的消息后，张胜华第一句话就是：“孩子给组织添麻烦了，孩子给部队添麻烦了。”言语间，令人动容。

（原文载于《人民日报》2016年8月3日9版）

今天我们如何讲好英雄的故事

倪光辉

2018年清明小长假，寒意袭人中，我听到一个令人温暖的消息：

军事室牵头制作的《老兵》短视频，播放量已破亿次！没有花哨的特技，没有大牌的加盟，靠角度和创意，靠几个英雄老兵的小故事。这部小片的爆红，折射出人们对英雄的情感共鸣。

“一个有希望的民族不能没有英雄”，习近平主席曾在多个场合表达对英雄的崇敬之情。从习主席到我们普通人，每个人心中都有一个英雄梦。

媒体报道的典型人物，实际上就是新时代我们身边的英雄。如何塑造英雄形象、报道英雄事迹，号召全社会铭记英雄、崇尚英雄、捍卫英雄、学习英雄、关爱英雄，是党中央机关报工作者义不容辞的使命和责任。

2016年4月27日，12时59分12—16秒。生死一瞬，29岁的海军歼—15舰载机飞行员张超，毅然选择“推杆”挽救飞机，放弃了第一时间跳伞，壮烈牺牲。一个英雄，横空出世！

2016年7月中下旬，我接到宣传报道张超烈士的任务。这是党的十八大以来总书记批示的第一个军队个人全国重大典型。四五天实地采访这位折翼海天的飞鲨英雄后，《人民日报》刊发消息《张超：“飞鲨”英雄 魂系海天》（2016年8月1日头版头条）及“时代先锋”栏目通讯《化作海天一“飞鲨”》《“飞鲨”是怎样炼成的》《“飞鲨”英雄情亦真》。报道推出后，受到了读者和媒体同行的广泛好评，被称赞是“近年来军队典型宣传难得的精品力作”。

于我而言，采访这个英雄的战友和家人，是需要勇气的。他本有完美的家庭，有一个和我女儿同岁的女儿，很多场景我都感同身受。“悲壮，是一种独特的感受：心绪哀伤，但意气激昂！”几天的实地采访，我感受到，要想感动读者，首先得感动自己，只有写出伟大背后的平凡，写出英雄成长的大时代，才能更好地呈现英雄、理解英雄，才能增强英雄之于普通人的代入感和感召力。

在今天，我们该如何讲好英雄的故事？

平凡入手，让英雄食人间烟火。

生死一念之间，选择国为重己为轻——张超是当之无愧的英雄。他最终倒在离梦想咫尺之遥的地方，只剩下最后7个飞行架次，他就能“飞”上航母辽宁舰。即便这样，他也足够“高大上”——这个天生的优秀飞行员，飞过8个机型，一年完成2型三代机改装。他驾驶歼—8巡逻西沙，驾驶歼—11B南海战备值班，驾驶歼—15舰载机着舰飞行技能有口皆碑。

然而，我们宣传张超，仅仅是为了呈现这些吗？悲壮、“高大上”，就能让读者理解认同英雄，进而生发出感动的力量吗？英雄并不需要有意为之的“神化”，从平凡入手，让“食人间烟火”的英雄走近读者，从而让英雄可感可触。正如一首歌所唱：平凡的人们给我最多感动。平凡，让很多年轻人找到了代入感。真实是新闻的生命，不刻意拔高，还原真实人物，触摸真实场景，才能写出典型人物的人性。

细节着眼，让英雄形象饱满。

采访中，当我去发掘张超过硬事迹的更多细节时，张超的领导、战友以及家人在与我一次次对话交流中提供了大量张超生活中的细节和回忆片段。这就像打开了一道闸门，深深吸引着我们，也感动着我、冲击着我。

比如，他和同龄人一样，喜欢在微信里秀恩爱、秀女儿，喜欢分享心灵鸡汤；他喜欢打篮球，喜欢自己的偶像；张超是如此爱笑，以至于所有采访对象，都反复描述他那灿烂如阳光的微笑；探亲回家他给战友们带家乡的茶叶；张超父亲确认张超牺牲后的表情和语言；妻子张亚与张超微信交流——这些片段，拼接“复活”了英雄的另一面：一个平凡、鲜活的张超。那一刻，仿佛推开了一扇窗，我们意识到，这位英雄，离我们并不遥远，就在你我身边。

点面结合，让英雄不再孤单。

4.4 秒的悲壮瞬间，12 年的飞行生涯……张超 29 岁生命中的每一次人生选择，都与这个时代密不可分。张超的成长，是一代人的成长缩影。时代在张超身上留下印记。张超的牺牲奉献，是整个海军舰载机飞行员的牺牲奉献代表。这是一群勇敢的人——他们有着和张超一样的梦想，有着和他一样的家国情怀。张超的牺牲，没有让他们胆怯，反而让他们更团结、更执着、更勇敢，他们为了早一天让中国航母形成作战能力，继续飞行……历史终将记住这群英雄。他们，有一个共同的名字：中国第一代舰载战斗机飞行员。

舰载机飞行员的风险系数是航天员的 5 倍、普通飞行员的 20 倍；世界上飞行员数以万计，而现役舰载机飞行员只有 2000 余人，如果没有玩命的勇气，没有拎着脑袋干事业的劲头，当不了一名舰载机飞行员。每一次飞行都是一次战斗冲锋，每一次升空都是一次生死考验。“飞鲨”英雄张超，赓续优良传统，擦亮精神底色，代表的是新一代革命军人的样子。

英雄就在身边，英雄可亲可学。做好军队重大典型人物报道，我们要运用好几点辩证法——

首先，高与低的关系。典型是“高大上”，行文要“接地气”。

曾几何时，“高大全”式的典型人物让读者望而却步，越是事迹过硬，越是被提炼得过于纯粹。“大而全”“高大上”，容易让受众产生与典型人物的距离感，与宣传预期背道而驰，从某种程度上削弱了典型宣传的效果。

“脚底板下出新闻”“新闻七分采、三分写”“脚上沾满多少泥土，心中就沉淀多少真情”……“走下去”才能抓到活新闻，“沉下去”才能写出好稿子。记者必须沉到基层军营一线，对准基层官兵，着力讲好“有思想、有温度、有品质”的故事。“接地气”才会有人气，才能讲好新时代的强军故事，为广大官兵积极投身强军实践灌注正能量。

其次，大与小的关系。聚焦重大典型，要发掘最有表现力的小细节。

拍不出好照片，因为离现场不够近；写不出好看的细节，因为采访得不够深。典型是拥有光环的，然而拉腔作势的赞叹已然不合时宜，润物无声的细节故事，才更容易打动人。

全国和全军重大先进集体或个人典型，事迹非常过硬，闪耀着时代光芒，经得起时间和历史的检验。要想让典型立得住、叫得响，最重要的就是通过大量深入细致的采访，发掘出最有表现力的典型细节。

细节成就伟大。这些细节着眼点虽小，但反映的往往是人物的性格特征和情感变化，突出的常常是故事的主题，提升了人物形象。典型事件的选择，鲜活场面的刻画和细节描写，都应该为突出表现这一人物个性服务。“如果是我看这篇文章，我想了解什么？”写作时要常这样问自己。表现典型要靠事实细节说话，要讲好故事，事一定要看得见、摸得着。

最后，点与面的关系。从个人对接群体、对接时代，让英雄可爱可敬。

英雄是时代的符号。任何时代都离不开英雄，英雄也总是应时而生。认识英雄，不能离开他所处的时代。离开了时代的讲述，英雄必然是虚空的。从狼牙山五壮士到邱少云，从雷锋到李向群，到如今的张国春、张超……那些打动我们的英雄军人身上，无不跳动着时代最动人的音符。那些书写英雄的成功范例，无不紧扣着时代的脉搏。文章欣赏见仁见智，但有一条，深入人心的就是优秀的。

军人的牺牲，是为了更多人的安宁和幸福。在我们身边，这样的奉献和牺牲一直都在。对于陌生人来说，他们或许就是一个名字。对于他们的家人，他们却是儿女、是父母、是丈夫和妻子。他们用自己的牺牲，换来摇篮里甜蜜的酣睡，校园中琅琅的书声，田野上飘香的五谷，工厂里机器马达的轰鸣。他们的名字将铭刻在共和国的丰碑上，铭刻在千千万万人的心里。

“因为可感可触，他的成长与梦想如此真实可信；因为可感可触，他的牺牲与付出如此令人扼腕痛惜；因为可感可触，他传递的力量如此澎湃动人。”正如一位网友所说，文章打通了英雄与读者的距离，才能让英雄的故事可信、可敬、可亲，宣传报道才能真正深入人心，学习英雄才能在社会上蔚然成风。

倪光辉 简介

倪光辉，男，汉族，1978年9月出生，湖北随州人。1998年12月加入中国共产党，2001年进入人民日报社，现为政治文化部军事采访室主编、主任编辑。作品曾多次获得中国新闻奖、解放军新闻奖一等奖、人民日报社精品奖等奖项。荣获报社青年岗位能手、中央网信办全国舆论引导先进个人、全国“好记者讲好故事”活动优秀个人称号。

尤良英

简介

尤良英（1970.4 —）女，汉族，重庆人，中共党员。第十三届全国人民代表大会新疆地区代表，曾荣获“全国三八旗手标兵”称号，被授于“全国五一劳动奖章”。

桃李东风渐次开

——兵团职工尤良英和她的维吾尔族弟弟麦麦提的故事

誓言

一个朴素的信念，生活给她以奇遇和善意，她要传递下去

嬗变

“新疆的地养人，是勤劳人的天堂”，在漫长的岁月里，尤良英把自己的人生经验一点点教给弟弟

薪传

来自兵团的先进生产力，通过麦麦提这个样本，展开它强力的示范效应

新绿

两人的真诚交往，不经意间搭起一座桥，桥上人来人往，展现出喜人的民族融合画卷

新华社记者　马　锴摄

新华社记者　马　锴摄

新华社记者　李　琳摄

版式设计：张芳曼

桃李东风渐次开

——兵团职工尤良英和她的维吾尔族弟弟麦麦提的故事

本报记者　刘维涛　胡仁巴

这是一个姐弟情深的故事。姐姐尤良英是兵团职工，弟弟麦麦提是维吾尔族农民。两人隔着茫茫塔克拉玛干沙漠。10年前，麦麦提跨越沙漠到尤良英家拾棉花，并从此迎来命运的转折；10年间，尤良英17次横穿沙海，为麦麦提带去致富的理念、资金和技术。你来我往中，超越民族和血缘的亲情慢慢累积。

落地为弟兄，何必骨肉亲。尤良英和麦麦提的故事启迪人心……

初秋时节，尤良英家屋前的小菜园红红绿绿，一片清新，最显眼的还是几棵桃树和李树。虽是小树，并不枝繁叶茂，却透着勃勃生机。

树是今年春天维吾尔族兄弟麦麦提图如普为她种下的。为什么突然种树？尤良英问，麦麦提图如普当时只是笑了笑。

后来听别人转述理由，尤良英哭了。麦麦提图如普说，自己年纪大了，以后如果不能来姐姐家干活了，就让这几棵树做个见证，“桃李自古不分家，互相嫁接都能活，它们根连根叶连叶，就像我和姐姐，也像维吾尔族和汉族”。

“嫁接技术没白教，用到这儿了！”尤良英流着眼泪笑言。

尤良英是新疆生产建设兵团农一师十三团十一连的一位普通汉族职工，麦麦提图如普全名叫麦麦提图如普·穆萨克，是新疆和田地区皮山县木奎拉乡达里格村的一位维吾尔族农民，平时大家都叫他麦麦提。两人之间，隔着茫茫塔克拉玛干沙漠。

10 年前，麦麦提为了摆脱贫困，来到尤良英家的地里拾棉花。10 年中，两个家庭互帮互助、共同致富，点滴累积成一段跨越民族、超越时间的民族亲情传说。

春风桃李一杯酒。麦麦提种树一片赤诚，并不知古人已道得此情。比如“桃李不言，下自成蹊”中的真诚，“投桃报李”中的感恩，以及乐府民歌里的情深脉脉：“桃生露井上，李树生桃旁；虫来啮桃根，李树代桃僵”……

誓言

一个朴素的信念，生活给她以奇遇和善意，她要传递下去

一切从 1 万块钱开始。

如果一个认识不过半年的人向你开口借 1 万块钱，你借不借？

而且你对他的认识仅限于姓名和所在的县。

2006年1月，尤良英就遇到了这样的难题，借钱的就是麦麦提。妻子生病住院，医药费有1万块钱缺口，麦麦提万般无奈向老板开了口，拾花工一般称呼雇主为“老板”。

接到电话的尤良英也犯了难。1万元对于当时年收入只有3万元的尤良英家庭来说，不是个小数目。麦麦提不过是去年才来拾了3个月棉花，拾花工也并不是一个稳定的职业，钱借出去能收回来吗？

麦麦提的笑容映在眼前。3个月朝夕相处，在尤良英眼里，这个维吾尔族小伙不一般：浑身透着朴实，常常带着笑，一见面就让人感到亲切；身上却有股子劲儿，一股改变现状的劲儿。

家人反对，但钱还是打过去了。尤良英很坚决，麦麦提的卡是农信的，团场没有，她租车到30公里外的阿拉尔市，还是没有，又花200元租车到100多公里外的阿克苏才汇出。3个月为期，到期归还。

尤良英说，让她最后下决心的，是她过往经历中一个人和一件事。

2001年，尤良英和丈夫迎来命运的转折。兵团实行土地承包制度改革，夫妻俩一下承包了200多亩棉花地。

越是转折时，往往越艰难。拾花后期，钱用完了。拿不到工钱的拾花工拒绝下地，堵在了家门口，剩下的两万公斤棉花眼看就要烂在地里。

好强的重庆妹子终于顶不住了，坐在地头委屈地大哭。一位军垦老阿姨走过来安慰她，讲起了挖大渠、修水库、住地窝子的兵团往事，临了，老阿姨说："丫头，没有闯不过去的关，没有过不去的山，别管多大的难，扛住了就有希望。"

令尤良英万万想不到的是，第二天，这位萍水相逢的阿姨用一个皱巴巴的布袋，装来了3万块钱，她养老的钱。接过钱的尤良英跪倒在地，泪流满面。

尤良英说，这位叫刘香花的阿姨是她的人生导师，教会了她两样东西：坚强和善良。

"当年素昧平生的刘阿姨肯帮我，我为什么就不能帮帮麦麦提？"生活给尤良英以奇遇和善意，她要传递下去。

约好的3个月快到了，尤良英没有收到钱，却接到一个电话："老板，你到我家里来一趟吧。"电话那头，麦麦提显得有些沉默。

"麦麦提这是让我去拿钱吧？"尤良英瞒着丈夫一个人出发了，一路辗转近千公里，第二天天黑的时候，尤良英站在了麦麦提家门口。

眼前的房子让她打消了收钱的念头：那是一座典型的"篱笆房"，先用杨树枝搭起框架，再糊上泥巴，低矮而破旧。再看房前屋后，全是砂石，寸草不生。

麦麦提领着一家人迎了出来，馕和烤肉端了出来，各种民族小吃摆了一桌，邻居们也都聚拢来，拉着尤良英跳起了麦西来甫，尤良英尽情享受着民族风情大聚会。

但一阵孩子的哭声让尤良英发现了端倪。

时隔多年，尤良英仍然清楚地记得当时的情景。循着哭声望去，麦麦提只有五岁的小女儿手里拿着一块光光的骨头，哭喊着要肉吃。已当了母亲的尤良英的心被深深地刺痛了，她赶紧把烤肉端过去，看孩子吃得狼吞虎咽，她瞬间意识到，麦麦提家的这顿饭来之不易。

入夜，人群散去，3 人围坐。连比画带猜，尤良英终于明白，为了这顿晚餐，麦麦提从左邻右舍借了个遍，筹备了一个星期。

就是那一夜那一刻，尤良英心里暗暗立下一个誓言：一定要帮麦麦提家富起来！

“怕吃苦吗？”

“不怕！”

“愿意跟我到兵团去挣钱吗？”

“我听你的！”

2006 年 4 月，麦麦提拖家带口来到尤良英家，成了兵团一师十三团十一连的“编外职工”。

蝶变

“新疆的地养人，是勤劳人的天堂”，在漫长的岁月里，尤良英把自己的人生经验一点点教给弟弟

兵团一师是赫赫有名的三五九旅旧部，师部所在地阿拉尔市有一座气势宏大的三五九旅屯垦纪念馆，进门厅处题写着王震将军的诗：“生在井冈山，长在南泥湾，转战数万里，屯垦在天山。”

尤良英 1991 年从重庆老家来到兵团，没来之前想象着新疆是天堂，但火车越走越荒凉，等来到驻地已近乎绝望。低矮潮湿的土坯房，杨树枝垫成的床以及半截汽油桶做的火炉，成了尤良英最初的家。

24 年过去了。去年，枣园、棉田和农机租赁为尤良英家带来

近50万元的纯收入。

“要想富，先吃苦。”这是尤良英的致富密码，也是流淌在身体里的兵团血液。过了这么多年，尤良英发现自己一开始的想法没错：“新疆的确是天堂，新疆的地养人，是勤劳人的天堂。”她要把这些人生经验，在漫长的岁月中，一点点教给自己这个维吾尔族弟弟。

麦麦提一家直接住进了尤良英家里，这是尤良英和丈夫的特意安排，他们腾出一个房间，锅碗瓢盆被褥全部换新。两家合一家，一起吃起了清真餐，一吃就是几个月。家里老人孩子想吃汉餐，也只好去亲戚家打牙祭。

首先要过的是语言关，同在屋檐下，总不能整天比画着交流。他们以最原始的方法开始了互相学习——指物。棉花、红枣、盐巴、脸盆……从寻常日用语学起，一个学汉语，一个学维吾尔语。

当年那些劳动间隙学语言的场景，如今都成了温馨的回忆。也常常闹笑话，一次在地里干活，尤良英让麦麦提去拿耙子，他却带着气扭头走了，不解的尤良英追上去问原因。“你不是看不上我干的活，让我回房子里去吗？”麦麦提说——他把“耙子”听成了“房子”……

棉花一天天长大，吐白的时节，沟通便没什么大碍了。但也有很多是难以言传的，比如勤劳与奋斗的品格。

一开始，麦麦提不会拾棉花。熟练工一天能拾100多公斤，而他只能拾10多公斤。技巧不熟是一个原因，劳动强度也不适应：拾棉花要赶农时，高峰期每天要干10多个小时。麦麦提常常拾一会儿休息一会儿，并不出活，也赚不到钱。

尤良英就跟麦麦提一起拾，一起休息，拾的棉花自然都放到麦麦提的棉袋里。老板帮他干，麦麦提也不好意思偷懒，咬着牙坚持，慢慢地，他找到了自己的劳作节奏。

当然，尤良英也把技巧倾囊相授。一开始，麦麦提是单手拾花，尤良英就给他做示范，两只手在腰间的棉袋和棉株之间左右开弓，节奏轻快而协调；麦麦提爱用蛮力，把棉花拉得老长还夹带着棉叶，尤良英就给他做分解动作：用食指轻轻拨开棉叶，其余四指稳稳扣住棉桃，白花花的棉花便“偷”了出来……

尤良英评价麦麦提领悟力超强，他果然很快便掌握了要领，量也从十几公斤到几十公斤，两三年后已可以捡到近 100 公斤了。

信任是友情的基础。相处日久，隔阂慢慢消融，而真正的信任是在一次“风波”之后。

尤良英发现麦麦提有个不好的习惯——手里存不住钱。一发工钱就去逛巴扎了，一圈逛下来，钱也花光了。尤良英决定帮他把钱管起来，除了必要的生活费，其余的工钱年底一并给。

等攒到 4000 多块钱的时候，麦麦提坐不住了，气呼呼地找尤良英：“钱拿来！”有那么一刻，尤良英打算放弃了，“把钱给他吧，何苦费力不讨好！”但内心里分明另一种声音更占上风：“耐心点，再耐心点。”

于是找保人、打欠条，折腾了一圈，钱仍由尤良英代管。年底算账，尤良英把 2.8 万元现金放到麦麦提面前。除去正常开销，他这一年挣了 2.4 万元，尤良英又给添了 4000 元，正好够还清外债，除了借她的 1 万块钱。

尤良英说，她永远忘不了麦麦提当时的眼神：“那是一种享受到劳动成果的喜悦，还有亲情带来的甜蜜。”麦麦提流泪了，一字一句对尤良英说："谢谢你，你就是我的亲阿恰！"

从那天开始，麦麦提改口了，尤良英从"老板"变成了"阿恰"（维吾尔语"姐姐"的发音）。

薪传

来自兵团的先进生产力，通过麦麦提这个样本，展开它强力的示范效应

今年9月2日，尤良英又一次来到麦麦提家。这是10年来，她第十七次横穿塔克拉玛干沙漠而来，她说："我这是'回娘家'。"

10年间"娘家"的变化，让尤良英感到欣慰，甚至有那么一点骄傲。前两年新盖的五间砖瓦房里，已有了浓浓的现代气息，基本的家用电器都齐全了。300米开外，她第一次来时见到的"篱笆房"也已不见，另一座崭新的房子刚刚落成。

尽管过程有些艰辛，但尤良英当初许下的誓言，如今正慢慢变成现实。邻居们也都很诧异，这个说话大嗓门、永远笑哈哈的尤良英，到底有什么魔法，让麦麦提像变了一个人？

出村一里地，喀和铁路边上，便是麦麦提家的12亩枣园。这是2011年一开春，尤良英和丈夫带着5万块钱帮麦麦提建起来的。

初秋时节，微微泛红的俊枣挂满矮壮的枝头，尤良英指着那些修剪有型的枣树，有些得意地说："一看就是兵团的'三五九'技术。"

所谓"三五九"技术，是兵团研发的俊枣整形修剪技术。这一从无数实验和实践中总结出来的技术，可以最大限度地保持光照和

通风，从而保证高产量。

尤良英甚至在一棵灰枣树上看到了“四胞胎”技术，即一个枣柄上坐了 4 颗枣子，且大小均匀。这可是尤良英的“独门绝技”。

52 岁的麦麦提阿卜杜拉 · 马木提是村里的果树嫁接能手，但他也承认，还是麦麦提的枣园产量最高。“我只是懂嫁接，他是全程管理，我们都要向他学习。”

10 年间，麦麦提就像一个使者，他候鸟般穿梭于塔克拉玛干沙漠两端，带回学到手的技术和理念，并无偿传授给身边的乡亲，如今已成为村里公认的技术能手。

只有麦麦提心里清楚，自己懂的这些技术，可都是姐姐下“血本”教出来的。

从 2007 年开始，麦麦提便不再只是简单打工，而是开始有意识地学习兵团先进的棉花田管技术。尤良英也放手让他替自己管地，从犁地、定苗到打顶、施肥、喷药，一整套技术都手把手地教。只有一点讲不通——打顶。

所谓打顶，就是将棉花掐头，控制植株生长，使营养能专供棉桃。在麦麦提的老家，棉花是不打顶的，棉株疯长得比人还高。他觉得打顶就是浪费力气，而且自然地认为“把头都掐走了，棉花怎么长得好”！

也不是不干，只是乱干一气，打顶讲究“一叶一心”，他一掐就是一大截。尤良英好气好笑又心疼，就想了个办法：打赌。尤良英在自家地里来了次对比实验：划出一块地，100 株棉花不打顶，另 100 株打顶，看谁的产量高。结果无悬念，没打顶的少收了近 300 克。

麦麦提服了，开始给自家的棉花打顶。2008 年当年，他的棉花亩产就提高到 280 公斤，2009 年更达到 320 公斤。而他的邻居，同期亩产最多的也就 180 公斤。

自然地，打顶技术在村里也普及开来。不仅打顶，从选种到打药、施肥，很多邻居都跟着麦麦提来，如今村里棉花亩产已普遍达到 300 公斤左右。

种枣就更讲技术了。粗放管理和科学管理间，产出能差出三四倍去。修剪、抹芽、扩冠、整枝、环割……同样的，每一项技术尤良英都不厌其烦地教，有时候还不计成本，比如修枝。

修枝就是造型，是保证产量的关键。麦麦提一开始找不到感觉，一剪刀下去，把该留的次枝剪掉了，再来几剪刀，一棵树就七零八落了。麦麦提一练就是几个月，剪坏了不少树，直到学个八九不离十。尤良英的丈夫心疼枣树，她就做思想工作："不练他咋能学会，学不会他咋能致富？既然帮了就帮到底吧，这点损失咱还是能承受的！"

于是茫茫沙漠另一端又一次见证了技术的神奇，麦麦提种枣不是村里最早的，产量却是最高的，亩产 300—500 公斤，而邻居连 100 公斤都不到。

来自兵团的先进生产力，就这样通过麦麦提这个样本，展开它强力的示范效应。

新绿

两人的真诚交往，不经意间搭起一座桥，桥上人来人往，呈现出喜人的民族融合画卷

麦麦提家有一双鞋，一双放在盒子里几乎不穿的鞋。那是一双手工做的布棉鞋，并不精美，却绝对舒适而温暖。不穿不是不合脚，而是不舍得，因为那是“妈妈”亲手做的。

尤良英78岁的婆婆尤淑英，麦麦提已经叫了多年的“妈妈”。老人打心眼里喜欢这个年轻人，就给他做了这双鞋，没想到穿了几天就不见了。麦麦提把鞋子收了起来，带回了家。

在家的日子，麦麦提偶尔会拿出来拍拍灰尘，看一看，再放回去。13岁就失去依靠的他说，这是人生第一次有人给他做鞋子，怎么舍得把它穿破了！

很多人都问，尤良英你为什么这么帮他？尤良英总是说：“麦麦提跟我一样，懂得感恩。”感恩之心，是美德的开始。

10年前，在十三团，尤良英是最早用维吾尔族青年拾花工的。那时候，并不是所有人都能理解，考虑最多的当然是工效。但人们很快发现，仅仅是开头慢些，时间一长，大家水平都相当，并无民族之分。

尤其麦麦提的表现更是羡煞旁人。十一连职工杨代平印象最深的是麦麦提放水。

沙漠边缘都是盐碱地，每年冬春两季，都要大水漫灌一次，行话叫“压碱”。这可是最关键的活儿，如果处理不好，来年苗就出不来，出来也会被盐碱“烧”死，一季的收成也就废了。

所以，放水一般是自家人做，一则不放心外人，一则外人也不愿意干这脏活累活。唯独尤良英家放水，是麦麦提做。200 多亩棉田，放一次水就要一星期。不管冬寒春寒，不论白天黑夜，麦麦提完成得一丝不苟，毫无怨言。“他真是当自己家的地在干，我咋就碰不到这么好的人！”杨代平感慨。

麦麦提是村里最早出来打工的一批，后来见团场缺人，而家乡劳动力又闲置，便和尤良英做起了免费“经纪人”，介绍家乡的人过来打工。从亲戚朋友到同村乡亲，再扩展到同一个乡、隔壁乡镇，规模越来越大、范围越来越广。最多的一年，经麦麦提介绍到十三团打工的就达 500 多人。

同时，因为尤良英的带动效应，团场职工使用维吾尔族劳动力也渐渐成为习惯。前些年种棉机械化程度低，每年拾花季，十三团需要大约 2 万名劳动力，其中 80% 都是来自和田的维吾尔族同胞。

尤良英和麦麦提的真诚交往，竟不经意间搭起一座桥，桥上人来人往，呈现出喜人的民族融合画卷。

拾花季正好赶上维吾尔族传统节日古尔邦节。夕阳西下，团场的开阔地燃起了篝火，各家各户“老板”们出钱买来羊肉、鸡肉和烤馕，肉香四溢中，轻快的音乐响起来，欢乐的舞蹈跳起来，狂欢的人们直到深夜才各自散去。

日久生情。十三团的职工，很多都有了几门维吾尔族亲戚。每逢维吾尔族兄弟家中有婚嫁喜事，都会有邀约从沙漠那边飞来，他们便开始置办礼物，千里赴约。

2013 年 6 月，麦麦提和朋友开起了农家乐。开业那天，他专门把姐姐尤良英请了过来。

尤良英坐定，在几乎全是维吾尔文的菜单上，看到了三个汉字：“感恩菜。”

“感恩菜是什么菜？”尤良英好奇地问，麦麦提脸上又露出他招牌式的笑容。没过多久，菜端上来了，一盘凉拌蒲公英。

尤良英瞬间鼻子就酸了。这是一道兵团人春天常吃的菜，她患有乳腺囊肿，医生建议可常吃蒲公英，对病情有利。显然，细心的麦麦提记住了。

可是时令不对，他从哪里采到这么多蒲公英的？当年哭着要肉吃的小女儿帕哈尔古丽，已经长成了大姑娘，她拉着尤良英的手走进了自家菜园。

一大片绿油油、鲜嫩嫩的蒲公英映入尤良英的眼帘。帕哈尔古丽告诉尤良英，蒲公英是爸爸精心种植的，种子是在十三团干活时专门采集的……

不惜心力，只为一道菜。尤良英含着泪吃完，微苦的蒲公英咀嚼出了甘甜的味道。

蒲公英，寻常野菜，可入药，清热解毒、消肿散结；生命力顽强，微风吹送，种子便可天涯。

尤良英岂不正如蒲公英？十年如一日，她以坚韧的付出，破除隔阂与误解，在沙海边缘培育出的善意与真爱，超越血缘，超越民族……

东风浩荡而起，桃李渐次芬芳。没有穿越不了的荒漠，没有抵达不了的彼岸，分明有耀眼的新绿，在人心里蓬勃地生长。

（原文载于《人民日报》2015年9月17日6版）

典型报道升级的几点思考

刘维涛

一、回到典型的本源

首先，典型是一个美学概念，是马克思主义美学的一个基本概念。马克思主义典型论有两个基本观点：一是个性与共性统一；二是典型人物与典型环境统一。这不是我概括的，是我国著名美学家朱光潜概括的。

关于个性与共性问题，恩格斯在写给一个小说家的信中说得非常清楚：“每个人都是典型，但同时又是一定的单个人，正如老黑格尔所说的，是一个‘这个’。”

翻译一下，就是文学作品中的人物，要想有感召力和吸引力，一定要具备两个素质，一是反映某个群体的精神特质乃至整个时代的思想菁华；二是要有自己的丰富个性。这也符合马克思主义关于人的定义，即人的自由和全面发展。

按照这样的经典理论来看典型人物报道，就能看出一条清晰的发展脉络。强调共性过多，人物就会变成一种理念或精神符号。就像我们很长一段时间所崇尚的“高大全”，复杂的人性被抽象为简单的符号，人物形象很容易陷入假大空的陷阱，而且很容易被解构。最近一些年社会上产生的英雄污名化现象，固然是意识形态斗争的显现，但也跟我们当初树立典型时一些违背规律的做法有一定关系。

近些年来，随着我们对宣传规律的把握，重新发现个性、凸显个性的做法日益增多，其表现就是典型报道越来越重视故事性、注重细节刻画、注重可感可信可学，传播效果也大大增强。但也有一种矫枉过正倾向，即过于强调个性，而忽视了对共性的把握，导致典型人物的说服力不够强。

还是恩格斯说得更到位，他在批评一部当时的小说时讲过一段话：“除细节的真实外，还要真实地再现典型环境中的典型人物。”这就是所谓艺术的真实，艺术源于生活又高于生活。新闻作品不是艺术，但也同样适合艺术的普遍规律。我们在真实的第一原则下，还要对现实中的人物进行适当的抽象和概括，以达到宣传的目的。

二、用采访发现典型

我们报道树立起来的典型，一定是因为他身上的共性，也即时代性和群体性。这是一个抽象的概念，如何把抽象的东西具象化、生动化，是采访需要解决的问题。

这就要求带着问题去采访。我写过援藏技术干部陈刚毅，他得了癌症化疗期间还 7 次入藏，很鲜明地体现了一名共产党员的宗旨情怀和奉献精神。宗旨情怀和奉献精神，就是报道的底色，可是如何让这个底色亮起来？还需要更多的建筑和勾连，在一次次面对面的对话中，我解决了这个问题。在底色之上，还有两条逻辑，一条是事业心：路和桥就是他的生命，看到它们心里就踏实，没准会对病有好处；一条民族情，对西藏的热爱，他觉得西藏是个神圣的地方，藏民淳朴可爱，能净化心灵。有这两条逻辑支撑，底色基本上就很自然地凸显出来了。

所以，面对一个报道对象，记者首先要解决的是自己信不信、爱不爱、敬不敬的问题，如果自己都不相信、不喜欢、不尊敬，这个典型不可能通过你的笔立起来。解决的途径，就是通过扎实的采访，找到这个人物身上的情感逻辑，以情动人、以理服人，也就是说在动笔前已经做好了充分的感情和理性准备，胸有成竹。我觉得，做到这一点，采访就算成功了。

三、用写作点亮典型

新闻报道不同于文学创作，可用的手段也没有那么丰富，在遵循新闻原则的基础上，应综合运用各种叙述技巧，把故事讲完整、讲顺畅、讲精彩。

首先，在语言上找到属于自己的风格。记得刚来报社的第二年，写《时代先锋》的开栏之作宋鱼水，我从人民日报社吴兢老师那里学极简的语言风格，不要一个字多余，往往是写完一段自己再删掉一半，总体上呈现出一种明快的语调，特别适合新闻通讯的写作要求。后来又打印出一众典型写作高手的文章，一字一句地读，找其中的韵律和遣词造句手法。所谓“语言是我们存在的家”，找到适合自己的语言风格，不断锤炼打磨，就能不断朝着“我手写我心”的境界前进。

其次，适当使用叙述技法。我们古人有很多总结，诸如虎头豹尾、草蛇灰线、伏脉千里等，文似观山不喜平，这些技巧的适当运用，能够让我们的叙述平添一些戏剧冲突，更能达到吸引阅读的效果。比如虎头豹尾，即特别强调开头结尾，开头要立威，结尾要留白。我写过一篇邓平寿的稿子，结尾用了当地人祭扫的细节，并以一句“一生清苦，死后一抔黄土，邓平寿何求？”问话，把文章立意作了适当的升华。文章戛然而止，读者却可以沉浸在文章营造的情与思的空间里。

最后，用意象表达中国气派。中国古诗词中有许多很特别的物象，比如说到竹，它的挺拔气节就呈现在眼前；提到菊，隐逸高洁之态就尽显。这些在古人那里已经不是单纯的物象，而是通过诗人情感和思想的投射成为意象，而众多意象合理安排，就会形成意境。一首诗写出了意境，那就是上乘之作。我们的典型人物写作，也可以借鉴这样的创作手法。看看我们身边的一些典型人物佳作，大都是炼化了出色的意象。我自己也有些有益的探索，比如在《桃李东风渐次开——兵团职工尤良英和她的维吾尔族弟弟麦麦提的故事》中，我用了两个意象，一个是桃李，一个是蒲公英。用桃李指代民族兄弟情义，用蒲公英表达主人公尤良英用真情消弭隔阂的精神品质。而且按照虎头豹尾的技巧，把好钢用在了刀刃上，分别放到了开头和结尾。

刘维涛

简介

刘维涛，男，汉族，1980 年 8 月出生，山东淄博人。2008 年 4 月加入中国共产党，2004 年进入人民日报社，现为人民日报社政治文化部统战群团采访室主编、主任编辑。作品曾获第 19 届中国新闻奖，多次获人民日报社精品奖。

柴生芳 简介

柴生芳（1969.7-2014.8）男，汉族，甘肃宁县人，中共党员，研究生学历，博士学位。

1986年7月以庆阳市文科状元的身份考入北京大学历史系考古专业，毕业后在甘肃省文物考古研究所工作，1997年5月被公派到日本国立神户大学留学，获得艺术史学硕士和文化结构博士学位。2002年10月回国后，先后在省委办公厅和定西市陇西县、安定区、临洮县工作。

2014年8月15日凌晨，当时为临洮县县长的他，因为加班开会后在宿舍休息，诱发心源性猝死，年仅45岁。

2014年8月被授予甘肃省“全省优秀共产党员”、定西市“全市优秀共产党员”称号；9月中央宣传部追授柴生芳同志“时代楷模”称号；12月，中央组织部追授柴生芳同志“全国优秀共产党员”称号。

人民日报　　政治　　2014年9月23日　星期二　11

像西北白杨那样挺立

——追记甘肃省定西市临洮县原县长柴生芳

时代先锋

"以天下为己任，是一条无比艰苦却无比光荣的道路"

"我们得奉献给你们的，只有热血和汗水"

"我就是放羊娃出身，国家用了我，还想再要啥"

"我最喜爱的人民警察"第二批候选人名单公布

福建

政府试水牵手社会资本 扩大基础设施投融资渠道

湖南省纪委

增设联系省属高校纪检监察室

《浴血奇战——档案里的中国抗战》第二十九集

衡阳保卫战

西川万源

万名干部联万家　上访人变创业星

人民日报　　综合　　2014年9月25日　星期四　11

抗日民族统一战线是抗日战争胜利的旗帜

建设美丽乡村　共享美好生活

是什么掀起强烈的"心灵海啸"

——由柴生芳引发的时代思考

时代先锋

像西北白杨那样挺立

——追记甘肃省定西市临洮县原县长柴生芳

本报记者 时圣宇 银 燕

他出身于农家，求学在燕园，海外留学取得博士学位，最终选择回到“贫困苦瘠甲天下”的定西。他工作 3 年，跑遍了全县 323 个行政村，行车 4 万多公里；写下 30 本工作日记，共计 170 余万字……

他就是甘肃省定西市临洮县原县长柴生芳。8 月 15 日凌晨，柴生芳倒在了自己的办公室里。法医检验结果为，重度睡眠呼吸暂停综合征加之过度劳累诱发心源性猝死。他的生命定格在 45 岁，定格在他倾注一生心血的临洮大地。

■"以天下为己任，是一条无比艰苦却无比光辉的道路"

1969年，柴生芳出生在陇东革命老区——甘肃省庆阳市宁县的山洼里，弟兄六人，母亲早逝，艰辛和贫穷贯穿着他的成长岁月。

十年寒窗，不负众望。1986年，他以庆阳地区文科状元的优异成绩考入北京大学考古专业。

四年学成，报效桑梓。1990年即将面临毕业的他，主动选择回到西部，分配到甘肃省文物考古所。迄今为止他仍是最后一个从北京大学考古专业毕业回到甘肃省文物考古所工作的学生。

七年磨炼，再图深造。1997年，柴生芳争取到了去日本神户大学继续深造的机会，先后攻取了艺术史学硕士和文化结构博士学位。

2002年10月，柴生芳婉谢神户大学的高薪挽留，怀着报效国家的满腔热情回到祖国。北京、上海、香港、深圳等地的多个单位高薪虚位以待，然而，他又一次执意回到家乡甘肃，到省委办公厅工作。

对于这个选择，家人和朋友都表示不能理解，甚至是反对。

"你不好好在外面混个名堂出来，又跑回来干啥？"大哥柴生龙曾当面问过他。

"大哥，你看全国各地都在快速发展，甘肃老百姓还是那么穷，我回来就是想为甘肃改变贫穷落后的面貌做点贡献。"柴生芳回答。

2006年，在甘肃省委办公厅已经工作了4年的柴生芳再一次提出了请求，主动请缨到最贫穷的定西工作。很多人对他的选择再一次提出了疑问，“兰州的生活相对还算舒适，你肚子里又有那么多‘墨水’，在省里一样也是做贡献，干吗非得跑到基层去吃苦”？

这个问题其实早已在他工作日记中给出了答案，“以天下为己任，是一条无比艰苦却无比光辉的道路”。

从 2006 年起，柴生芳先后在安定、陇西、临洮任职，不管职务如何变，唯一不变的是他那“以天下为己任”的理想和追求。

“我能奉献给你们的，只有热血和汗水”

在柴生芳的心里，最惦记的是老百姓。在行动中，他一直在用自己的脚步丈量着县长到农民心坎的距离。

光明村、合好村、康家沟、苟家滩、打石坪……这是柴生芳在工作日记中手绘的一幅“村组地图”。临洮县南坪镇 22 个散落的村子，被他用黑色的签字笔在本子上勾画、串联起来。

谈起南屏镇“村组地图”背后的故事，临洮县政府办公室主任龙小林记忆犹新。在 2013 年“7·22”岷县漳县地震中，南屏镇受灾最为严重。震后，柴生芳跑遍了南屏镇的每一个村庄，实地督导每一个重建项目。有个村子路途遥远、交通不便，仅有 12 户人家，是南屏镇最偏远、最贫困、最落后的角落，也是灾后重建难度最大的地方。柴生芳翻山越岭，徒步近 4 个小时来到这个群众口中的“划不着山庄”，一一入户走访了解灾情。村民说：“县长都到我们庄子上来了，我们再不能叫‘划不着’了，应该改名为‘划得来山庄’。”

走村入户，柴生芳听着群众的一声声期盼、一句句诉求。他在第二十四册日记的最后一页写下这样一句话：“我能奉献给你们的，只有热血和汗水。”

尽管离省会兰州仅 90 公里，有着兰州“后花园”之称的临洮县却一直顶着“国家级扶贫开发重点县”的帽子。如何扶贫是考验临洮主政者的第一道难题。

柴生芳上任之初的“第一把火”，便奔着“精准扶贫”而去。去年 10 月 19 日，在柴生芳的提议下，临洮县从扶贫、交通、水利等 9 个单位抽调 30 多人，与他一起分赴 18 个乡镇做深度调研。

“那么大的阵势，还真是第一次见，柴县长是有了名的要求高、要求细，刚接到任务时心中还是很紧张的。”临洮县扶贫办主任常贵勤回忆着当时的情景。他们经过一个多月的调查摸底，形成了一份连文带表 140 页长的调研报告。

正是在这份报告的基础上，临洮县委、县政府先后出台《深入推进“1236”扶贫攻坚行动实施方案》《临洮县建立精准扶贫工作机制实施方案》《建立贫困驻村帮扶工作队的意见》，为临洮县实施“精准扶贫”制定了战略规划。

在临洮县政府小会议室的墙上，挂着两幅全县地图。据办公室人员马德江介绍，这是柴生芳的“作战图”。地图上，临洮县每个乡村的地理位置处画着各式图形符号，有牛、羊、猪、鸡，有马铃薯、中药材、瓜果。这是因为柴生芳提出了“强村抓提升、弱村抓培育”的产业培育思路，给全县 323 个行政村全部确定了主导优势产业，这些符号是各乡村产业发展的着力点。

“省里一开始在划定精准扶贫示范县时，并没有把临洮放进去，后来就是因为柴生芳同志将这份工作做得非常扎实，才补加进去的。”临洮县县委书记石琳对这位“副班长”给予充分肯定。“他不仅学术积累非常深厚，视野也很开阔，想问题做事情都有很高的专业水准，并且一点儿书生气都没有。”

今年 3 月，临洮县成为“全省金融扶贫试点县”，同时与甘肃银行签订金融扶贫战略协议，甘肃银行向临洮授信 15 亿元，解决了农户分散贷款难的问题。7 月，临洮县被列入全国 8 个“六盘山片区交通扶贫攻坚示范试点县”，争取到国家资金项目规划投资 9.75 亿元。这一切与柴生芳的努力争取分不开。

“我就是放羊娃出身，国家用了我，还想再要啥”

“升官发财，请走他路，贪生怕死，莫入此门。”在第二十二册的工作日记中，柴生芳把这句话写在了扉页。

走进柴生芳的卧室，能想起来的形容词只有“简陋”，甚至“寒酸”。一张床，一个台灯，几件皆有缝补痕迹的衣服，两双鞋，床头的柜子上放着几瓶水，被子和床单洗得早已有些发白。

在妻子祁雪丽印象中，柴生芳很单纯。吃饭穿衣一点也不讲究，常年穿着两套西装，一件西装袖子是好的，但领子已经磨出了毛边；另一件西装领子是好的，可袖子和裤边破了。

“生芳离开的时候，留给我的，是工资卡上存了几万块钱的工资。他常常说，国家对我不薄，我就是放羊娃出身，凭自己本事，国家用了我，还想再要啥呢？”祁雪丽回忆起丈夫生前常对她说的话，“我一想，也对着呢。”

2009 年到 2011 年间，柴生芳在安定区担任副区长，主要工作就是外出招商。由于柴生芳“抠门”，这可苦了常年与他一起在外招商的安定区招商局副局长郑聪颖。柴生芳出差从来不住大宾馆，选的都是马路边上的小旅馆，即便如此，他也从来不住单间。为此，郑聪颖还曾多次向柴生芳表示过“抗议”：“柴区长，你晚上睡觉打鼾，和你一间我睡不着。”柴生芳回复：“那你先睡，你睡着了我再睡。”在外招商的两年，柴生芳一直把“咱们出来要节省一点”这话挂在嘴边。

柴生芳经常下乡，却从来没有在农户家吃过饭。有一次在辛店镇宋家湾村走访，结束时已经到了饭点，村干部为了招待下乡的县长，就提前把土鸡炖上了。“到了饭点，大家又很饿，那个土鸡香香的，真的想留下来吃。”辛店镇党委书记韩有存说，“但柴县长坚持回到镇里的食堂再吃，我们哪好意思去？”柴生芳对自己的严格要求，也给身边的同事起到了示范作用。

在柴生芳遗体被送往定西火化那天，车缓缓驶过临洮县城，道路两边排满了面容悲戚的群众。“柴县长，一路走好”“人民的好县长”……黑色的大字写在横幅上，写在报纸上，写在临时拆开的纸板箱上……表达着人们最真的心声。

生与死勾连的是一片短暂的时光。在有限的时间里，一个人该怎样实现自己的人生价值？作为一名领导干部，柴生芳忠实地践行着为民务实清廉的要求，他的回答如金石掷地，却又大音希声。

（原文载于《人民日报》2014年9月23日11版）

立足时代写典型

时圣宇

2014年9月，我赴甘肃省定西市临洮县采访临洮县原县委副书记、县长柴生芳的先进事迹，随后刊发了两篇通讯报道:《像西北白杨那样挺立——追记甘肃省定西市临洮县原县长柴生芳》《是什么掀起强烈的“心灵海啸”——由柴生芳引发的时代思考》。下面是我对典型人物柴生芳的采写体会:

一、高与大

采访路上，我一直在思考一个问题:《人民日报》写典型，应该写出一个什么样的典型。首先，《人民日报》是中共中央机关报，那就要思考党中央需要什么样的好典型，人民群众需要什么样的好干部。以此为出发点，在凝练柴生芳的特点时，我首先是从党员、干部视角来采访和撰写，如文中小标题“以天下为己任，是一条无比艰苦却无比光辉的道路”“我能奉献给你们的，只有热血和汗水”等，通过凝练的话语和生动的故事来彰显柴生芳崇高的党性。其次，人的视角。柴生芳是一个什么样的人？他的人生有什么样的时代意义？没有时代意义的人生是苍白无力的，撰写典型人物更需突出其时代意义。柴生芳几次走出穷山又回到穷山，高考状元上北大又回到甘肃考古所，出国读完博士又回到基层工作。文章重点展示了柴生芳的几次取与舍，来彰显其敢于挑战洼地、乐于牺牲奉献的大写人生。最后，传播的视角。当时采写这个典型，正值党的群众路线教育实践活动开展得如火如荼，所以为和当下主题结合，增强教育意义和传播效果，我在文中点出了柴生芳如何坚持群众路线的做法。另外，为了更好地让大家记住柴生芳，强化传播效果，我选择了给柴生芳赋予一个意象——西北白杨，因为《白杨礼赞》众所周知。

二、真与细

新闻报道越贴近真实越吸引人，多一些感人细节会让文章更加生动。首先，以真实场景来映衬人物。在两篇稿子中都有描写临洮艰苦和落后的场景，以烘托柴生芳甘于艰苦的坚毅品质。也有柴生芳去世以后，临洮万人空巷来送别他的场景，来映衬一位好县长在人民心目中的分量。其次，以生动的故事来展示人物。为充分挖掘柴生芳的生平故事，我走完了他的全部工作所在地。如文中用柴生芳帮扶的贫困户龚彩琴的话：县长来我们家，不仅送来了米面油，还带来洗发水、擦脸油、洗衣粉等，他一个大男人怎么就能想的那么细呢？以此来展示柴生芳对贫困户的用情用心。最后，以工作的细节来刻画人物。“光明村、合好村、康家沟、苟家滩、打石坪……这是柴生芳在工作日记中手绘的一幅村组地图。临洮县南坪镇22个散落的村子，在他本子上勾画、串联起来。”县长管到村、图画到村，柴县长工作细致的程度，不言自喻。

三、学与做

党中央认可一个典型，大范围高密度的宣传，就是希望让全国的党员干部能够看到这个典型，学习这个典型，并落实到实践当中。一个典型人物的报道如果写完之后发现不可学，距离很远，那这篇典型报道就不算成功。典型是标杆，那么典型人物的报道中就应该选取一些点，把标杆的“刻度”明确出来。如文中，我列举了一些数字：“他工作 3 年，跑遍了全县 323 个行政村，行车 4 万多公里，写下 30 本工作日记，共计 170 余万字……”文中还呈现了柴生芳抓精准扶贫的具体做法，县政府小会议室里挂着两幅柴生芳的“作战图”，地图上，临洮县每个乡村的地理位置处都画着各式图形符号，有牛、羊、马铃薯、中药材。柴生芳提出了“强村抓提升、弱村抓培育”的产业发展思路，这些符号是各乡村产业发展的着力点，全县一盘棋。这些数字、这张“作战图”将典型具体化了，便于学、更便于学着做，柴生芳不愧是全国县长学习的榜样。

随着近 3 年在基层的挂职锻炼，我对基层的了解越来越多，感触越来越深，今天再看当时撰写的柴生芳典型报道，自己感觉不太满意，文章抒情多、故事不够，分散多、聚焦不够，表层多、深度不够等，都是显而易见的缺点。以后回归采编岗，一定苦心钻研学习，争取写出更高质量的典型人物报道。

时圣宇

简介

时圣宇，男，汉族，1989 年 10 月出生，河南永城人。2010 年 12 月加入中国共产党，2012 年进入人民日报社，现为人民日报社党建采访室记者、河南省虞城县谷熟镇党委书记。在基层挂职扶贫期间，荣获全国首届“脱贫攻坚贡献奖”、河南省“优秀驻村第一书记”“优秀党务工作者”、中直机关“优秀共青团员”等。

杨兆顺 简介

杨兆顺（1957.2-）男，汉族，上海人，中共党员。上海市桃浦镇紫藤苑居委会党总支书记。2011 年 9 月 20 日，获得第三届全国道德模范提名奖。1999 年担任党总支书记以来，杨兆顺用无私奉献的实际行动践行着自己的服务承诺，被群众称亲切称为“草根书记”，并获得全国优秀党务工作者等多项荣誉。

2013 年 9 月 26 日获第四届全国道德模范诚实守信类奖项。

人民日報

RENMIN RIBAO

人民网网址：http://www.people.com.cn
即刻搜索网址：http://www.jike.com

2013年5月
20
星期一

人民日报社出版
国内统一连续出版物号
CN 11-0065
代号1-1
第23690期
今日24版

一个基层干部的苦辣酸甜

——访上海市普陀区桃浦镇紫藤苑居民区党总支书记杨兆顺

苦 最大的苦是不被理解

辣 常常感到力不从心

酸 忘我工作却遭受攻击

甜 得到居民的认同感激

李克强与印度总理辛格举行小范围会见时强调

培育亚洲合作新亮点 打造世界经济新引擎

离京对印度巴基斯坦瑞士德国进行正式访问

李克强抵达新德里对印度进行正式访问

国务院清查政府性楼堂馆所修建情况

牢固树立过紧日子思想

本报评论员

门槛低、收益快，不砍树也能致富

林下经济产值年增七成多

寻找经济增长新亮点

一个基层干部的苦辣酸甜

——访上海市普陀区桃浦镇紫藤苑居民区党总支书记杨兆顺

本报记者　杜飞进　廖文根

编者按：国家的发展，百姓的福祉，社会的和谐，基层干部功不可没。他们的工作，是支撑事业发展的基石。同时，时代的发展，改革的深化，社会的转型，也让基层干部队伍面临更加复杂的治理环境，经受更为严峻的现实考验。

当前中国的基层干部整体形象怎么样？他们真实的工作和生活状态怎么样？基层干部有些什么样的苦辣酸甜？群众对他们抱有哪些新的期待？带着这些问题，本报组成调研组，前往上海、贵州、河南、山东等地基层一线，与基层干部面对面交流，跟普通群众实打实对话，同时委托人民论坛调查中心开展问卷和网络调查，将陆续推出“如何看待基层干部”系列报道，力求还原一个真实的基层干部群体形象，敬请关注。

杨兆顺，上海市普陀区桃浦镇紫藤苑居民区党总支书记。1999年担任党总支书记以来，杨兆顺不仅帮助困难群众解衣食温饱之难，更针对居民中的“弱势情绪”，引导他们从心理上回归社会，使一个弱势人群比较多的小区，成为全国青年文明社区，杨兆顺本人被亲切地称为“草根书记”，并获得了全国优秀党务工作者等多项荣誉。

本报记者来到紫藤苑小区，听这位“草根书记”讲述基层干部的苦辣酸甜。

苦　最大的苦是不被理解

我们的居民从棚户区过来，小区刚建成的时候，保留着很多陋习，比如乱扔垃圾。作为书记怎么办？以身作则，去捡垃圾，带动大家改变陋习。居委会装修房子，为了省钱，我们到很远的地方去拉人家不用的旧材料。但是，这些苦不算什么，最大的苦是不被理解。

居委会干部上要为政府分忧，下要为群众解难。居民生活中总会有各种不如意，宣泄总要有个地方，居委会就经常被当成了出气筒。有些人为了自己的利益，什么事都敢干，什么话都敢说。这种苦跟谁说呀？两个字，“顶住”！不仅自己要顶住，还要让居委会其他干部都顶住。这种苦不是扛木头、搬砖头那种苦，肉体上的苦我都能够承受，最大的苦来自精神方面。

我和许多基层干部一样，还是想做一些事的，有时候一些想法不被理解、不能够很好地实施，自己也会感到挺苦闷的。

辣　常常感到力不从心

基层工作需要动真碰硬，需要第一时间赶到现场、第一时间解决问题。但作为基层干部，我常常感到力不从心。权力有限、能力有限、资源有限，加上一些法律政策的不配套，很多事情想办但办不了。

比如我们小区老年人多，虽然政府从各方面想了办法，拓展了活动的空间，但要使老年人老有所乐，还需要有专门的场所和设施。虽然有各方面的支持，但由于小区客观条件的局限和有些政策的限制，要把这件好事办好，还面临着很多困难。面对老人们的渴望，我心里感到非常愧疚。

比如再就业。政府提供了好多岗位，但很多人高不成、低不就。三番五次找我，“老杨，这个事你看怎么弄啊？你帮我解决啊”。我说我能帮你解决，但是你的要求实在太高啊。

酸　忘我工作却遭受攻击

2004 年中秋节前夕，我被第三次提名为普陀区人大代表候选人，在距离投票选举还有 10 天时，有人在小区贴了 27 张“大字报”。我一看，呆掉了，写得乱七八糟，纯属无中生有，严重的人身攻击啊！这 10 天的日子真不是人过的。平日早出晚归忘我工作，换来的怎么是这个？！我真的很心酸。

再比如有些人因为吃不到“低保”就给我敲台子、拍桌子，甚至还动了手，我被人家打过好多次啊。我也是有血性的人，我爸妈都没有这样对我。如果真要动手，我不一定打不过他。但是没办法，头上戴着这顶帽子，必须得忍着。

说实话，基层干部也是人，我们的人身安全也需要保护。

甜　得到居民的认同感激

作为一名基层干部，我也收获了无数的幸福和快乐。

比如，小区里有个小孩得了脑瘤，要手术，但家里没钱。家长哭哭啼啼地跑到我这里来。我把小区广播打开，自己广播，请小区居民捐款救救这个孩子。第二天，居委会门口排起了长龙，居民捐款达 2.3 万元。这个故事有 10 年了，10 年前的 2.3 万元可不得了。那天我喉咙都喊干了，但换来的是孩子的救命钱，我感到很欣慰。

我常常被居民群众的淳朴与善良所感动。在紫藤苑，许多受过帮助的居民，克服各种困难成了小区的热心志愿者；许多并不富裕的居民，偶尔受过一次帮扶，却长期坚持帮扶更需要帮助的人。

平时只要有空，我总爱走家串户，就像走亲戚一样，这样才能了解很多事情。说实在的，有些事情，对居民来说真的是难，对我们来说，也许只是打个电话、跑个腿就能解决。但就是通过这样一个电话、一次跑腿，居民认同我们，甚至感激我们。这样的快乐，不身在其中，是很难体会得到的。

（原文载于《人民日报》2013 年 5 月 20 日 1 版）

人物报道可多些“原声回放”

廖文根

人物报道没有固定的模式，但是提高人物报道的吸引力和感染力，是一个永恒的主题，也是一个永恒的追求。只有解决了吸引力和感染力问题，才能提高人物报道的传播力、引导力、影响力，人物才能具有生命力。

2013 年 5 月 20 日，时任人民日报社政治文化部主任的杜飞进和我采写的人物通讯《一个基层干部的苦辣酸甜》，作为“如何看待基层干部”系列报道的开篇在人民日报一版头条见报后，获得各方面的肯定。现在回头看，我感觉这篇报道最大的特点是“原声回放”。

如何看待基层干部，首先需要听听基层干部自己怎么说。我们当时选择了上海市普陀区桃浦镇紫藤苑居民区党总支书记杨兆顺。

杨兆顺坚守基层工作一线，深怀爱民之心，恪守为民之责，忠实践行“让居民过上好生活”的庄严承诺，以公正化解矛盾，以包容疏解难题，以爱岗尽责促进社区和谐，把小区建设成为全国青年文明社区、上海市文明小区，深得小区群众信任。杨兆顺天天在基层，基层干部到底有怎样的苦辣酸甜，杨兆顺应该有很多感触。

当我们深入紫藤苑小区，与我们的采访对象、居民区党总支书记杨兆顺面对面，听他讲述作为一名基层干部的苦辣酸甜时，我们受到很大的震撼。苦是什么？“最大的苦是不被理解”。辣是什么？“常常感到力不从心”。酸是什么？“忘我工作却遭受攻击”。甜是什么？“得到居民的认同感激”。这是老杨最深刻的感受，也是基层最生动的语言。听完老杨的讲述，我们当时有一个直观的感受，那就是把老杨的讲述进行提炼，以“原声回放”的方式进行报道，就是一篇精彩的文章。最后的结果也证明了我们的判断。

报道见报两个星期后，时任人民日报总编辑的杨振武同志到人民日报四川分社调研，提出必须在改进文风上下功夫，要下决心改变报道一般化、程式化问题，切实增强报道的吸引力和感染力。杨振武同志专门提到了这篇文章，他说，“前不久我们做的一组基层干部报道，其开篇《一个基层干部的苦辣酸甜》就很好。记者用很简短的语言提炼出‘苦是什么、辣是什么、酸是什么、甜是什么’，两千字打住，发在一版头条，反响非常强烈。为什么？因为这个‘苦辣酸甜’实实在在，能使更多人了解基层干部的真实状态，理解到他们的不易。这样的报道就突破了程式化，就是改进文风的具体实践，令人耳目一新。”

人物报道是给读者看的，一定要心中装着读者，学会换位思考。在动笔写人物报道之前，我一般先问自己两个问题，这个人物的最大卖点是什么？这篇文章怎样写读者才愿意读？尤其是在快速阅读的时代，读者不会把时间、把目光浪费在一般化、程式化的文章上面，需要把最精彩、最生动、最真实的信息以最有效的方式加以呈现。我们常说内容为王，而真正的王道就是最有价值的信息和最有效的表达。

把人物写活，一个重要方式就是多让人物“说话”。如果人物已经去世，那也要尽可能找到他生前说过的一些话，或者让熟悉了解他的人还原他所说过的一些话。也有一些人物干的多、说的少，那就多让他帮助过的人，了解他、理解他的人替他说话。人物报道也要有“干货”，我的理解“干货”，就是他做过哪些最感动人的事、说过哪些最打动人的话、能够为读者提供哪些最有价值的信息。

为什么读者喜欢看“原声回放”？就是因为这是第一手信息，是“干货”，没有经过任何的加工、过滤、修饰、渲染，套用一句广告词就是“没有中间商赚差价”。通过“原声回放”，读者可以零距离地认识和了解人物，对这个人物做出自己的判断。这就像我们学理论要读原文一样，记者的描述、阐释固然重要，但不能代替人物自己说话，而听原声就是读者了解人物的最直接、最有效的方式之一。

这对记者的采写工作提出了较高要求，同时对采访对象也提出了较高要求。记者要善于问，同时采访对象要善于答，而且要积极营造能让采访对象敞开心扉的环境和氛围。

采访杨兆顺时，我们专门参观了他的工作环境和他所服务的社区，听他讲述自己是如何开展工作的。2009年，党组织安排杨兆顺担任动迁安置新建的紫藤苑小区党总支书记。当时这个小区困难群众集中、居住环境脏乱、治安问题众多，怎么让社区环境变得舒适优美？让老百姓的生活变得平安、幸福？老杨不光有一颗热忱的心，还有很多管用的“招”：比如试行居委会“一站式服务”模式，创建“为民服务社”，提出人口信息管理的“四色”管理法，搭建群众自我管理平台等。我们一边听、一边问，通过与采访对象的近距离交流，拉近了与采访对象的距离，采访对象的陌生感和紧张感逐渐消失。随后进行的座谈会气氛变得轻松愉悦，正是在这种相对放松的环境中，采访对象的灵感被充分激发，我们也收获了很多有故事、有感触、有思考、接地气的大实话，读者对基层干部也才能有个“原汁原味”的“面对面”。

类似的“原声回放”式人物报道，我在2007年也尝试过。2007年夏天，我担任重大人物典型——我国测绘系统权威专家、中科院院士刘先林的采写任务。当时对刘先林院士的采访主要是集体采访，大家七嘴八舌提问，在一堆记者面前，采访对象很拘束、放不开。尽管刘院士的事迹很丰富，也很生动，但是，我总感觉缺少点什么。要让人物报道鲜活，必须要让采访对象多说话。我想方设法独自一人“潜入”他的办公室，对他进行了一次面对面的独家采访。后来，我把我和他的对话录音原汁原味地整理成一篇文章，题为《“读你千遍也不厌倦”——与刘先林院士面对面》，作为长篇人物通讯《把美丽的地球搬回家——记摄影测量与遥感专家刘先林》的续篇推出，取得了积极的社会反响。“我不特别，就是架子小一点”、“微笑可以说是我成功的原因之一”、“我是战术科学家”、搞科研要“向厨师学习”、“爱国就是把国家建设好”……刘院士的许多“金句”至今仍令人难忘，这就是“原声回放”的威力。

当然，人物报道没有定法。“原声回放”不能代替传统的通讯写作，但是，如果多些“原声回放”，多些“原景重现”，我们的人物报道就能更有吸引力、感染力。要做到这些，还是要下大力气走基层、转作风，好作品都是用双脚走出来的，是用心用情创作出来的，需要用一些笨办法，来不得半点偷懒，只有记者的功夫下够了，读者才会买账，我们的努力才不会白费。

廖文根

简介

廖文根，男，汉族，1976年12月出生，江西樟树人。2000年12月加入中国共产党，2001年进入人民日报社，现为人民日报社政治文化部副主任、高级编辑。参与采写的“如何看待基层干部”系列报道获第24届中国新闻奖，多篇作品获得人民日报社精品奖等奖项。

黄志强

简介

黄志强(1922.11-2015.4)男，汉族，广东新会人，普通外科学专家，中国人民解放军总医院普外、肝胆外科教授、主任医师，南开大学医学院教授、博士生导师。

黄志强在医学界有一个响亮的称号——中国“胆道外科之父”，他创建了我国第一个肝胆外科专科，开辟了具有我国疾病特色的有关肝内胆管结石病一整套独特有效的诊治理论、技术和方法，让我国肝胆外科专业跨入世界领先行列。

1944年毕业于前中正医学院，1949年11月入伍，1994年单选为中国工程院院士。

2015年4月24日，黄志强因病医治无效逝世，享年93岁。

人民日报
RENMIN RIBAO
2015年7月 29
对事业披肝沥胆，对国家忠肝赤胆，对病人侠肝义胆，我国肝胆外科奠基人之一、解放军总医院专家组原组长
黄志强 一腔肝胆铸医魂
中共中央办公厅印发
《推进领导干部能上能下若干规定（试行）》
李克强在出席国家科技战略座谈会时强调
促进科技与大众创业万众创新深度融合 以改革创新培育我国经济社会发展新动能
能上能下，优进劣退
吉林 求新求变稳增长
优化结构改善民生 提质增效绿色发展
引进经验需

要闻 6 2015年7月30日 星期四
专家详解《推进领导干部能上能下若干规定（试行）》
畅通下的渠道 完善制度体系
时代先锋
披肝沥胆铸医魂
——追记解放军总医院专家组原组长、中国工程院院士黄志强（下）

要闻 6 2015年7月29日 星期三
落实全面从严治党要求的重要举措
——中组部负责人就印发《推进领导干部能上能下若干规定（试行）》答记者问
时代先锋
留取肝胆照人间
——追记解放军总医院专家组原组长、中国工程院院士黄志强（上）
让我们为黄老点赞！
快评

留取肝胆照人间

——追记解放军总医院专家组原组长、中国工程院院士黄志强（上）

本报记者　李昌禹

“我走后，遗体要用于医学解剖。”临终前，老人一再叮咛。

可是，接到为老人解剖遗体的通知后，解放军总医院病理科主任医师文载律却迟迟下不去手。

躺在手术台上的这位 93 岁老人，是他多么熟悉、多么敬仰的人啊！老人生前与他畅快地进行病理分析的情景还历历在目……

这位老人，便是我国肝胆外科奠基人之一、中国工程院院士、解放军总医院专家组原组长黄志强。4 月，在他抢救过无数肝胆胰重症患者的解放军总医院，黄志强永远闭上了眼睛。

弥留之际，他请求党组织放弃治疗，以节省医疗资源，并留下遗嘱：遗体用作解剖，骨灰撒入大海。

从医 77 年，入伍 59 年，党龄 59 年。生前，黄志强为祖国的医疗事业披肝沥胆奋斗了一生；逝后，他把这一腔赤诚的肝胆留在了人间。

披肝沥胆
90 岁，他仍奋战在医疗一线

对着黄老的遗体三鞠躬并默哀之后，文载律强忍住泪水，慢慢拿起手术刀，缓缓落下，为黄老开始了尸检。

当看到黄老心脏上有大面积陈旧性心梗的痕迹时，文载律的眼泪差点掉下来。

这种征象提示着黄老生前在承受着怎样一种痛苦啊！心前区疼痛岂是一般人能够承受的？更何况黄老已是 90 多岁高龄，在承受如此剧烈疼痛的情况下还在坚持查房、教学、科研……

时间倒回三年前。

2012 年，90 岁高龄的黄志强向中国工程院申报了一项研究课题。课题申报下来不久，黄志强突发脑出血，住进了医院。

“黄老，停了这个课题吧，身体要紧！”有人劝黄志强。可是，依着黄志强的脾气，从国家那里申报来的课题，怎能半途而废！身体稍微好转一点儿，他还是坚持一步一步跟进研究。病床上，常听到他喃喃自语：“时间不多了……”

心衰、肾衰，身体每况愈下，他退了一步，指导学生姜凯接过课题。在他的病房里，常年挂着一个小白板。一有时间，他便在小白板上画解剖结构图，分析病理；有了新的想法，便兴冲冲地告诉姜凯。

2014 年 12 月，课题报告完成。拿着课题报告，黄志强一字一句地审阅，连错别字都圈了出来。

2015 年 2 月，在黄志强去世前两个月，报告修改完善，最后提交……

时间再往回倒三年。

2008 年 2 月 19 日，解放军总医院的一场手术引起世人瞩目。这场手术叫“双供肝亲体肝移植”，需要同时从两个人身上各取一块肝脏移植到患者身上。这是一项难度极高、极为复杂的手术，世界上能做这项手术的国家不超过 5 个。

为能够第一时间对意外情况进行指导和处理，手术一开始，87 岁高龄的黄志强便搬来一张凳子，坐在手术台边进行指导。

时间一分一秒地过去，2 个小时，4 个小时，6 个小时……有人劝黄志强，“黄老，您先回去歇歇吧！”“病人的手术还没结果，我怎能离开！”黄志强说什么也不答应。

10 个小时，12 个小时，14 个小时过去了，手术终于成功了！已是凌晨两点多钟，黄志强紧绷的脸上终于露出笑容。

“黄老后来病重时对我说了一句话：‘生命在于休息。’一个把工作当成全部的人居然发出这样的感叹，证明黄老太累了！他这一生一直在前进、研究，很少休息，实在让人心疼。”与黄志强相熟的肝胆外科护士长杨莉说罢，潸然泪下……

忠肝赤胆

四十载，“土专家”征服世界

1997 年，75 岁，黄志强当选中国工程院院士；2000 年，78 岁，黄志强荣获国家科技进步一等奖；2012 年，90 岁，黄志强被授予“英国爱丁堡皇家外科学院”荣誉院士称号……

但其实，黄志强在医学界早就有一个响亮的称号——中国“胆道外科之父”——他创建了我国第一个肝胆外科专科，开辟了具有我国疾病特色的有关肝内胆管结石病一整套独特有效的诊治理论、技术和方法，让我国肝胆外科专业跨入世界领先行列。

这份成就来之不易。

16 岁时，黄志强被云南昆明一所医学院录取。那时，交通线路被日军封锁。身在广东的黄志强，要去学校报到，只能从广东经香港转道越南，辗转至昆明。接下来几年，学校不断搬迁，日子不得安宁。新中国成立后，黄志强才真正安定下来，开始漫长的医学追求与探索。

20 世纪 50 年代初，黄志强在重庆行医时发现，西南地区患肝内胆管结石的病人较多，死亡率很高。但当时的医学书籍对于中国人易患的肝内胆管结石并没有描述。我国又没有自己的专著，这让肝内胆道疾病的研究和治疗成为“盲区”。“既然要研究中国的问题，就需要有我们自己的材料。医学科学领域里，也应该有我们中国自己的东西！”黄志强的心中升起执着的愿望。

当时，肝内胆管结石病在诊断上较为困难，死亡率极高，临床病例多是晚期患者。为了弄清病因，黄志强多次对西南地区进行小范围调研，对于临床重症，经常连续几天几夜守候在病人床旁。

就这样，黄志强积攒了大量第一手资料和宝贵的临床经验，为寻找治疗肝内胆管结石病的医疗方法夯实了基础。1957 年，他首创应用肝部分切除术治疗胆管结石病，在世界范围内为此病的治疗方法揭开了崭新篇章。

1973 年，51 岁的黄志强第一次踏出国门。在西班牙召开的国际外科大会上，他提出肝胆管结石是可治之病，并指出“原发性肝胆管结石可呈肝内局限性分布”以及“高位肝胆管狭窄是肝内胆管结石的主要病因和手术治疗上的主要难点”的著名论断，引起国际医学界轰动。

历经四十载，经过不断完善，黄志强开创出一套符合中国人肝胆病症治疗的体系。耄耋之年，谈起这些成就，黄志强曾这样说：“作为医生，当看到经我们的治疗方法治愈的病人，感受到他们的喜悦时，心里面总是觉得非常踏实。”

侠肝义胆

77 年，“生命相托，永不言弃”

在解放军总医院，流传着这样一则趣事。黄志强一直记不清自己的生日，在填写履历表时，为了方便记忆，索性就选了 1 月 1 日当作生日。

可是，这样一个记不住生日的人，却能脱口说出二三十年前诊治过的病人的病情特征和手术方式，并且跟病历上的记录丝毫不差。

2005年12月，怀孕38周的孕妇史思敏被送往解放军总医院，诊断为坏死性胰腺炎。该病死亡率在95%以上。手术一旦失败，这个经济条件并不好的家庭可能人财两空。

两条人命危在旦夕！83岁高龄的黄志强二话没说，穿上白大褂就直奔手术台。治疗组连续奋战7天做了3次手术，史思敏终于奇迹般地睁开了双眼……

手术几天后的12月25日，黄志强例行查房时，走到史思敏病床前问完病情，忽然从口袋里掏出一张贺卡："我在病历上看到今天是你的生日。祝你生日快乐，早日康复！"那一刻，史思敏的眼睛瞬间含满泪水。

因为这次治疗，史思敏失去了即将出生的孩子，黄志强一直惦记在心里。2009年，身体恢复后，史思敏又怀孕了。12月，孕期8个月时，黄老果断为她安排了剖宫产手术。手术那天，是12月25日。黄志强告诉史思敏："这天是你的生日，也让宝宝和你一天过生日吧！"史思敏的泪水再次夺眶而出……

在解放军总医院重症医学科的楼道里，悬挂着这样一幅题字："生命相托，永不言弃"。落款人是黄志强。77年的行医生涯，黄志强不曾对一个病人放弃最后的努力。然而，一生救人无数的黄志强，却没能挽救住自己的亲人，60岁时丧妻，70多岁时送走儿媳，黄志强常常陷入自责。在给儿子的一封信中，他这样写道："人们皆认为我医术高明，而我独不能救亲人之性命，眼睁睁地看着她们一个个远走，虽悲痛何及？……唯望在有生之年，定当多写些有用之书，以传后世，救治病中苦难之人，不得我今日之悲哀与余恨……"

有人曾问黄志强："你名气这么大了，为什么对病人还这么上心？”黄志强答得很平淡：“对于医生来讲，患者的生命高于一切。患者将生命托付给了我们，这是对我们的信任。任何一点闪失，都会使患者失去最后的希望。”

（原文载于《人民日报》2015年7月29日6版）

披肝沥胆铸医魂

——追记解放军总医院专家组原组长、中国工程院院士黄志强（下）

本报记者　李昌禹

听说有记者要采访黄志强院士生前的事迹，一位曾经他救治的患者带着一家人连夜从河北农村赶来，“我不能为黄教授做些什么，只想让更多人知道他是个好人。”

采访黄志强曾经救治过的患者，看到最多的，是泪水；听到最多的，是感恩。他们都说，黄志强不仅是赫赫有名的“肝胆大师”，更是一名有肝胆、有担当的好医生。

追求极致　技术精湛

“医生就该高标准要求自己，因为我们面对的是患者”

16 岁学医，22 岁行医，在跨越两个世纪的职业生涯中，黄志强一直孜孜追求着这样一个目标：治别人治不了的病，开别人开不了的刀，让更多的人远离疾病的痛苦。他常常说，“做工作就要做得最好。医生就该高标准要求自己，因为我们面对的是患者。”

黄志强做手术看起来“慢”。他说，自己做手术“往往做一步，想一步，看着这一步没有问题，再进行下一步。”熟悉他的同道都知道，黄志强做手术其实很快：基本功扎实，判断准确，没有多余动作，看起来慢，实际很快。

黄志强做手术还有一个特点，术中解剖结构清晰，动作轻柔，止血彻底，手术做得很干净，对周围组织的损伤小。他的十根手指好像长了眼睛，融进了灵感、睿智和聪慧。

黄志强却认为，仅靠技术永远不会成为优秀的外科医生。没有扎实的临床学科基础，缺乏细致的观察力和较强的分析判断力，不能时刻将术中悬而未决的问题放在心上，这样的外科医生只能算是“开刀匠”。

黄志强有一个自己为之痴迷的世界。他经常面对一个病人的片子，一看就是一个小时，对周围发生的事情充耳不闻。有时为了判断病情，他能在病人身边坐上整整半天，详细记录病人呼吸、引流、排泄物等生命体征的变化。因为对病人的病情了如指掌，黄志强总能在复杂病历的会诊中，一下子抓住主要病情，并给出针对性治疗方法。

在一次会诊中，经过血管造影、CT 检查确诊了一位肝脏肿瘤患者，在场的其他专家一致附议。就在会诊即将结束时，主持者按惯例征询一直默不作声的黄志强教授的意见。黄志强缓缓说道：“我认为不太像。”

一语惊四座，原本已成定论的判断横生枝节，大家都惊呆了。然而，为患者开腔手术探查的当天，结果正如黄志强所料，是腹膜后肿瘤，因为肿瘤位置突前与肝脏重叠，所以造成了错觉。

尽心尽力　治病救人
“医生的本分，就是把患者利益放在第一位”

医生的本分是什么？在黄志强眼中，除了在医疗岗位拼搏外，还要时刻把患者的利益放在第一位。

黄志强看病有一个原则：“只看病，不看人。”在问诊过程中，当患者的陪同或家属谈及病人的社会背景和职务以及与病情无关的话题时，黄志强总是摆摆手：“说病情吧。”在黄志强心里，生命是平等的，病人没有高低贵贱。医生应该尽心尽力对待每一位患者。

慕名而来的患者越来越多，来自全国各地的患者经常不分时间和地点，打乱了黄志强的工作和生活秩序，但他从不怕麻烦，总是千方百计为患者解除病痛。他常说，患者大老远跑来找你，很不容易，不能让病人失望。

一位慕名而来的肝胆结石患者，带着厚厚一沓病历和影像资料来到黄志强的办公室门前等候着，当他得知黄志强教授刚下手术台时，便准备改日再来，但黄志强教授硬是坚持给他看完病才走。

晚年已经享誉海内外的黄志强从不愿退居二线，享享清福。在危重病人面前，为了挽救生命，他总有一种忘我的精神。

8年前，年仅17岁的王楠遭遇车祸，十二指肠被撞破，出现严重的腹膜炎并导致休克。当地医生诊断：就算手术顺利，患者也很难怀孕了。家人抱着最后一线希望来到解放军总医院，王楠住进了重症医学科。会诊时，特地请来黄志强教授做指导。年过八旬的黄志强在深夜作了详细诊断，决定亲自主刀手术。他在手术台上一站就是几个小时。第二天，苏醒后的患者，看到把她从死神手里拉回来的黄院士，感激地叫了一声"爷爷"。后来，这位患者顺利结婚、生子，并在2012年特地从保定带着儿子来看望黄老。"没想到，一别3年，这次竟然是来和爷爷永别……"告别厅内，王楠泪流不止。

"黄老精湛卓绝的医术，固然使他敢于挑战风险，但支撑高超技术的动力是什么？并非每个医生都有勇气承担这个手术，而黄老始终把病人的利益摆在第一位，把自己的利益抛在脑后。这正是一名优秀医生最宝贵的品质。"解放军总医院重症监护医学科主任周飞虎感叹道。

■ 循循善诱　传递信仰

"弯下腰是一座桥，站起身是一架梯"

"医学事业的兴旺发达，需要人才梯队的接续奋斗。"黄志强常常把这句话挂在嘴边。他的想法很朴素：只有把好的医术一辈辈传下去，才能救治更多病中苦难的人。

既当丰碑引领方向，又作基石躬身为桥。黄志强常以亲身体验和教训给年轻医生讲述成长的道路，却从不指责别人。他说："我愿意做一名外科医生，就是因为做动物实验时老师给了我很大鼓励。年轻人是容易引导的，几句鼓励的话可能影响他的一生。"

从教学、查房到复杂手术，黄志强常常鼓励年轻医生披荆斩棘勇闯难关，指导年轻医生创新术式，从中汲取自信。一次，黄志强带领年轻医生为病人手术。他的一位学生建议用一种新的方式进行缝合，黄志强听完后觉得可行，就鼓励学生上台进行缝合，他则在一旁密切观察，必要时给予指导。手术过后，病人恢复很快，黄志强夸该学生积极思考，并鼓励他继续多多创新。

黄志强对学生的影响，如同母亲之于胎儿，通过"身教"这根"脐带"，春风化雨般潜移默化将医生应该坚持的信仰和力量一代代传递下去。

在生命的最后几年里，黄志强常常感觉"时间不多了"。为了让年轻的外科医生尽快成长受益，黄志强随时都在想着怎样把70年来的从医经验总结出来。2013年以来，他自觉身体和精力大不如前，把时间看得更加珍贵，抓紧时间完成了最后的书稿《黄志强肝胆外科讲义》。这本书以PPT讲义的形式表现出来，易读易懂，更适合喜欢形象思维的外科医生阅读。

完成书稿后不久，黄老住院了。他对秘书说："你知道吗？我好像有一种预感，前段时间把该做的事基本都做完了……"住院中，他还多次问起书的出版情况。

2013年9月10日，教师节，《黄志强肝胆外科讲义》出版了。老人看到新书，犹见亲人，精神矍铄地给在场的每个同事分发了一本，还给每人签了个性化的题词，脸上绽放出发自内心的微笑。

黄志强从医70多年里，选拔培养了100多名拔尖人才，亲自培养博士后和博士、硕士研究生及高级研修人员300多名，大大促进了中国肝胆外科学事业的发展。

■ 傲骨仁心　千古流芳
“黄老，我想再看您一眼”

黄志强一生为病人做了多少台手术？没人知道。但是，重症监护医学科所有的医生和护士都看到，80多岁高龄的黄老，依然坚持来重症监护室查房，直到再也走不动了……

黄志强一生为祖国医学建设作出多少成就？没有人确切统计。但是，他创立的一系列诊疗手法，至今还被无数的医生使用着；他一字一句撰写的那些教材、著作，至今还滋养着一代又一代医学工作者……

黄志强一生拯救过多少条生命？恐怕他自己也记不清楚。但是，当他去世的消息传开时，一批又一批曾经的患者从四面八方赶来，只想看他最后一眼……

黄志强走了，告别了熟悉的手术台，告别了奋斗一生的医学事业。他太累了，终于可以安息了……

“黄院士将这种碰到难题时的科研精神、执着精神一直保持到生命的最后一刻。这种工作作风，是广大医者永远学习的榜样。”与他共事过多年的朋友、中国工程院院士卢世璧说。

“黄老终其一生对医学事业的无比沉醉与忠诚，宠辱不惊、身心如一的人格风范，视科学为信仰、待病患秉初心的傲骨仁心，值得我们永远学习……”他的学生、肝胆外科副研究员张爱群说。

“假如时光能够倒流，我无论如何也要到黄老的病床前去看他一眼，跟他说一声，‘黄老，您要好好保重身体！’”曾经在他的手术刀下捡回一条命的王楠泣不成声。

93载春秋何其匆匆。如今，解放军总医院的院士名家图片墙上，黄志强笑得和蔼、慈祥，仿佛看着那些经他救治活过来的一个个鲜活的生命……

（原文载于《人民日报》2015年7月30日6版）

一次难忘的“住院式”采访经历

李昌禹

2015年7月的一天，我中午吃完饭刚回到办公室，正准备休息，电话铃声忽然响起，接起电话，原来是部门领导打过来的，告诉我有一个紧急的典型人物报道任务，需要我马上动身去采访。这个典型人物，就是我国肝胆外科奠基人之一、中国工程院院士、解放军总医院专家组原组长黄志强。时年93岁的黄院士于当年4月去世，他的生平事迹经上报后，引起高度重视，被军队树立为典型模范，准备赶在八一建军节前夕推出系列宣传报道。

当时已是7月中旬，连采访带写稿也就十来天时间，301医院方面当时能够提供给我的素材，只有一份1000多字的黄志强生平事迹，而我除了要完成本报规定的两篇稿件任务外，还受委托，要为医院方面采写一份2万字的报道基础稿。

时间紧，任务重，稿件采写难度大。为了完成好任务，经部门领导商量，决定索性让我一竿子到底，在301医院住下来，进行为期一个星期的“住院式”采访。

于是，我马上收拾好行李物品，当天晚上就住进了301医院，开始了这次难忘的“住院式”采访。

“住院式”采访

其实，刚接到任务时，我是有点蒙的。第一，对逝去的典型人物报道，我以前从来没接触过，这是头一回；第二，时间紧、稿量大，我当时来报社也没两年，经验不足；第三，现成的素材太少，基本上所有素材都要靠自己一点一点去挖掘，心里没底儿。

这可咋整？我越想越焦虑，还没等住院采访，我就患上焦虑症了，看来，这次是真的要住院了。

来到301医院当晚，我静下心来，好好整理了一下思路。新闻界的前辈都说，好报道三分写七分采，看来我得在采访上下一番大功夫。采写这种已经去世了的典型人物，最难的一点就是记者无法与该人物直接对话，对人物的人格特质不好把握。因此，对外围人物的采访就尤为关键。为此，我当晚就根据黄志强生前的工作生活情况，开出了包括他的家属、同行、同事、患者、学生等在内的一大串采访名单。

第二天，当我把采访名单交给院方时，对方却告诉了一个让我崩溃的消息：由于此时黄院士已经去世了近3个月，他的子女已经办完丧事回美国了，采访期间无法回来。这样一来，最亲近他的人我就无法采访了，这就要求我更要紧紧抓住剩下的采访对象深挖。

于是，在这一个星期的“住院式”采访中，我通过座谈、拜访、走访等形式，一共采访了20余位与黄院士有过接触的各层面人士，积累了大量素材，挖出了非常多的生动细节。

白天采访，晚上整理材料，一个星期很快过去了。经过这一个星期的

"住院式"采访，我不仅得到了大量采访素材，形成了2万字的基础稿，进医院前的焦虑症竟也痊愈了。带着轻松的心情，我回到报社，很快完成了本报的两篇报道。

事实证明，生动的故事细节，一定是建立在扎实的采访之上。要想写好典型人物报道，不焦虑焦虑，不来个扎扎实实的"住院式"采访，还真难写出满意的东西。

提炼人物灵魂

由于与报道的人物无法直接对话，如何提炼人物的人格特质就显得更加艰难。在采访过程中，一个一直在我脑海中盘旋的问题就是：黄志强到底是个什么样的人？为什么这么多人被他感动？采访过程中，通过他人对黄志强生前细节的点滴回忆，他在我脑海中的形象渐渐清晰起来，我的采访也逐渐从拉家常式的散漫发问变成了有的放矢的针对性提问，等最后一个采访对象采完、最后一份资料整理完，我对该如何提炼这个人物的灵魂，有了一个清晰的方向。

首先，黄志强出生于革命战争年代，有着浓厚的家国情怀，这是他作为医生不同于他人的一点。也正是这种家国情怀、民族尊严让他奋发图强，创建了中国第一个肝胆外科专科，创立了一系列针对中国人的疗法，让我国肝胆外科事业跨入世界领先行列。

其次，黄志强是一个对医疗事业极其痴狂的人。他87岁时，还搬着凳子坐在手术台边指导手术；90岁时，因为看了《阿凡达》电影受启发，写了一篇《从阿凡达电影看微创外科3D时代的到来》的论文。而对于生活他又极其随意，因为记不住自己的生日，他索性在身份证上把自己的生日登记为1月1日。

最后，黄志强是一个对患者极端负责，甚至行侠仗义的人。他83岁时，医院有个高危产妇患坏死性胰腺炎，死亡率在95%以上，别人都不敢手术。他却不顾高龄、不计声誉，亲自上手术台为这位产妇做手术，救活了两条人命。后来听说我想采访黄志强的患者，这家人连夜从河北赶到北京接受我采访。

总之，通过一系列采访，我发现黄志强其人就如同他所从事的肝胆外科事业——他是一个有肝胆的人，“肝胆”就是他的灵魂，无论是对国家、对事业还是对患者，都怀有一腔肝胆。经过思索与提炼，我把黄志强的灵魂形象提炼总结为：对国家，忠肝赤胆；对事业，披肝沥胆；对病人，侠肝义胆。总结出了这几个方面，文章架构甚至标题就出来了。

后来稿件最终见报时，编辑对文章架构和大小标题基本没有改动。2015年7月29日，1版报眼位置刊发《黄志强　一腔肝胆铸医魂》，同一天6版刊发追记文章上篇《留取肝胆照人间——追记解放军总医院专家组原组长、中国工程院院士黄志强（上）》；7月30日刊发下篇《披肝沥胆铸医魂——追记解放军总医院专家组原组长、中国工程院院士黄志强（下）》。

稿件刊登后，301医院方面大为赞赏，认为人民日报的报道对黄志强的人物提炼不仅准确生动，而且颇具匠心、非常巧妙，比其他所有媒体的报道都高出了一大截，人民日报不愧是新闻宣传的排头兵。

当然，典型人物的报道技巧，远不止我上面所说的这些。不过，以上的确是我这次“住院式”采访经历中最深刻的体会。此后，我的历次采写经历也告诉我，要想写好典型人物报道，还真得多来点这种扎实的“住院式”采访！

李昌禹

简介

李昌禹，男，汉族，1988年4月出生，河南信阳人。2011年10月加入中国共产党，2013年进入人民日报社，现为人民日报社政治文化部统战群团采访室记者。多篇作品获人民日报社精品奖、全国政协好新闻奖等奖项，被授予人民日报社青年岗位能手称号。

乐焰辉

简介

乐焰辉（1983.10-）男，汉族，湖北通山人，上尉军衔。现任第二炮兵某旅发射三连政治指导员，所在连曾被中央军委授予“导弹发射先锋连”荣誉称号。

2003年被录取为清华大学国防生。2007年6月从清华大学毕业入伍，3次放弃清华免试读研机会，4次获得军功章，他先后参加新中国成立60周年国庆首都阅兵和重大军事演训活动，被评为全军优秀指挥军官和第二炮兵优秀政治教员。

人民日报

RENMIN RIBAO

2013年6月 11 星期二

神舟十号今日发射

开创我国载人航天应用性飞行先河，神十将在轨飞行15天

首次开展航天员太空授课活动，并与地面师生双向互动交流

执行任务的飞行乘组由航天员聂海胜、张晓光、王亚平组成

神十与天宫一号对接需两天，后续将开展快速对接技术研究

时代先锋

吹响青春的奋斗号角

——记第二炮兵"导弹发射先锋连"指导员乐焰辉

马上就办，办就办好

从跨越太平洋的握手

——记中国国家主席习近平

要闻

2013年6月11日 星期二 5

吹响青春的奋斗号角

——记第二炮兵"导弹发射先锋连"指导员乐焰辉

追求，深情向往

创造，谱写有我

坚守，锁定青山

中越边境计划设立自贸合作试验区

169名涉嫌在加纳非法采金中国公民将全部获释

朝韩12日—13日举行政府间会谈

真情响应梦想的召唤

短评

国家安全遭遇个人隐私

美政府秘密监控计划引发争议

媒体披露细节

引发观点碰撞

民意微妙变化

中国机械制造闪耀莫斯科

吹响青春的奋斗号角

——记第二炮兵“导弹发射先锋连”指导员乐焰辉

本报记者　冯春梅

长剑呼啸而出，大漠惊雷乍起。

中国战略导弹部队一柄新型“利剑”首次试锋。导弹发射架下，一名英俊的上尉军官，声如洪钟，指挥若定。

历经严酷自然气候和新规程、新弹型、新阵地的考验，这名上尉军官带领的二炮某旅三连一举拿下分秒不差、发发命中的好成绩。

为什么三连会这么强？

“三连有一个好指导员。”

指导员是谁？“乐焰辉！”

不错。这名上尉军官就是乐焰辉，现任第二炮兵某旅三连政治指导员，所在连曾被中央军委授予“导弹发射先锋连”荣誉称号。

敢于有梦，他矢志基层，从清华大学走进深山军营，3 次放弃免试读研机会，4 次获得军功章；

勇于追梦，他激情如火，两次将新型导弹送上蓝天，带兵经验巡讲三军；

勤于圆梦，他军政兼优，被评为全军优秀指挥军官和第二炮兵优秀政治教员。

如今，乐焰辉再次站在青春的门槛上，向着未来眺望进发……

“为了理想，吹响青春的奋斗号角！”参军那年，乐焰辉在日记中写下的这句话，昭示了他充满激情与豪迈的军旅之路。

追求，深情向往

乐焰辉的从军梦，做得很早，一往情深。

1996 年 3 月，东海之滨三军演兵，发发导弹惊天捣海。看着震撼的电视画面，13 岁的乐焰辉立下志向：“以后当兵，就去这支发射导弹的部队。”

高中毕业时，他是在拨通清华大学国防生培训办公室电话后，填写高考志愿的。高考成绩名列全班第一的乐焰辉被录取为清华大学国防生。

既圆清华梦，又圆从军梦，让他兴奋不已。在清华大学航天航空学院飞行器攻读设计与工程专业的 4 年时间里，他始终是一个激情飞扬的“铁血辩护人”。

到 2007 年 6 月毕业时，他的志向尤其坚定：“想想中国近代的悲惨历史，看看这十多年来的世界形势，哪个中国人不期待国家强盛、军队强大、军人强硬……强军报国，算我一个！”

怀着这样强烈的愿望，乐焰辉把参军的目标锁定在他心目中威力最强的军种：第二炮兵。

或许是心情太急迫，他甚至做出了“私探”军营的举动。

2006年盛夏，南国某军营，一对青年男女的行踪，引起了第二炮兵某部哨兵的警觉。见哨兵严厉，他赶紧自报家门：“我叫乐焰辉，是清华大学国防生，专程来找那支英雄导弹部队……”

大学毕业来到部队，乐焰辉被分到了被中央军委授予“导弹发射先锋连”荣誉称号的三连，当了一名普通排长。

弹指间，6年过去，乐焰辉干得怎么样？

荣誉，或许是对一个军人最好的评价。乐焰辉这个投笔从戎的“学生官”，在如此短的时间里先后荣立二等功1次、三等功3次，并受到了党和国家领导人的亲切接见。

尤其让部队官兵佩服的是，乐焰辉的追求有灵魂、有根基、有血性。

旅长谈卫红告诉记者：“三连是个士气特别高、血性特别强的连队。带出这样的连队，乐焰辉功不可没。”说这话时，乐焰辉已经是一个很有名气的连队指导员了。

2009年底，连队组织投弹训练，新战士姬超拉开手榴弹引线，却紧张得没投出去。乐焰辉一个箭步，夺过手榴弹，使劲扔出去，顺势扑倒姬超，压在身下。

空中一声炸响，大家一身冷汗。别人夸他“有血性”，乐焰辉却听得不是滋味：作为一名指挥员，光自己不怕死有啥用，老虎领着羊，怎能打胜仗？

他找连长吴坤友商量：“和平时期，咱可不能带出‘和平兵’，先锋连的兵必须有虎气！”

从此，在连队的课堂、训练场上，练为战、战为胜、胜为祖国的追求愈加鲜明。连队大门口，两条标语格外醒目：“我们能打仗吗？我们能打胜仗吗？”如警钟长鸣。教育课上，乐焰辉对战士说：“只要有一名战士不思战，我这个指导员就失职！”

训练场上和执行任务中，乐焰辉带领支部一班人敢争敢胜，冲锋陷阵，模范带头。

为了实现自身过硬，乐焰辉自我加压。体能训练，他负重加码，逐一超越连队“高手”；专业学习，他在“天书”般的图纸和数据中穿行，成为业务尖子；导弹操作，他专攻精练，拿到 10 多个岗位的“资格证”，成为“金牌指挥长”。

激情追求，倾尽的是热血，铸就的是红花。连队战士的心“红”了，连队的战斗精神“红”了，乐焰辉的名气也“红”了。

坚守，咬定青山

军队基层，一向有如铁的纪律、单调的生活、竞争的强压。这些年，不少国防生在下基层锻炼之后，总期望“跳出去”。但乐焰辉视基层为沃土，把部队当青山，扎根不移，咬定不放。

乐焰辉是一个保留读研资格的国防生。这几年，考虑到长远需要，他也一直没有放下回母校读研深造的愿望。2008 年，乐焰辉首次接到读研通知。此时部队正值作战准备关键时期，随时可能上战场，不想错过任务的他便主动申请推迟一年。

第二年，国庆阅兵训练场上的乐焰辉再次接到母校读研通知，他没有迟疑，让同学为他办理了休学手续。

2010年7月，清华大学最后一次发来返校读研通知。导师已经给他配好了新电脑，课题等他回去开题，学校给他安排了国防生辅导员的岗位，妻子每次打电话都憧憬一家三口在北京团聚的生活。

然而，已经是连队指导员的乐焰辉深知自己肩上的担子，纠结之中他向一位首长求助。“雄鹰欲高飞就不能留恋巢穴”，首长一席话让乐焰辉明白了自己的选择。

“我决定放弃读研……”安慰了电话中哭泣的妻子，乐焰辉回到了连队，回到了那个充满朝气的绿色方阵。

直到2012年12月，乐焰辉回到清华园，为新一届国防生讲述自己的人生选择。当年的那些艰难决定，已经造就出一位第二炮兵的“优秀人才标兵”、清华大学百年校庆的“希望之星”。

当好一个连队的指导员，要履行的责任重如山。但一个1983年10月出生的“80后”，能把“党的领导、人民军队”的薪火传下去吗？乐焰辉用行动做出了证明：引导官兵坚守理想、信仰和军魂，让更多当代官兵心怀强军、报国、成才的梦想，咬定青山不放松，我们能行！

乐焰辉为连队上第一堂课时，总会畅谈“外面的世界”，纵论世界大事和战争风云。有人说他“站位太高”，不合乎“传统”。他却说：“我们的传统，就是站在大局想自己。居深山，岂能坐井观天。作为战略导弹部队的一员，必须具备战略思维和全球视野！”

他的坚持，赢得了官兵们的认可。教育课堂，谈古论今从不冷场，理论热点激烈交锋。一位知名理论专家前来部队授课，三连战士的提问让他诧异："战士能看得这么远，真不简单！"

乐焰辉并不满足于此。他深知，青年官兵伴随"看大片、吃薯片、玩芯片"长大，看得再远，信仰不坚定，一切等于零。

去年，《苦难辉煌》一书成为战士们的热聊话题，但大多一知半解。乐焰辉看在眼里，急在心头。白天，他在导弹阵地带领战士操作导弹；夜晚，他挑灯夜读把52万字的巨著读了8遍。经过20多次修改，一堂《始终坚守信仰的高地》精品课出炉，战士心中的问号被拉直了。这一课，一炮打响。从连讲到营，从营讲到旅，最后在第二炮兵基层建设工作会议上进行了展示。

旅政委张继春感慨万分："乐焰辉把党史军史吃透、嚼碎，又转化为信仰的营养，反哺滋润了官兵，是个难得的人才！"

创造，强军有我

乐焰辉所带的连队，是被中央军委授予荣誉称号的"导弹发射先锋连"。面对崇高荣誉，乐焰辉立下宏愿：强军有我，创造有我，光荣有我！

第二炮兵是高科技兵种。"向科学训练要战斗力！"在乐焰辉心中如同烈焰之灯。

专业训练难度大，乐焰辉就在连队开展"科学练兵大讨论"等活动。带领技术尖子，帮助每名官兵制定年度训练目标；引导官兵人人撰写训练日记；和连长一起摸索出"重要号手混合训，单元之间交叉训"等科学训练方法，连队训练质量不断提高。通过集中官兵的智慧，连队的实战化训练成效显著。“随机抽点号手编组发射单元操作法”，实现了从“随机点人”向“随机抽组”的转变，实战化操作和快速反应能力大幅提升。

带出一个强大的连队，需要更多强大的官兵。乐焰辉利用自己学习、成长的经历和经验，鼓励大家立足岗位学习、成才。

那年7月，博士徐金华慕名来到“导弹发射先锋连”，立志要干一番事业，可理想与现实的差距让他感到迷茫。乐焰辉用“昨天的我”影射“今天的他”，及时拨正人生航向，鼓励他在“坚持到底、不言放弃”中重新点燃梦想，很快成为一名优秀发射排长。

大学生士兵袁晓健对艰苦生活缺乏思想准备，乐焰辉为他定制了“强筋计划”：在“精气神”比拼中，让他扛着红旗领跑；在导弹发射操作时，让他担任主力；遇到急难险重任务，带他一起冲锋。一番磨砺，这名“学生兵”成为训练场上的“小老虎”，3次登上训练“龙虎榜”。

乐焰辉的努力，得到了丰硕回报：近两年来，连队26人被评为训练标兵，22人当选技术能手，八成以上官兵“一专多能”……

“最强悍的军队，应当有最优秀的战绩。”乐焰辉的谋战、求胜能力，在他的勤奋追求中日益增长。

2009年，首都北京，国庆阅兵，他磨破4套迷彩，踢穿3双战靴，英姿飒爽地接受了党和人民检阅。2010年，他打破常规，科学组训，带领大学生新兵发射单元快速形成操作能力。一名军委首长握住他的手说：“你带的战士了不起，你更了不起！”

2011年9月，江南某合成训练场，骄阳似火。残酷的对抗淘汰赛进入白热化阶段。在经过数轮角逐之后，发射二营冲进决赛，与对手发射三营“死磕”。为寻找克敌制胜的“绝杀”，实现夺冠目标，乐焰辉把自己关在40多摄氏度的帐篷内“闭关”冥思苦想，想不出“招”就不出帐篷。经过与连长吴坤友的反复推敲，终于设计出了一道技术与战术结合的方法。

正如乐焰辉所料，决赛对抗中，这个方法一举让三营三套发射单元退出了战斗。三营不服，连夜向仲裁组提出了仲裁请求，并说乐焰辉的方法在实际作战中无法完成，违规且无效。第二天在预辩环节中，乐焰辉遭到“围攻”，双方争得面红耳赤。

乐焰辉连夜整理出了一个系统论证方案，以形象直观的方式，向大家展示了方案的原理。

清晰的思路、翔实的数据，一向不服输的对方真诚地表示：你们赢了！

（原文载于《人民日报》2013年6月11日1版、5版）

满广志

简介

满广志（1974.3-）男，汉族，山东临沂人，中共党员。中国人民解放军军事科学院国际战略专业研究生毕业，大校军衔，曾任第38集团军某红军团团长。满广志通晓信息化，通晓外军，通晓联合作战，被誉为我军信息化建设的“开路先锋”。是全军优秀指挥员，荣立二等功1次，三等功2次。

现任中国陆军第一蓝军旅旅长。

6 2014年10月30日 星期四 要 闻 人民日报

对话价值观（10）（敬业篇）

访谈郑树森、宋林飞、韩庆祥

敬业 平凡中的伟大

引子

关系国家富强和民族兴衰

敬业精神永不过时，现代人应从尽职尽责跨越到尽善尽美

个人努力和社会激励

营造敬业光荣的社会氛围，让踏实肯干的人能干事干成事

体现传统与现代价值观念

现代社会中，敬业是工作态度和成就事业“五位一体”的统一整体

扫描二维码 看更多内容

感言

踏实敬业，才能舞出精彩

骨干研修工作会议召开 哲学社会科学教学科研

陆军38集团军某机步团团长满广志

信息化部队的开路先锋

“我就是想当个带兵打仗的指挥员”

“敌人和机会，都在问题里”

“没有英雄胆，哪能破强敌”

陆军38集团军某机步团团长满广志

信息化部队的开路先锋

本报记者　冯春梅

凯旋！

战车行至一座城市的边缘，远远地，师部大门口硕大的“凯旋”二字在暮色中闪亮。塞外大漠那场激烈演习的捷报早就飞传回来。率部荣归的是战车团队的年轻指挥员——陆军38集团军某机步团团长满广志。

40岁的满广志，是全军优秀指挥军官、爱军精武标兵，通晓信息化，通晓外军，通晓联合作战；曾全程参与了我军第一支信息化装甲合成营试点、第一支信息化装甲团试点、第一支信息化机步师试点，被誉为我军信息化建设的“开路先锋”。

“我就是想当个带兵打仗的指挥员”

我谨向世界提醒一句
从我们这一代起
中国将不再给任何国度的军人
提供创造荣誉建立功勋的机会！

满广志告诉记者，这是他特别喜欢的一首诗。

满广志出生在山东临沂革命老区，红色环境的熏陶和长辈的影响，使他自幼崇拜英雄，立志成为一名带兵打仗的军人。

1992年，满广志参加高考，他坚持自己的梦想，以优异的成绩考上了国防科技大学。到国防科技大学的第二天，满广志就知道了自己所选专业属于纯技术范畴，与梦想中的带兵指挥八竿子打不着，退学再考的念头惊动了系队干部。队长鼓励他考研，说考研仍有机会去他向往的部队一线。4年后，他考取了军事科学院国际战略专业的硕士研究生。在研究生毕业分配时，他向院党委递交了到基层部队任职的申请书。

有人劝他三思而后行，满广志的犟劲上来了，他说：“我就是想当个带兵打仗的指挥员。”

1999年7月，带着一纸命令，满广志来到了北京军区某装甲团任职。2010年3月，在历经参谋、排长、连长、营长、师作训科副科长、团参谋长、师作训科长等九个岗位之后，满广志被上级党委任命为某机步团团长。

而满广志深知，他的指挥水平距离自己和部队的目标还有很长的路要走，一场极其艰难的信息化转型，就在不远的正前方等着他以及他的部队。

“敌人和机会，都在问题里”

与满广志交流，记者感受强烈的是，这是个满脑子“问题意识”的军人。满广志对自己有一个独特定位：“找到问题，消灭问题！”

满广志把问题当作敌人，也看作机会。发现问题不放过，抓住问题不松手，解决问题不退缩。满广志利用一切机会扭转部队习惯思维和传统做法，在部队掀起学习信息化作战知识的热潮，并带头讲授信息化建设理论，梳理出12种不相适应的观念，组织解放思想大讨论，让每位官兵冲破羁绊，踏入“信息之门”。

信息就是战斗力！数据管理站、网络管理站和情报整编室是信息化部队的“中枢神经”。满广志在党委会上说：“现代战争没有情报就没有决心，没有数据就没有决策，没有通信就没有指挥。这些岗位必须配强！”

经过紧锣密鼓的建设和训练，“两站一室”在历次重大演训活动中发挥了重要作用。“军事指挥员的问题意识，不是眉毛胡子一把抓，而是围绕战斗力求进取。”正是因为头脑中紧绷着战争之弦，满广志在暴露问题时能够坦然面对，在解决问题时能够抓住要害。

■“没有英雄胆，哪能破强敌”

一位西方军事家曾说：“最大的胆量就是最大的智慧。”满广志在练兵、谋战、破解难题上，可谓“胆大包天”。

联合作战训练，难题一大堆。特别是在装备联通性能不够强的情况下，如何增强直升机和坦克协同作战能力，是一个老大难问题。由于怕出训练事故，以往直升机不是飞得很高，就是离坦克很远。

在一次实兵演练前，满广志提出的协同方案，要求直升机在坦克上方超低空飞行。方案一出，陆航指挥员表示反对，认为坦克穿甲弹抛飞的壳体有可能击中直升机；部队官兵也担心直升机掉弹会误伤自己。

经过精心计算，满广志力排众议：“没有英雄胆，哪能破强敌？训练场多担一点风险，打胜仗就多一分保险。”

陆空协同训练开始。上午 10 时，晴空万里，平时狂风呼啸的演练地域出奇地没有起风。身处某高地指挥所的满广志紧盯作战态势图，陆空协同最怕这种天气，坦克冲击带起的烟尘很有可能遮蔽飞行员的视线，极易出现误伤等情况。

但是，按照满广志的协同方案，这次演习不仅开创了超低空协同的先河，而且取得了一大批实战数据。

2013 年 7 月，满广志率先提出新型坦克在高速机动条件下正向、侧向、反向射击等训法战法。因为危险性极大，许多人提出反对意见。满广志不服输，从单车到分队再到营规模，亲抓实练。到年底时，所有项目全部取得预期成效。

2013年9月，由他主导的“随域破击”新战法，作为北京军区推荐课目参加了全军战法创新演示。观看了这一成果的军委首长称赞：这次演练，发挥了信息化部队“耳聪目明、臂长拳硬”的优势，看到了信息化部队的新质作战能力！

（原文载于《人民日报》2014年10月30日6版）

面向新时代讲好“新典型故事”

冯春梅

典型报道是我们人民日报记者的一项基本任务，也是一个基本功。作为党报，人民日报是充满正能量的，是传播真善美的，是引领时代往前走的。只要这一追求不改变，宣传先进典型的任务就永远不会放弃。

这是我当记者的第 24 个年头，记得我刚到报社的时候，报社领导、部门领导和同事们，曾一再要求我们：抓紧学习前辈们的典型报道作品，学到写重大典型的真本事。结合近年来的典型报道，我有四点思考：

我的第一个思考是：新时代需要新典型。

2017 年，我在中宣部新闻局挂职，也曾带队采访过典型，在同方方面面的人接触中，多次听到关于先进典型的宣传问题，最大的苦恼是“落了俗套”“一看就是典型路子”“老模范的翻版”。我是写过许多典型的记者，我深知在写典型时记者下了多大的功夫，但我也有一个困惑，为什么有的典型就很难打动读者呢？党的十九大关于“新时代”的提法，给了我很大启示。新时代需要新知识，新典型、新话语、新观念、新写法，一个都不能少。

新时代究竟需要什么样的典型，新时代的典型到底应当是什么样子？这是写好典型最先应当解决的问题。我想，我们必须面对“四个全面”“五大发展理念”和“大国崛起”等，必须找到和反映各行各业中真正走在时代前列、代表时代趋势的人与事。

特别需要注意的是，新时代我们的舆论环境是全球化、网络化、多元化的，你得讲出面向全球都有说服力、面向网络都有吸引力、面向多元声音都有号召力的典型，唯一的出路就是你自己的心灵智慧，能够站在时代的前列。

我的第二个思考是：找到写出新典型的关键点。

我做军事记者写过各式各样的军队典型。党的十八大以后，我印象比较深的是习近平总书记批示宣传的两个“时代先锋”典型，一个是《满广志：信息化部队的开路先锋》，一个是《乐焰辉：吹响青春的奋斗号角》，稿件见报后，得到包括中央军委、中宣部等方面的肯定。

其中，《乐焰辉：吹响青春的奋斗号角》讲的是第二炮兵一个名叫乐焰辉的大学生连长，从清华大学毕业后，参军、成长、为“强军梦”而奋斗的故事。在这篇报道中，我用了很大篇幅讲他参军的故事。乐焰辉是一个很执着的人，他大学时的梦想就是参军到二炮，甚至因为心情太急迫，做出了“私探”军营的举动。他和女朋友打听到黄山脚下有一座军营，是他特别想参军入伍的部队。于是，他带着女朋友坐火车千里迢迢赶过去，在营门前东寻西看，果真，引起了哨兵的警觉，他赶紧自报家门：“我叫乐焰辉，是清华大学国防生，专程来找你们英雄导弹部队……”后来，大学毕业时，乐焰辉如愿以偿被分到了被中央军委授予“导弹发射先锋连”荣誉称号的三连，当了一名普通排长，开始了他的从军历程。

这个故事，还原了一位大学生的单纯、坚守，让典型自然起来、真实起来。如今回过头来看乐焰辉这篇通讯，如果说这个稿件有收获，那就是当时在采访与写作中做到了“顶天立地”，体现了三个联系：一是把乐焰辉的事迹与习近平主席鼓励青年人践行中国梦的讲话紧密联系；二是把乐焰辉的价值与引导当代大学生走出迷茫奋发向上紧密联系；三是把“沉下去”过兵的生活与“升上来”看典型意义紧密联系。

回想在写《满广志：信息化部队的开路先锋》一稿时，我关注到了当时总书记讲的：“军人要有军人的样子”，并特别关注了“信息化”这个要素，所以在塑造满广志新典型上往前走了一步，产生了比较大的吸引力。

典型之所以好，一定是有其特殊之处的，怎么把这样的特殊之处找出来，尤其是找到具有时代意义的符号性东西、找到人们感兴趣的知识点、找到能够准确表达“大道理”的“群众话语”，对记者是一个很大的考验。

我的第三个思考是：讲新典型故事需要新风格。

从读者的需要看，新时代的任何报道，最要紧的是提供新鲜知识，蕴含文化营养。具体说，就是让典型报道中知识含量更高、文化内涵更多、细节经验更容易理解。有的典型可以写得诗情画意，有的则可以写得热血沸腾，还有的可以写得娓娓道来。最忌讳的是套路化、脸谱化、唱高调。我看了一些欧美国家的人物报道，他们有一个高明之处，就是讲故事时更多地在讲背景、讲专业、讲技术挑战、讲人们的担心，然后好像是顺便提到了一个人物，其实就是在写典型，但这样反而让人印象深刻，在读者不抵触的情况下，把典型的作为当作一种知识和经验，加以学习、引为楷模。

我的第四个思考是：如何把握“媒体融合”的新要求。

“媒体融合”是国际传媒大整合之下的新作业模式，媒体融合正在改变记者编辑的“信息获取方式”，正在改变采访报道的方式，正在改变新闻发布的方式。它要求我们的典型报道方式随之发生深刻变革。包括典型的形象选择、话语系统转型、新闻理念更新、信息结构开放、反应速度即时化、建立国际化视野。

试想，如果我们的典型报道一出来，若是被全球、虚拟世界、多媒体传播证明是刻板、掺了水分的，那将会是多么难堪的事情！或者，我们的报道报纸上还没发出来，别人已经在广泛传播另一版本的故事，那又是多么令人懊恼的事情！

探索“媒体融合”时代的典型报道，挑战巨大、任重道远！

冯春梅简介

冯春梅，女，汉族，1971 年 7 月出生，黑龙江明水人。1993 年 12 月加入中国共产党，1994 年进入中国青年报社，2004 年调入人民日报社，现为人民日报社驻全国政协首席记者、高级编辑。作品曾两次获得中国新闻奖，多篇作品获得人民日报社精品奖等奖项，被授予全国“民族团结先进个人”“爱国拥军先进个人”等荣誉称号。

周恩义

简介

周恩义（1949.11-）男，汉族，中共党员。辽宁省盘锦市兴隆台区原区委常委、宣传部长，二等乙级伤残军人，辽宁省勤政廉政县处级领导干部、辽宁省勤廉兼优先进个人，兴隆台区劳动模范。

1992年转业到辽宁省盘锦市兴隆台区，任区委宣传部副部长。1997年任区委常委、宣传部长。2002年任区委副书记，2006年任区委常委、宣传部长。2011年3月退休后，任兴隆台区思想政治工作研究会会长、关工委常务副主任。

2017年11月，荣获第六届全国道德模范提名奖。

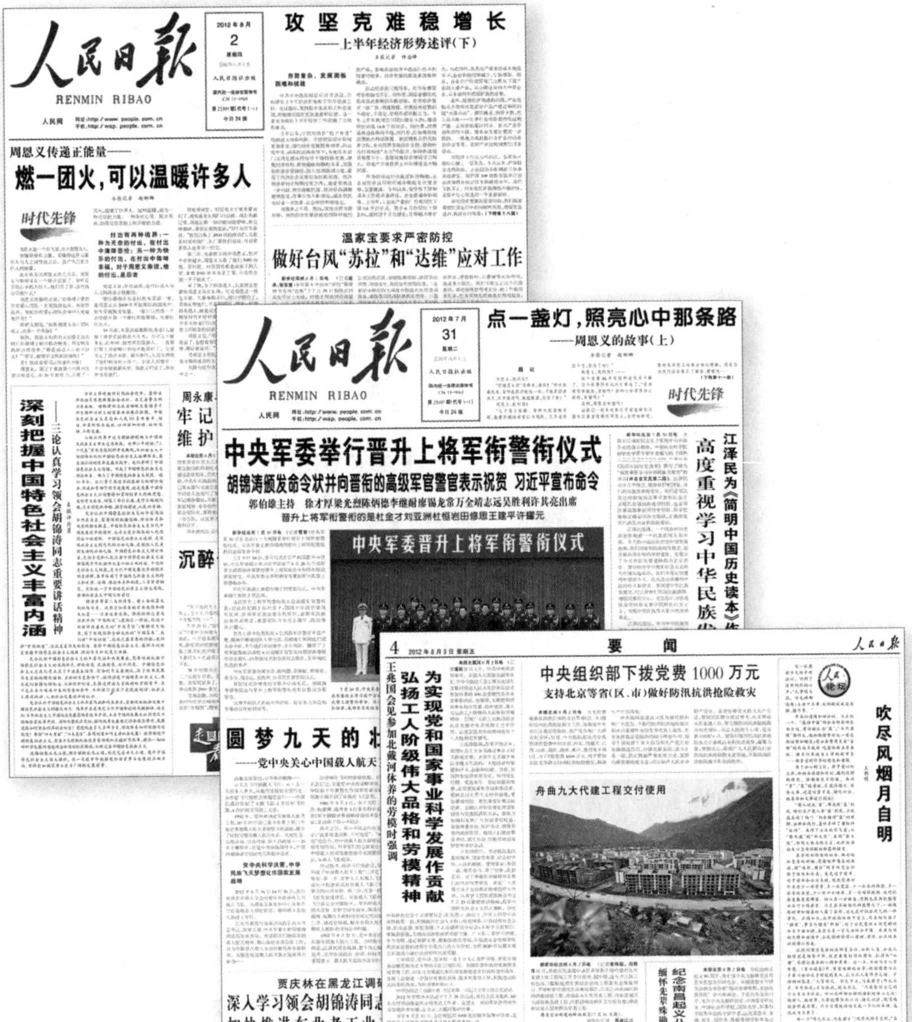

人民日报
RENMIN RIBAO
2012年8月 2 星期四

攻坚克难稳增长
——上半年经济形势述评（下）

周恩义传递正能量——
燃一团火，可以温暖许多人

时代先锋

温家宝要求严密防控
做好台风"苏拉"和"达维"应对工作

深刻把握中国特色社会主义丰富内涵
——三论认真学习领会胡锦涛同志重要讲话精神

人民日报
RENMIN RIBAO
2012年7月 31 星期二

点一盏灯，照亮心中那条路
——周恩义的故事（上）

时代先锋

中央军委举行晋升上将军衔警衔仪式
胡锦涛颁发命令状并向晋衔的高级军官警官表示祝贺 习近平宣布命令
郭伯雄主持 徐才厚梁光烈陈炳德李继耐廖锡龙常万全靖志远吴胜利许其亮出席
晋升上将军衔警衔的是杜金才刘亚洲杜恒岩田修思王建平许耀元

中央军委晋升上将军衔警衔仪式

江泽民为《简明中国历史读本》作……
高度重视学习中华民族……

圆梦九天的……
——党中央关心中国载人航天……

贾庆林在黑龙江调研
深入学习领会胡锦涛同志……
加快推进东北老工业……

4 2012年8月3日 星期五 要闻 人民日报

中央组织部下拨党费1000万元
支持北京等省（区、市）做好防汛抗洪抢险救灾

为实现党和国家事业科学发展作贡献
弘扬工人阶级伟大品格和劳模精神
王兆国会见参加北戴河休养的劳模时强调

舟曲九大代建工程交付使用

吹尽风烟月自明

纪念南昌起义八十五周年学术座谈会举行
缅怀先辈殊勋 发扬优良传统

第五届北京（国际）藏学研讨会在京召开

致读者

时代先锋
唱一首歌，把心底的爱给你听
——周恩义的故事（下）

把工作做到群众心坎上

点一盏灯，照亮心中那条路

——周恩义的故事（上）

本报记者　赵婀娜

题记

周恩义，我问你！

“把接连6封‘母病危，速归！’的电报藏起来，坚持在抗洪抢险一线。不就是拍拍照片、写写报道吗，孰轻孰重，你为了啥？”

周恩义，我问你！

“儿子马上结婚、老伴住院你都不顾，拖着伤腿给画家们当领队。又不是非你不可，你为了啥？”

周恩义，我问你！……

这个有着46年党龄的老党员不解了，这个敦厚的东北汉子着急了，“我对照党章做的，有错吗？我的心告诉我这么做的，有错吗？”

是啊，周恩义有错吗？

让我们一起走近原辽宁省盘锦市兴隆台区委宣传部长周恩义，去仔细探究：真的是周恩义的做法难以理解，还是因为我们没有真正了解他、理解他……

这是怎样的一条路啊……

碎玻璃、碎砖头、瓦片，经年累月后堆起的一条坑坑洼洼的土道，夹在林立的高楼间，蜿蜒四五百米。大雨过后，很滑，走不好，就会踉跄一下。

见到周恩义，正赶上他要去探望贫困户张术兰。要说已经从区委宣传部长的岗位退下来了，这已不是分内的事。但头一天刚下了大雨，周恩义担心张术兰的房子漏水，还是想去看看。我执意跟着。没想到，这一跟，我竟走了这样一条平生从未走过的路，一条或许并不能称之为“路”的路。

就在路的尽头，有几座简陋的矮房，其中一个是张术兰的家。

张术兰 70 多岁了，靠捡拾废品为生，丈夫去世早，两个儿子，一个进了监狱，一个有智力障碍。10 年前，了解到这个情况，周恩义就隔三岔五来看望她。

周恩义的腿不好，左腿做过半月板摘除手术，10 年来，一个个节假日、休息日里，带着一条伤腿，周恩义无数次走过这条路，看望张术兰，跟她唠唠嗑，听她说说心里的苦。

看完张术兰，我们走出矮房，张术兰一路送出来，周恩义几番摆手让她回去，她都不肯，后来终于停住了脚步，但还一直招着手，目送我们。

我边走边回过头，看着这条路，看着渐渐变小的张术兰的身影，不禁想：究竟是什么力量让一位曾经的区委书记、曾经的常委宣传部长，一个老百姓眼中的“大官儿”，在这样的一条路上，来来回回许多年？

似乎是读到了我的疑问，周恩义对我说，“每次都是这样，哪怕下雨、下雪，就一直站在那儿，直到看不到我们为止，她那是盼着我们来啊！”

心中有爱，脚下才有路。

周恩义，心中装着对老百姓的牵挂，走出了一条与众不同的干好宣传工作的路，一条只有心中真正装着百姓才能走出来的路。

前后两次采访，我与周恩义细细地聊，听他讲心中的那条路。

那是怎样的一条路啊……

憋着一股劲儿——“宣传思想工作咋能‘靠边站’”

周恩义告诉我，他是憋着一股劲儿做宣传工作的。

1992年，周恩义从部队转业到盘锦市兴隆台区委宣传部。从部队团政委，到区委宣传部副部长，“连降3级”的“待遇”并没有让周恩义想不通，“都是党的工作，让咱做啥都得好好干！”

让他想不通的却是另外一件事。当时恰逢社会主义市场经济探索之初，在思想领域有一个焦点问题，党的宣传思想工作是否还有用。很多企业流传这样的顺口溜，“跟着书记跑断腿，不如给厂长倒杯水”“跟着书记跑一天，不如给厂长点根烟”。在这样的氛围下，周恩义的工作开展不起来，很多领导干部不理解、不配合，“宣传工作又不能带来效益，抓那有啥用？”

在部队当了多年政委的周恩义想不通，咱国家多少关键时刻都是依靠坚强的信念和党的思想政治优势走过来，怎么突然之间宣传思想工作就“靠边站”了呢？

起初，倔强的周恩义跟很多人辩论，后来，他渐渐想明白了，“争论没有用，既然党把我分配到宣传战线，那我就坚守这份事业，用实践来证明，宣传思想工作到底有没有用”！

如何寻找到工作的切入点？无须太多的思考，自然而然地，周恩义找到了一个“宝”——给老百姓办实事，将党的政策理论送到老百姓的心里去，宣传思想工作有用没用，咱让老百姓说说看！

憋着这股劲儿，老周把农村党员培训作为突破口。很多人知道，在农村，农村党员培训是思想政治工作的主要内容之一，但是长期以来，这项工作与枯燥、走过场挂上了钩。可在兴隆台区，整整10年间，农村党员培训课却受到了老百姓的喜爱，甚至“追捧”。为啥枯燥的培训课被周恩义张罗得红红火火？

“法宝”就是把话说到老百姓的心里去，说他们想听的话。

老百姓想听什么？周恩义每天在各村转悠，还带着宣传部的同事钻猪圈、下农田、蹲大棚，和大伙儿细细地唠，了解农民想什么、急什么、盼什么。

兴隆台区委宣传部常务副部长刘伟是和老周共事20年的同事，回忆起当年的情景，刘伟还忍不住“埋怨”周恩义，“我新买的一件大衣，刚穿上，就跟他钻了一天的猪圈，大衣上有了猪圈的味道，几个月都下不去。”

经过细细琢磨，一份与众不同的农村党员培训科目表出炉了：既有农村基层党组织建设，也有食用菌培植、稻田养蟹技术；既有社会主义精神文明建设，也有养猪、养鸡的技术。讲课的教师，都是周恩义“几顾茅庐”请来的“大腕儿”。

这样的内容乐坏了大伙儿，五六十岁的老党员抢着早早去“占座”，认认真真听讲、仔仔细细记笔记。一传十、十传百，都知道老周给大伙儿办的农村党员培训班好，十里八村的村民都想来听，有的妇女还抱着孩子来听，培训班里学生越来越多，后来干脆扯一个大喇叭，让挤不进去的村民在院子里听。

周恩义告诉我，老百姓是最容易知足的，只要你是真心地替他们着想，替他们办事儿。群众认可你办的事儿，就认可你这个人儿，认可你这个人儿，就相信你说的理儿。

就这样，10 年来，周恩义把实实在在的信息和技术送到了农民那里，也把党的方针、政策、路线潜移默化地送到老百姓的心眼儿里。

“理论变成家常话，党的政策传万家。”这是周恩义最常说的一句话，他告诉我，作为最基层的宣传战线干部，要把党的方针、路线和政策传递到老百姓那里，做得好坏，直接关系到群众是否真心接受，是否能够落实好。

“咋能说宣传思想工作‘靠边站’呢？”这股劲儿，周恩义一憋就是 20 年。

认准一个理儿——“做思想工作，要讲实在话、做实在事儿”

老百姓的思想工作好做，领导干部的思想工作可不好做。

周恩义很清楚，光让老百姓认可还不够，得让身边的领导和同事们也认识到宣传思想工作的重要性。为此，他动了不少脑筋，下了“狠功夫”。

周恩义的“狠”，从对自己开始。为了在机关倡导党员干部良好的工作作风、树立领导干部执政为民的工作态度，周恩义给自己下了“狠”要求，把大道理唠成家常话，说到党员干部的心里去。

我请周恩义举个例子，他未加思索，读出了那首汶川地震中打动了许多人的诗——《孩子，去天堂的路一路走好》：

孩子，快
抓紧妈妈的手
去天堂的路太黑了
妈妈怕你碰了头
……

“地震中，有多少老师用身体撑住孩子的脊梁，有多少党员干部选择了先救别人家的孩子，却与自己的孩子生死两茫茫，面对这一幕幕，我们怎能不好好思考共产党员这个称号所代表的责任与荣耀？”

这是汶川地震后，周恩义给机关年轻党员干部上课时的一段话，这段话，他是含着泪讲的，这段话，也是年轻的党员干部们含着泪听的。

讲实实在在的话，这还不够。周恩义说，还得做实实在在的事，将宣传领域“空对空”的工作变得“实打实”。

熟悉机关工作的人知道，在机关有一项重要的思想工作形式，叫作“中心组学习”，这种学习形式旨在提高领导干部政治理论素质和政策水平，促进领导班子思想作风建设。但由于各种原因，在很多机关，这项工作流于过场。

周恩义的倔脾气又上来了，他想不通，为啥好好的一个学习形式光是读读报、传达一下文件就打发了！

不怕得罪人，他在会上讲了这样一段话：

有的领导干部认为，现在以经济建设为中心，讲实干、求实绩，学习理论是务虚的软指标；有的领导干部总是认为自己经验丰富、功底深厚、不学习也没关系。可正因为这样，才出现了一些“四基本干部”——基本理论基本不学、基本道理基本不懂、基本觉悟基本不高、基本道德基本没有。

在领导的支持下，周恩义率领的宣传部承担起营造机关良好学习风气的重任。他也担任起“中心组学习副组长”这个得罪人的“官儿”。

就是这个“官儿”，制定了好几条“紧箍咒”，丝毫不留情面：

规定固定的学习日，无特殊情况不得占用；坚持考勤，缺课不请假的中心组成员无论什么原因，都要在下一个学习日当众说明情况，并补课。

更厉害的是，建立检查学习笔记制度和考核制度。宣传部每个季度对中心组成员的学习笔记进行一次检查，差的批评，好的进行展览。每学完一个专题，宣传部还给区委的“大领导”们出考题，考察他们结合本职工作学习的效果。

最后一个“撒手锏”是学习档案制度。将“大领导”们的学习情况，包括出勤率、调研文章、考核成绩等装订成册，记入档案。

“嗬！制定这些制度，你就不怕得罪人？”我忍不住问周恩义。“大不了撤了我这个副组长的‘官儿’呗，再说了，咱以身作则啊！”

组织中心组学习之前，周恩义都要带着宣传部的同事们对全区的工作情况实实在在地调研，将那些关系全区经济发展、社会和谐、文明建设的“大题目”带上来，然后由中心组成员分头“承包”，带着题目下去调研，成熟了再拿回中心组学习会上讨论。每次，周恩义带领团队所作的调研都是最扎实的。

因此，尽管最初的“紧箍咒”让周恩义得罪了一些人，但渐渐地，随着一个个关涉全区发展的重要决议在中心组学习会上形成，以往走过场的中心组学习竟然成为区委班子研究解决重要议题的平台。在学习、讨论、甚至辩论的氛围中，一个个难题迎刃而解，一个个共识逐渐达成。

不但如此，周恩义还建立起“四个一百分”的宣传工作指标体系，从理论学习到新闻宣传，从思想政治工作到精神文明建设，工作一项一项落实，指标一分一分考核。

同事们说：老周真有办法，愣是把宣传工作从没指标变成有指标，将“软宣传”变成“硬任务”。

放飞满天星——“喊破嗓子，不如树个榜样”

早就听说周恩义这个宣传部长有个“绝活儿”——树典型。还有树立典型的六步法，依靠这种方法，他 20 年树了 26 个典型。

我让他给讲讲。周恩义告诉我，“发现典型、选树典型、培养典型、跟踪典型、总结典型、推广典型。”

乍听起来，似乎也没什么，我没太当回事儿，但随着周恩义拿出几张照片，一张张讲述照片上的故事，我被深深打动了。

第一张照片的主人公叫丁凤岐。1968 年入伍，生前是渤海乡武装部长，一个英武的汉子。

丁凤岐得了肝癌，周恩义曾亲眼看见他在民兵训练场上，牛一样壮的汉子，手按着肚子蹲在地上，疼得满脸汗，等这股劲儿过去了，起来继续带民兵训练。癌症晚期，丁凤岐和老伴儿一起到北京取药，坐着大客车路过天安门，老伴儿说，“我这辈子还没在天安门照过相，咱俩住一晚上，明天再回去。”丁凤岐却说，“后天新兵体检，档案在我那儿，还是赶快回去吧！”其实，丁凤岐老伴儿的真实想法是，老丁时间不多了，在人生的最后几天，在天安门照个相，留个最后的纪念。

丁凤岐这个典型，周恩义跟了 3 年，感动了 3 年。周恩义告诉我，丁凤岐的典型事迹报告材料是他哭着写完的，整整写了四大篇，写了几天几夜。

第二张照片的主人公叫刘英福，遗憾的是，照片中究竟哪个是他，究竟有没有他，已无法辨认。因为照片只从很远的地方拍摄到了许多与刘英福身形相似的背影，光着脊梁，在水中搬运沙袋。

1994 年，盘锦遭遇特大洪水。抗洪一线，李家村党支部书记刘英福，这个水性极好的农村基层干部一次次潜到水下，堵坝上的缺口，终于，体力不支，以身殉职。

刘英福牺牲前，周恩义一直在抗洪前线，已坚守了七天七夜，并患上了急性角膜炎，眼睛红肿疼痛，连路都看不清。为了把刘英福的事迹尽快报道出去，周恩义趴在地上，打着手电筒，一直写到凌晨 4 点。眼睛疼得看不清东西，他就用毛巾蘸着凉水擦擦眼睛接着写。

第二天，刘英福的典型事迹发表，抗洪前线上许多战士、群众一边看，一边哭，擦干了眼泪，跳进水里，跟洪水接着“斗”。

第三张照片的主人公是任桂芝，这个 70 多岁的老太太自发组织“夕阳红无偿服务社”，专门做助人为乐的好事，周恩义为了树这个典型，号召老百姓都从身边的好事做起，整整跟了任桂芝 16 年，也出钱出力地帮了任桂芝 16 年。

第四张照片的主人公叫孙迅、第五张照片……上百张照片、三大箱，周恩义一个字、一个字写出来的典型事迹，多少年了，他都舍不得扔。这些人的事迹一直跟着他，这些人的精神也一直激励着他。

看着这些照片，听周恩义讲述一张张照片背后的故事，我已忍不住泪湿襟衫。

一个好的典型，有如一盏灯，点燃了，能照亮一大片。发现这些典型，需要发现者有一双明亮的眼睛，有一份持之以恒的坚持，更需要有一颗高尚的心灵。

周恩义，正是如此！

就这样，20年来，周恩义的宣传工作从最初的不被理解，到后来的逐渐被接受，再到让领导干部和普通百姓都离不开，周恩义一股劲儿，憋了整整20年。

这股劲儿，点燃了一盏灯，照亮了周恩义心中的路，也照亮了许多人前行的路。

（原文载于《人民日报》2012年7月31日1版、11版）

周恩义传递正能量——

燃一团火，可以温暖许多人

——周恩义的故事（中）

本报记者　赵婀娜

周恩义是一个有大爱、有大智慧的人。

他懂得爱的力量，更懂得这种力量在人与人之间传递之后，会产生出更为巨大的能量。

就在我采访周恩义的几天前，周恩义与郭明义在一个场合见面了。同样是百姓心中的大好人，他们见了面，会对彼此说些什么？

周恩义对郭明义说，“在微博上看到你的爱心团队一支支组建起来，真替你高兴。预祝你的爱心团队在神州大地遍地开花”！

郭明义则说，“如果周恩义爱心团队成立，我第一个参加”！

很快，周恩义和郭明义促膝交谈的照片在微博上被无数次转发，网友转发的理由很简单：“都是感动人心的大好人！”“要学，就得学这样的好榜样！”

看！这就是爱可以传递的力量！

周恩义，原辽宁省盘锦市兴隆台区委宣传部长，用20年的努力，点燃了一团火，温暖了许多人。这种温暖，成为一种无形的力量，一种净化心灵、树立风尚、助推宣传思想工作开展的力量。

■ 付出有两种境界：一种为无奈的付出，在付出中演绎悲怆；另一种为快乐的付出，在付出中体味幸福。对于周恩义来说，他的付出，是后者

周恩义说，好的品质，是可以在人与人之间传递正能量的。

家住渤海乡东岳村的朱景武一家，是周恩义从2000年开始帮助的困难户。如今早就脱贫致富，一家三口经营一个农资超市和一个摩托车修理部，生意红红火火。

10年前，朱景武刚娶韩桂香进门，就做了胃穿孔抢救的大手术，刀口几十厘米长，红彤彤、硬邦邦的很瘆人。一直靠打零工养家糊口的他不能再打工，全家失去了经济来源。祸不单行，大雨又冲毁了他们栖身的小房子，全家人只能在一个仓库里遮蔽风雨。周恩义听说了，到仓库来看他们。

韩桂香回忆：听说有大干部来看我们了，我扶着老朱到门口迎接。现在我都记得，周部长第一句话就问需要啥，我说啥都缺。周部长爽快地说：“好！治贫先置窝。”他自己掏了2000块钱给我们，

又联系村里的砖厂、瓦厂帮我们盖房，号召更多的人也来尽一份力。

第二年，夫妻俩又找到周恩义，想开个农资超市，周恩义又给了他们3000块钱。那时候，村里到处都是盖房子的人家，拿着3000块本金进了货，小店的生意一下子就火了。

有了钱，为了报答恩人，夫妻俩总想着给周恩义买点东西，可是周恩义一样也不要。几番争取不行，两口子明白了，周部长帮他们，不是图回报。像他一样帮助其他人，就是对他的回报。从此，夫妻俩坚持常年给村里的贫困户送化肥，在下雪天给家门口的陡坡路撒盐融雪，做着力所能及的好事。

周恩义说，“帮了这两口子，看他们致富了，也想着帮助别人了，这比报答我啥，都让我高兴。”

受周恩义帮助的人还有许多，被周恩义精神感召的人也有许多。

兴隆台区作业社区的罗天娇就是其中之一。小天娇是个孤儿，受周恩义嘱托，社区主任和邻家阿姨成了天娇的妈妈。天娇争气，考上了高中，周恩义以家长的身份带孩子去学校报到，给孩子交了1200元的学费，学校校长受感动，免了孩子上学的全部费用。邻里街坊都被周恩义的举动感动着，他们说，“这娃命苦，遇到了周部长，才真成了‘天娇’”。

兴隆台区有100多个社区、15个自然村，这些年，周恩义的足迹几乎遍布了每个社区、每个村庄的每一个角落。谁家有困难了，他总能及时知道，谁家需要帮助了，他总能及时赶到。

有人说，周恩义像一团火，温暖了身边的人。有人说，周恩义像一个磁场，吸引身边人效仿他做好事。

谁说不是呢，从周恩义到朱景武夫妇，从周恩义到社区邻里，从周恩义到中学校长……一个个无形的链条逐渐形成。链条上，爱被传递……

人在难题面前可以有两种态度：一种是“知难而退”，不担风险；另一种是“知难而进”，可能无功而返，也可能在付出之后收获更大的幸福。周恩义，选择了后者

熟悉宣传思想工作的人知道，对于基层宣传部门来说，非公企业的思想政治工作往往是个“盲区”，很多企业家把精力放在抓经济效益上，对思想政治工作不屑一顾。

周恩义硬是通过努力，不但啃下了“硬骨头”，还做出了一道非公企业开展思想政治工作取得好成效的“大餐”。

盘锦斯比瑞涂装有限公司董事长马强是当地颇有名气的企业家。2005 年，马强的事业初见起色，周恩义听说小伙子很积极上进，就上门了解情况。看到区委宣传部长找上门来，马强略有排斥，“对企业来说，本本分分，多出效益是根本，宣传部门的领导找我做啥”？

令马强更困惑的是，几年下来，周部长并没有对他提什么要求，只是时常督促他多读书，同时鼓励他利用业余时间给区里的青年创业者谈谈自身创业的经历。

马强起初拒绝，后来禁不住周恩义几次约请，他答应下来，没想到这一答应，竟一发不可收，在给青年创业者和在校大学生讲座的过程中，马强突然发现，自己的经历竟然也可以对其他人产生励志作用。

2008 年，盘锦市评选“十大杰出青年”，马强成功当选。之后，他又获得了“辽宁省十大创业青年”的荣誉。

有了荣誉，马强突然觉得自己身上多了一份责任，从原来的只需对自己负责，升华为也得对社会负责。

在周恩义的引导下，马强还在公司建立了党支部、团支部、妇联、工会等组织，说来也怪，建了这些组织，公司里的年轻人变得更上进了，都把企业的事儿当成自己的事儿。自然而然的，优秀基层党支部、优秀基层团支部、盘锦市青年标兵等荣誉称号接踵而至。企业里最普通的年轻职工都获得了市级荣誉，这可不得了！员工们更有动力了！

回忆起这么多年周恩义对他的帮助，马强说，“直到今天，我才懂得周部长的良苦用心，他用多年的时间与耐心，让我实实在在地感受到思想工作对企业的巨大作用”。

被问到为啥非要“拿下”非公企业思想政治工作这座“碉堡”，周恩义想得长远：“我一个人的力量是有限的，但是这些成功企业家的能量是无限的，他们在行业中的带动效应、对社会的贡献也是无限的。”

就这样，多年来，周恩义帮助了许多有潜质、有责任感的民营企业家，帮他们体会社会对他们的期望，将他们打造成闪亮的星，在夜空中，去照亮更多的星发光发亮。

■“小我”与“大我”是两种人生态度，一种是只有自我，一种是胸怀天下。周恩义，选择了后者

有两件事不能不提。

第一件事，周恩义的伤腿。

周恩义的左腿在部队执行任务时受过重伤，左膝关节韧带撕裂、半月板裂开，属于六等伤残。转业后，他从未向同事主动提起过。工作时腿疼得厉害了，就偷偷热敷一下。多年超负荷的工作，让他的腿疾越发严重。

2007 年元宵节，东北迎来了一场五十年一遇的特大暴风雪。正月十五一大早，周恩义冒着漫天的风雪，去检查灯展布置情况。积雪已没膝盖，寒风夹裹着雪花拍打在脸上如小刀割一样生疼，周恩义走了几个钟头，回到家，腿彻底不能动了。被送到医院，医生下了“最后通牒”，“半月板断裂，必须马上手术！”

可执拗的周恩义没听医生的话，一直拖到几个月后的“五一”长假，再到医院时，伤势已升级为“双侧半月板和软骨结合部粉碎”，许多碎骨头都扎到了肉里。“都伤成这样了，还能走路？”医生都觉得不可思议。

做完手术，医生告诉周恩义，这只是权宜之计，建议置换一个人工膝关节。这是一个大手术，恢复期至少要七八个月，周恩义一听就连连摆手，“那咋行！退休再说！”就这样，到现在，五六年过去了，周恩义的腿还是靠打人工润滑剂和定期抽积液对付着。

一个人，得拥有一颗多么强大的内心，才能有如此坚强的

意志！

第二件事，周恩义让官。

2001 年，区党政班子部分调整，区委副书记和组织部长出现空缺，大家公认周恩义是最合适的人选之一，周恩义却婉言谢绝了。身边朋友想不通：转业之初，让你找找人，你就不干，结果“连降 3 级”。如今，大好的机会，你咋还不干呢？

周恩义的倔劲儿又上来了，“在宣传岗位干了这么久，积累的经验放弃了，我舍不得！”

后来，他还是被任命为区委副书记。2006 年，区委换届，副书记的职数从 2 人减到 1 人，当时已被任命为区委副书记的周恩义再次主动退出。理由还是那个：“就当我的宣传部长，挺好！”

就这样，周恩义先后 4 次让职，一直坚守在宣传部长的岗位上。周恩义的举动让很多人感慨：很多官员是能上不能下，老周是能上也能下啊！

就在这一上一下间，周恩义书写了一份真正的共产党员的情怀，这份情怀，如春雨般润泽着身边人：

潘攀，宣传部“80 后”的兵，产假没休够，就主动回单位上班；李微，牢记周部长“只帮忙，不添乱，光干活，不吃饭”的要求，谢绝基层单位的午饭，大中午的往单位赶，挺漂亮的大姑娘，顶着大太阳，在马路上啃面包，“谁说我们干宣传的是‘隔三岔五解解馋’，我们的周部长从来不吃老百姓的饭。”李微笑着说。

刘伟，宣传部常务副部长，一次，她的孩子急病入院，她和爱人都还在加班，只有年逾八旬的婆婆陪着孩子。医生是刘伟的同学，治疗完孩子，抄起电话打给刘伟，心疼地责骂“你哪还是个妈”！

我听完这些事儿，突然一个疑问涌上心头：基层宣传部的工作，都是这个干法吗？

刘伟回答了我的疑问，“宣传部的工作，要想对付，一个人就能做到。”

看我不解，她继续解释，“有人说，理论教育看不到、摸不着；新闻宣传，有就报，没有可以不报；精神文明建设是个筐，啥都可以往里装；思想政治工作更是无形又无声，所以，要想偷懒很容易。”

周恩义和同事们，为啥非得选择这样一种“自讨苦吃”的干法呢？

周恩义笑了，刘伟笑了，连“80后”的小潘攀都笑了：

天底下，总得有周恩义这样的“傻人”，一个“傻人”带出了一群“傻人”。这样的“傻人”多了，宣传工作才能做好！老百姓才好！国家才好！

（原文载于《人民日报》2012年8月2日1版、18版）

唱一首歌，把心底的爱给你听

——周恩义的故事（下）

本报记者　赵婀娜

人，最大的幸福是对爱和信仰的坚持。我尝试走进周恩义的内心，探究他坚持的原动力。

周恩义爱听歌、爱唱歌，喜欢的歌，听一遍，就能哼唱出来。16 岁那年，当兵入伍第一天，想家睡不着，班长为了安慰他，唱歌给他听，歌的每一句，到现在周恩义都还记忆犹新。

“当兵为什么光荣、光荣因为责任重，保卫万里江山、把守着祖国的大门，这就是革命军人的光荣……”周恩义的歌声很好听，声音浑厚，带着感情。我忍不住向周恩义提了个请求：能不能把你心里的歌，多唱几首给我听。

一首歌，唱给战友，唱给 28 年的军旅生涯

周恩义给我唱的第一首歌，名字是《好男儿就是要当兵》，他说，要唱给他的战友，唱给他 28 年的军旅生涯。

“当兵才知道过去的模样太放松，当兵才知道自己的骨头硬不硬，当兵才知道什么是孬种和英雄，当兵才知道千金买不到战友情。”铿锵有力的歌声，周恩义一边唱，一边用手打着节拍。我听得入神，一边听，一边想象当年他在部队的样子。

16 岁那年，周恩义进了军营。一进部队，周恩义就是一棵好苗子，很快，他被调入尖子班，并被发展提前入党，仅 17 岁的小娃子，成了战友中最年轻的党员。1969 年，周恩义被直接提拔为最年轻的副指导员，一路成长，很快成为团政委。

在部队经历的一件事，让周恩义第一次对生命有了深刻理解。

1971 年，一次实弹射击，一发加农炮弹发射后没有爆炸，如果不及时排除，会危及附近牧民的生命安全。周恩义带上文书、通信员和司机开着牵引车去找，找到了弹着点，这发几十公斤重的炮弹随时有可能爆炸。周恩义让通信员和司机撤到附近的山包后隐蔽，他和文书董荫春小心翼翼地将炮弹挖出来。把炮弹引爆最危险，周恩义命令董荫春也隐蔽，董荫春不走，周恩义就“骂”走了董荫春，他自己坐在地上，看着炸弹，心怦怦跳，忍不住想，万一真牺牲了怎么办。在随身的笔记本上，周恩义简单地写下一段话，大意是：“我就两个包，一包是换洗衣服，一个是遣送包，里面有 160 多元钱，我牺牲了，请帮我把 100 元钱寄回家，剩余的钱交党费。”写完这

段话，周恩义把八管炸药绑在炮弹上，用两根导火索，双雷管引爆。

中蒙边境气候干燥寒冷，周恩义长期在高寒条件下带兵训练，天天喊、天天说，患上了严重的咽炎，干痒得厉害，当地没有好的治疗办法，只能采用超低温冷冻法，结果，这种并不科学的治疗手段把他的嗓子弄得伤痕累累。

而就是这个咽喉的问题，在十几年之后，竟然差一点又让死神把周恩义带走。那是 2007 年，周恩义做完膝关节手术后，医生提出趁机修护一下他已经溃烂的咽喉。没想到，术后三天，咽动脉破裂大出血，“那血出的，我紧闭嘴巴，热热的血还是顺着嘴角流……”

周恩义从死亡线上又被抢回来一次。从此，他知道了一件事：死亡太容易了，可能就是 10 分钟的事儿。人，得好好做点事儿，不能白到世上走一回。

讲完这些事儿，周恩义停顿了一下，对我说：“退伍前去烈士陵园看了看，在那以后，每当想起长眠在大漠荒原的战友，我就没啥想不开的。一个已经在死亡线上走了好几遍的人，当不当官的，算个啥。”

一首歌，唱给我的母亲，告诉妈妈，我想她

周恩义给我唱的第二首歌是满文军的《懂你》。

“你静静地离去，一步一步孤独的背影，多想伴着你，告诉你我心里多么地爱你……”唱了几句，周恩义哽咽了，唱不下去。我突然觉得自己很残忍，非要戳这如铁一般的汉子心里最柔软的地方。

平复了一会儿，周恩义给我讲起母亲的故事。周恩义出生时家

里是雇农，解放了，家里分了地，爸妈乐坏了，说“没有共产党，就没有咱的地”。家里兄弟姐妹 8 个，母亲省吃俭用，靠采蘑菇、挖野菜供养着一大家子。母亲很勤劳，也节俭，印象中，母亲舍不得吃东西，每顿饭都是看着孩子们把苞米面糊糊吃完了，她用水涮涮碗边上沾的糊糊喝。母亲是十里八村公认的好人，尽管家里困难，村里贫困户的大酱和咸菜都是母亲给送。

对周恩义来说，一辈子最大的遗憾，是没能赶得及看母亲最后一眼。1995 年 7 月，地处辽河下游的盘锦市又一次遭受特大洪水的袭击，在抗洪大坝上坚守八天八夜的周恩义忍着泪将妹妹发来的连续 6 封“母病危，速归！”的电报藏了起来，没有告诉任何人。抗洪一结束，当周恩义急匆匆赶回家时，却未能和老母亲见上最后一面。

我问周恩义，“当时心里一定很痛吧”？这个铁骨铮铮的汉子忍着眼中的泪，对我说，“之前，母亲已经几次便血，让大伙儿瞒着不告诉我，是因为老人怕耽误我工作。抗洪抢险那么急迫的状况，我临阵走了，母亲知道了，也会怪我”。

唱给妻儿一首怎样的歌，才能表达心底的愧疚和无奈

有唱给战友的歌，有唱给母亲的歌，也该有唱给妻子和孩子的歌吧？我心里暗自想着。可令我意想不到的是，周恩义竟不知该如何表达对妻子和儿子的愧疚，以及心底深深的无奈。

转业后，周恩义的想法很简单，妻子和儿子跟着遭了不少罪，到了地方，不要啥职务，只要过正常家庭的生活就行。没想到，工

作一干上，就停不下来了。那么多社区、农村要跑，那么多课题要调研，周恩义自己都说不清楚，为什么事情一到他手上，就会越干面越大，越干越复杂。

1997 年底，周恩义正主持会议，儿子突然打来电话，说妈妈舌头麻，右腿不好使，还好及时送到医院，恢复了。可没想到，2002 年的一天，妻子坐在那儿起不来了，两条腿动不了。到了医院一检查，多发性脑梗塞，妻子完全瘫痪。请来专家会诊，意见是一致的：病情太重了，做恢复治疗吧。夜深人静，医院的走廊里，自己受伤没有掉过一滴泪的周恩义，为妻子落泪了：跟着我受了那么多苦，好不容易到了地方，日子渐渐好了，咋就瘫痪了呢？

出院后，妻子已经失去了独立生活的能力。在工作上忙得不可开交的周恩义，又独自承担起照顾妻子的责任。晚上，周恩义要起床两三次，扶着妻子上卫生间。早晨四五点钟，周恩义就起床，给妻子洗漱、做饭、给妻子喂饭，自己再洗漱、吃饭、上班。就这样，每天能睡四五个小时，对他来说就已经很幸福。

因为不想让妻子丧失对生活的信心，周恩义常给妻子染头发，把妻子收拾得整整齐齐，用轮椅推着，去逛公园、逛商场。一次，宣传部的同事偶然撞见周恩义推着老伴儿在过马路，竟忍不住落了泪，“那景象，让人觉得心疼”。

采访过程中，周恩义和我聊部队生活的苦辣酸甜，聊生死与共的战友；聊母亲的善良，聊母亲的深明大义；聊家庭，聊一个男人对家庭、对社会的责任……

走进周恩义的内心，你会发现，他的做法其实不难理解，他的动力源自他的经历、他坚定的信念、他最朴素的情怀。

与周恩义聊到最后，他也没想到应该为妻子和儿子唱一首怎样的歌，我却突然想到了那首《为了谁》，想送给他，也替他送给老伴及全家——

“泥巴裹满裤腿，汗水湿透衣背，我不知道你是谁，我却知道你为了谁……”

（原文载于《人民日报》2012年8月3日4版）

处理好典型人物写作中的几对关系

赵婀娜

采写典型人物，对记者来说，是最幸福的事，也是最痛苦的事。

说幸福，是因为能够近距离地打量一个人的一生，做其一生的观察者、感受者、记录者，何其荣焉。而且，被采访者的生命终将消逝，但记者的文字或将永存。说痛苦，是因为写人物是最折磨记者、最考验记者的题材，无论写作者怎样努力，都无法穷尽被采访者的一生，无法真真正正走进人物的内心世界，正如电影、建筑最终都是遗憾的艺术，人物创作，也是如此。

但将这门遗憾的艺术尽量做到完美，是每一位写作者共同的目标。2012 年，人民日报以 3 篇通讯、1 篇人民论坛、1 篇“今日谈”的规模对辽宁省盘锦市兴隆台区委原常委、宣传部长周恩义进行报道，结合对周恩义的采写，我谈谈需要处理好的典型人物写作中的“几对关系”。

“时代”与“个体”的关系

人物报道是在写个体的人，但其实更是在书写这个时代。只有将个体放在大时代中打量，个体才更具时代价值。

结合周恩义的写作来说，从小处看，周恩义的身份是辽宁省盘锦市兴隆台区一名普通的干部，是一名普通的宣传部长；从大处看，他是近年来我们树立的为数不多的宣传战线的典型。为什么树这个人物典型？为什么要树立一个宣传战线上的典型？他个人身上的时代性体现在哪里？他所承载的时代精神是什么？如果没想清楚这一点，只是基于普通的人物创作，就无法准确把握人物在时代中的准确坐标。

周恩义，一位扎根最基层的宣传部长，一辈子扎扎实实做党的宣传思想工作，发现和推出了无数个典型。他的职业生涯中，做了很多非典型宣传部长的工作，之所以说是非典型，是因为在很多基层宣传干部看来，宣传部门的工作不如组织部门等其他部门更受重视，多干一些少干一些也无妨，平时喝喝茶、看看报纸，工作也就轻轻松松打发了。周恩义则不同，尽管是宣传部长，他却干了很多宣传部长职责以外的事，帮当地农户寻找产业机会，发家致富，关心家家户户的烦心事，和农民一起钻大棚、钻猪圈。而且，他在宣传部长岗位上推出了100多个典型人物，其中1/5都是他亲自撰写的宣传材料，最长的一个人物典型，他足足跟踪了16年，培养了16年……很多人对他不理解，说他傻，说他轴和执拗。经过反复思考，我意识到，在他散在的一个个行为背后，恰恰反映了最难能可贵的时代精神、我们党的宣传战线干部身上最应该具备的可贵品质——

作为宣传干部，把为群众办实事、解难题作为最好的宣传，是因为他知道，只有了解群众想什么、急什么、盼什么，才能明确自己该宣传什么，才能让“理论变成家常话，党的政策传万家”，才会把宣传思想工作“虚功实做”，让老百姓认可他办的事，进而认可他这个人，认可他这个人，进而相信他说的理。

从不被理解、受人冷落的艰难，到逐渐被接受、普遍离不开、口碑到处传的转变，在周恩义的努力下，打破了一些人对宣传思想工作“空对空”“靠边站”等的错误认识，而这种由冷到热、由隔膜到融合的“周恩义效应”正说明了一个道理：人民群众从来不会疏远党的理论政策，关键在我们的理论宣传工作不能疏远群众的情感与生活；人民群众不会难以理解宣传思想工作，关键在宣传思想工作不能与群众的所思所想所盼脱节。在中国特色社会主义道路的历史进程中，党员干部只要着眼事业、心系人民，就一定能在群众心里写下最为动人的篇章。

“走近”与“远望”的关系

采写人物典型，要尽可能地走近主人公，走近他，走近他的家人、朋友、同事，进而走近他的内心世界。但在走近的同时，却也应该时刻保持警醒，要能够跳脱出来思考和打量主人公的所思所行，因为只有跳出来，思考，远望，才能在文章的写作过程中，将感性的抒情与理性的论理更好结合，才能将对人物的描述与写作者个人的感受更好结合。而尽可能地把握好“走近”与“远望”之间的分寸和尺度，也是对写作者的挑战与考验。

与很多同事的感受类似，第一次我随采访团去盘锦采访时，采访很忙碌，跟主人公单独相处的时间却很有限。回京之后，整理采访带回来的素材，我意识到自己根本没有真正走近周恩义的内心。于是，我第二次北上盘锦，这一次，没有其他的记者，我随周恩义一起去走访困难户，一起钻大棚、钻猪圈，翻看他几大箱子的采访笔记、照片，跟他促膝聊天，听他爱唱的歌、难忘的事、愧疚的人……而经过这一次的采访，我才有底气说，一定程度上走近了这个人物，也才懂得了他那些不为人理解的举动和决定。比如，从部队转业到地方，被降三级安排，他为什么对此没有一句怨言；之后，他连续多次让官，只为能一直留在他钟爱的宣传岗位上；1995 年当地发大水，他在抗洪一线组织宣传报道，却错过了与母亲见最后一面……

我懂得了，在这个老兵的生命中，经历了几次与死神的擦肩而过，他已经将功名利禄放得足够淡、足够低；我懂得了，在这个有着几十年军龄的汉子身上，有着忠大于孝的信念和坚持；我懂得了，在他不近情理、不讲情面的表面下，有着一颗对党的事业、对宣传工作足够炙热的心。而这些结论、这些感触，就是在努力走近和尽可能抽离出来适当远观后，得出来的。

“叙事”与“说理”的关系

人物通讯的写作，是需要细节、需要故事、需要情景的。记得有人说过，最好能用镜头式的语言，在场景的描述中，让阅读者有身临其境之感，在读文字的过程中，感受主人公所处的环境，进而更好体会其感受，引发共鸣。但同时，人物通讯的写作，更要说理，因为只有说理，才能更好地提炼人物的精神高度，更好地弘扬人物的时代价值。如何把握好二者的关系，如何让叙事不琐碎，让说理不生硬，我也一直在学习和摸索的路上。

在周恩义报道的第三篇，为了更好提炼这个人物身上的精神高度，我选择了一个脉络——三首歌，每一首歌，讲一段故事，为的是说明一个道理。第一首歌，《好男儿就是要当兵》，唱给战友和28年的军旅生涯。讲述的是周恩义两次与死神擦肩而过的故事，道理是死亡太容易，人太脆弱，要好好做事，对得起自己，对得起别人，不能白到世上走一回。第二首歌《懂你》，唱给母亲。故事是周恩义因为工作没有赶上送别母亲，道理是一个共产党员、一名党员干部，在大忠和大孝之间如何抉择。第三首歌，唱给妻儿，是我帮周恩义想的，歌名是《为了谁》，替他送给老伴及全家：“泥巴裹满裤腿，汗水湿透衣背，我不知道你是谁，我却知道你为了谁……”故事是因为疏于对家人的照顾，老伴已瘫痪多年，道理是小家和大家之间的抉择与权衡，奉献与索取之间的加减法。

将道理寓于故事当中，才能让故事更饱满，让道理更生动。

我记得，多年前，在我刚刚成为一名记者的时候，人民日报社政治文化部主任温红彦就曾教过我，写人，有时要将作者“我”放进去，怎么放进去，这么多年，我一直在想。这里面，有采访者与被采访者之间的关系，有讲故事和讲道理之间的关系，有近观与远望之间的关系，有“写他”和“说我”之间的关系……真的是博大精深。到现在，我也依然在学习，也将一直继续学习。

赵婀娜 简介

赵婀娜，女，汉族，1978年9月出生，吉林长春人。1998年5月加入中国共产党。2004年进入人民日报社，现为人民日报社政治文化部周刊编辑室主编、高级编辑。牵头制作的两件新媒体作品获第28届中国新闻奖、多篇作品获人民日报社精品奖等奖项。曾获得全国巾帼建功标兵、北京市青年岗位能手等荣誉称号。

李林森

简介

李林森（1969.9-2011.7）男，汉族，四川省宣汉县人，中共党员。1991年9月参加工作，生前任万源市委原常委、组织部长。2004年“9·3”洪灾中，李林森作为宣汉县五宝镇党委书记，组织安全转移群众近2万人，圆满完成“重建一个新五宝”任务，被誉为“救命书记”。

2011年7月31日，李林森同志因病去世，享年42岁。以李林森为原型，拍摄了电影《雨中的树》、电视连续剧《生命的承诺》。

2011年9月，中央组织部追授李林森同志“全国优秀组织工作干部”称号。

人民日报
RENMIN RIBAO
2011年9月
22
星期四
时代先锋 生命之火
——一个基层组织部长的无悔人生
吴邦国与乌最高会议参议院主席会谈
上海文化红胜火
2011宁洽会暨第二届中阿经贸
贾庆林出席并在论坛高峰会议
李克强会见美国能源
用科学理论武装全
——党的十六大以来理论
中国就美宣布对台军售
国际论坛：中国核心
人民日报
综合
生命之火
2011年9月22日 星期四 23
锐气
"小县也要争一流，穷县更需大作为"
公道
奉献
大爱
新时期组工干部的楷模
快评

生命之火

——一个基层组织部长的无悔人生

本报记者　盛若蔚

他就是英雄。他用自己的行为书写活着的每一天，他离去时，人们甘愿续写他的故事，镌刻他的墓志铭……

他像一颗流星，一划而过，却刺破苍穹，发出最耀眼的光；他似一束焰火，转瞬即逝，却留下永恒，放射最壮丽的美。

20年前，他怀揣梦想，迈着大步，从巍巍巴山走来；20年后，他魂归故里，重将自己托付绵绵巴山。

2011年7月31日12时25分，四川达州市中心医院。一阵紧张全力的抢救，仍然没能把他留住。

42 岁，正值壮年。四川达州万源市委常委、组织部长李林森就这样匆匆走完了他短暂而绚丽的生命旅程，留下万般不舍。

巴山没了季节，只有被泪水打湿的 8 月……

热血
把工作当命，把事业当命，把命令当命

川东多山，豪杰辈出。70 多年前，英勇的红四方面军就曾在这片红色的热土上激昂奋战，血染巴山。

1969 年，李林森出生在达州市宣汉县大山里一个普通的农家。作为长子，家人寄予厚望，为其取名林森，属意日后能成栋梁之材。

大学毕业，风华正茂。本可留在城市，李林森却选择回家乡做一名“教书匠”。敬业、严谨、坚韧……这份为人师表的职业为他打下了扎实的人生基础。3 年磨砺，李林森推开县检察院的大门，成了一名令人羡慕的检察官。

如果人生的轨迹照此演进，也许李林森后来不会经历那么多的人间悲喜。

1997 年，在检察院顺风顺水的李林森作出一个大胆的决定：申请下派当村官！

“那个时候，大学生干部申请到乡镇都少，何况村？”宣汉县委副书记张宗昭清楚地记得，“他是全县头一个，而且还申请到最贫困落后的村子去，一大新闻呢！”

就这样，五宝镇梨耳村迎来一个年轻的党支书。

梨耳，穷得出名。别说县城，离五宝镇也有 20 多公里山路。

“来了，就干出个样！”山里娃不信邪，他想看看自己行不行。

建广播站、修渠筑道、发展党员……一年下来，李林森干得风生水起。及至任职乡镇，这段经历成了他攻坚破难的宝贵财富。

“我是洪水冲出来的干部！”多年以后，李林森如此自嘲。但在五宝镇2万多名乡亲眼中，这个年轻的镇党委书记就是他们不折不扣的“救命书记”！

2004年9月5日深夜，前河边的五宝镇早已沉入梦乡。谁也想不到，一场巨大的灾难正悄悄逼近。

下游突发超大规模山体滑坡，河床瞬间被堵，洪水不泄反上，生生圈出一个宽1300米、库容2亿立方米的巨型堰塞湖——地势低洼的五宝，不幸坠入“湖底”。

黑暗中，人们急切的呼救声和牲畜水中挣扎的惨叫声，一浪高过一浪。

五宝人哪见过这般场面：洪水漫过山庄、漫过田地、漫过河堤、漫过街区……不到两小时，平日繁华热闹的小镇，就噩梦般地化为“水中孤城”，停水停电断联。

时间就是一切！李林森紧急召开只有3分钟的动员会：“现在没法详细安排，也没有救援设备，只有一条请记住：老百姓的命就是我们的命！”

9个火线组建的应急分队迅速撒出去，通知村民紧急转移。一场与洪魔夺人、同时间赛跑、跟死亡抗争的生命大营救，在如漆的夜色中展开。

“一个不能死、一个不能伤！”这是上级下达的死命令，李林森掂得出分量。

“救命啦！”“救命啦！”扎起简易木筏，循着呼救方向，一道微弱的手电光柱，在惊慌失措的村落里上下穿梭。

一次、两次、三次，背出 80 多岁的覃宗秀老人，疏散出被困教室的 50 余名师生……李林森嗓子喊哑了，就用手比画，实在背不动了，搀扶着也要让群众脱离危险。

翻过百道墙，越过千户窗，衣服不知被扯破多少口子，身上不知被划出多少血痕，更记不清往返跑了多少趟……李林森先后 9 次把鞋脱给逃命的灾民，给他再找来一双，不久他又光着脚丫……

三天三夜奋战，两万多名群众全部安全转移，创造了当地救灾史上的奇迹。

洪水未退，公路被淹。除了一身衣服，很多群众什么都没带出来。

“不能让一个人饿倒、病倒！”在史无前例的大灾面前，李林森深知：现在全镇老小都看着他，自己代表党组织，自己就是主心骨！

“把红旗高高地竖起来，必须老远就能看到它！”关键时候，李林森想到红旗。

很快，临时安置点上，各式各样的红布剪成“红旗”，次第飘扬，五宝升腾起红色的希望！

严重缺觉，脸色蜡黄，身影憔悴。长时间的超负荷工作，李林森一直在透支。终于，在去救灾物资发放点途中，他两眼发黑，一头栽了下去——这已是几天内第三次晕倒。可一醒过来，他又一手打着吊针，一手掏出手机询问灾情。

现场一位副县长看见，责备他“太不爱惜身体”，强行夺下手机。

他火了，“还有那么多事等着我干！我躺下了，老百姓怎么办？”

洪水消退，满目疮痍，重建重任又扑面而来。

一身迷彩服，一双黄胶鞋，一个扩音器，这是李林森每天不变的行头。白天，去安置点巡查；晚上，到建房点督工。就像一只停不下来的陀螺，每天高强度运转20小时以上，天天如此。

干群同心，其利断金。一幢幢灾民新居拔地而起，一副副“共产党好”的春联透出喜悦……省委、省政府提出“两年重建一个新五宝！”的艰巨任务提前圆满完成。

巨灾之下，未死伤一人，未发生疫情，未挨饿病倒一人；更难得的是，泡在洪水里3个月，无一人上访……一场天灾，让五宝人领略了李林森的“拼命三郎”精神。

把工作当命！把事业当命！把命令当命！

即便不眠不休，即便频频吐血，还是这个劲儿！

“他从来不对组织说‘不’，更不讨价还价。”张宗昭说，任务交给李林森，俩字——放心！

“共产党的干部，得豁得出去，要对得起组织、对得起群众，要懂得报恩。”李林森的血管里，始终奔淌着一股股忠诚热血。

公道

“组织部是个渡人的梯！就是要树立重基层重边远的用人导向！”

抗洪得力，火线提拔，李林森擢升宣汉县副县长。2006年2月，他交流至更偏远的万源市，9个月后改任组织部长。

组织部长，要害岗位。万源的组织部长，更不好当。

三省结合部、七县交会处，这个“万水之源”基础差、底子薄、实力弱，矛盾亦多。

“组织部是个渡人的梯，导向至关重要。”对工作，李林森清醒定位。

“贫困山区，都不容易，风气搞坏了，谁还干事？”

“以德才选干部、凭实绩用干部、靠公论定取舍！”

“重品行、重实绩、重基层、重公认！”

……

万源的干部，在不同场合都聆听过李林森的“布道”。但触动神经的，是王承兴“土鸡变凤凰”的实例。

2009年的腊月初四，很多人给紫溪乡党委书记王承兴发来短信，恭喜他“进城了”。

“刚开始还以为开玩笑，对我来说，进城是个遥不可及的梦。”自喻在“万源的西藏”扎根的王承兴想都不敢想。

他哪里晓得，去年只在调研时深谈过一次的李林森，偷偷关心上了他，居然提名他任森林公安局局长。

“其他资格老、功劳大的党委书记都没安排得这么好，他王承兴凭啥子进城，还当‘一把手’？”有人反对。

李林森一改平日的温和，肃然反问：“在全市最艰苦的乡一干就是15年，谁能坚持？在一个偏远乡当了7年乡长、8年书记不提任何要求，谁能做到？”

王承兴上任，李林森只送他一句话：“你要争气！”

“连我都能进城，大家都说有奔头了。”王承兴的调动，在乡镇干部中引发“强震”。

“就是要鲜明重基层、重边远的用人导向！”李林森任组织部长5年，18名优秀乡镇党委书记受到提拔重用，11名长期坚守边远高寒山乡的党委书记被交流回市级部门，18名家庭困难、需要照顾的基层干部进了机关。

反过来，对组工干部徐世和的“冷落”，则让干部看到李林森的另一面。

乡镇人事调整，在市委组织部工作的徐世和被提名推荐为乡镇党委书记人选。大家都以为他“近水楼台先得月”，结果却被调至“八大高寒山区乡”之一的堰塘乡。

天上地下，徐世和当然想不通。

“组织部的干部用在哪里，大家都关注。把你放得偏，条件是差了点，但锻炼也大。”李林森找他推心置腹地长谈：“你有能力，好好干，用成绩证明自己，也为组织部争个光……”

一席话，入情入理，心霾也就散了。徐世和愉快地奔赴新岗位，很快就打开了局面，更理解了李林森的良苦用心。

对干部，严字当头；对亲人，严上加严。

李林森的大妹妹一直在宣汉县汽车站干临时工，很想让“位高权重”的哥哥打个招呼转正。“好歹咱还在城里上班，条件比农村强多了。”哥哥非但不开口，反倒劝她“知足常乐”。

同样，妻子向琪三叔的儿子中专毕业，也想“投奔”他。在三叔眼里，组织部长是个“了不起的大官”，可李林森一句“符合条件，就凭本事考吧”的答复，让他倍感失望。最后，堂弟出门打工。

不是没“机会”寻租，组织部长有权——可以向常委会行使干部推荐权，真想卖关子、耍手腕，不是不可能。

可这个“权”，李林森不用。

一位在偏远山区乡干了5年的党委副书记，业绩很突出，多次获万源市优秀党务工作者和优秀共产党员，但因长期顾不上家，妻子一直闹，孩子中考也不理想。2009年，得知万源要动干部，他觉得机会来了，借向李林森汇报工作之名送钱送物，希望“照顾”。

“歪门邪道你少来！”李林森严词拒绝，严厉批评，“只要你干出实实在在的业绩，群众信任你，组织会考虑的！”

他仍不死心。2010年春节，他特意跑到李林森宣汉老家去“拜年”，结果连门都没让进。

就在他感到希望渺茫时，突然宣布，被提拔为另一个乡的乡长。新岗位上，他不负众望，工作出彩：不到一年，全乡农民人均纯收入同比净增789元。

“林森部长是做人做事的榜样！”这回他信了：“只要踏踏实实干，就会受到群众尊重，就会得到组织认可！”

这样的拒绝，李林森没少经历。

曾有人提着一包现金送到面前，希望动干部时“关照关照”。

“钱，我不会要；事，按政策办。”李林森一字一顿，“组织用人不是看钱多钱少！”

几句话，羞得来人无地自容。

甚至还有人借洗手之名，把厚厚的“信封”丢在他家厕所，一路狂追，物归原主。

即便身染重疾，清廉之弦也未放松。

今年春节，徐世和听闻李林森生病，专程探望。看到昔日的老领导形容枯槁，他心如刀绞。临别，徐世和饱含热泪，悄悄塞给李林森母亲 1000 元钱，托老人家代买些营养品。

“赶紧收回去！不然看我怎么收拾你！”李林森急了，从沙发上噌地站起来，脸涨得通红。

“老领导，一点心意而已。”

“你来看我，我精神就好多了。拿钱，以后就别来了！”

“万源的干部工作风清气正。”让万源市委书记王成军欣慰的是，“这几年，因干部选任不公而信访，一件没有。”

锐气
“小县也要争一流、穷县更需大作为”

万源，这个曾经的川陕革命根据地核心区，至今仍是国定贫困县。贫穷与落后，不仅刺痛着 60 万老区人“摘穷帽”的渴盼，也迟滞了老区基层党组织建设的步子。

“小县也要争一流、穷县更需大作为。”刚一上任，李林森便下决心“有所改变”。

翻山越岭，一路颠簸。花了两个多月，李林森跑遍全市 52 个乡镇的村村寨寨。干部有何长短，发展瓶颈在哪，心里有了底。

所以，当 2007 年达州市委把村党组织换届试点的任务交给万源时，李林森一点不怵。这个曾在 3 个乡镇当过主官、成功收拾过“烂摊子”的新部长，精选 8 个不同层次的村落搞起了试点。

“一些村级班子受家族势力、宗派势力等影响，作用发挥有限；同时，很多能人在外，上级组织又很难发现新的优秀人才……”李林森把脉问诊，梳理成因。

在旧院镇红岩村，他的判断得到证实。这个受两大家族势力影响的村落，不光班子老化，还长期不团结，“各选各的人、各吹各的调”，在外的能人都不愿回来主事。

这样的村子在万源颇为典型——怎么办？

精心设计、反复论证，李林森逐渐聚焦“发扬民主”这个“法宝”——“四评村官”应运而生。

所谓“四评”，就是让想干事的人先“自我荐评”，村民们再“集体相评”，提出村干部参选标准，推荐自己心目中的满意人选。经“组织考评”后，参选者须在全村老少面前发表“施政演讲”“公开竞评”，由村民差额票决，选出最满意的村干部后备人选。

40岁的庞大兵便是个见证者。这个红岩村的能人，一直埋头经商，不问村务。“四评村官”试水，他嗅到了变革的气息，和几个乡邻一道，站出来了。

“原以为上面早就内定了，没想到自己真的成了。”显然，庞大兵的“施政纲领”打动了多数村民，最后脱颖而出，荣膺新任党支部书记，“不看大姓小姓，不搞拉帮结派，凭本事竞争，靠民意当选，大家服。”投票那天，李林森一直坐在台下，现场观摩，击掌加油。

“四评”一出，气象一新。万源新当选的村党支部书记平均年龄36岁，比上届一下子低了19岁，文化程度大幅提升。这一“草根民主”模式从根本上解决了以往村级换届中的贿选、拉票和家族、宗派势力介入等问题。更让李林森没想到的是，这堂生动的党内基层民主“实践课”还被高层首肯，推广至全省、全国……

“在万源这样的欠发达地区，能创新探索出‘四评村官’这一在全国叫得响的经验，难能可贵。”达州市委书记焦伟侠感慨。

习惯优秀、追求卓越，李林森不会做“太平官”。

一次全市大会，十几个市级机关、乡镇负责人居然竞相打起了瞌睡，这一幕被电视记者拍个正着。

如何解决干部日常监管中“法规条例管不着、规章制度管不了、领导干部管不到”的问题？市委点名让李林森破题。

李林森也不含糊，不久就搞出一项“发明”——“机关事业单位工作人员不良操行档案”。

这个特殊的档案厉害之处在于，倘若干部出现无故迟到早退、不孝敬父母等不端小节，将被记录在案，并跟干部考核、交流、表彰、使用等直接挂钩。

小节也能影响“乌纱帽”！这在四川又开先河。“利刃”高悬，失德干部心存忌惮，会场打瞌睡之类歪风，一去不返。

人才难进、人才难留，党管人才，组织部长一马当先。

“一个人视野有限，人才要靠大家一块找。”每遇市领导下乡回来，李林森总爱问上一句：“发现好苗子没？”

原来光感觉万源缺人才，但 2007 年底一次翻阅干部花名册时，李林森才第一次意识到问题的严重性：全市 30 岁以下的科级领导干部仅 3 人，部门局长、乡镇党委书记、乡镇长等正科级领导干部，年龄普遍偏大，事业后继乏人！

李林森急了，迅速向万源市委提议并报告上级组织部门：贫困革命老区，发展的希望在人才，干部的活力在青年，要抓紧研究对策、不拘一格引人才。

“千名大学生进万源”，便是这一背景下的成功探索。2009 年，大学生出现了就业难，李林森敏锐地意识到，这是贫困山区招才引智的好机会，脑海里早就构思的大规模引才计划可能很快就能实现。

那阵子，李林森频频现身四川、重庆等地高校，宣讲特殊政策，卖力“推销”万源。只要大学生有意愿，多累他都亲自谈。

一“仗”打下来，当年投奔万源的大学生高达 800 多人，还批量引进了十几名研究生，引才总数相当于万源过去 8 年的总和，大大缓解了高层次人才短缺的窘境。

定期履职巡查，掌握领导干部履职、班子运行和后备干部情况；“五议”社区班子，破解社区干部不作为、乱作为……经过李林森这一把把“创新之火”持续加温，万源在全国、全省组织工作满意度调查中，连续 3 年各项指标稳居第一方阵。

奉献

与死神抗争，跟时间赛跑，“工作就是他的药”

万源市委大楼的 506 房间，一切如故。

抽屉里，助消化的多酶片、治咳嗽的急支糖浆……药瓶塞得满满当当。

柜子上，两盆君子兰依然翠绿，一阵风过，轻轻摇曳，似乎在诉说主人的辛劳与苦楚。

2009 年 7 月 1 日，万源市委“七一”表彰大会召开。已连熬 4 个通宵的李林森一阵前所未有的疲倦，第二天，腹泻不止，人几近虚脱，只得转院成都。诊断结果让人震惊：肝癌晚期！

“怎么可能？”李林森不信自己的眼睛。

两天的沉默，两天的思考。李林森和妻子向琪决定：保密——

不对外说病情，不给组织添麻烦，不能让父母痛苦。

拿出全部积蓄，又向弟妹借钱筹齐了首次手术费用，他们悄赴北京，尝试风险极大的肝脏移植手术。

幸运的是，他闯过了这道鬼门关。

“能活多久？”还没下床，李林森就问医生，好像在谈别人的病。

“维持得好，5到10年。”医生直言。

“太好了，我还有好多工作要做呢！”这个答复，已让李林森很满足很满足。

仅仅2个多月，李林森就回到了万源。别人关心病情，他则轻描淡写：只是做了个小小的“胆管结石手术”。

与死神抗争，跟时间赛跑，从前的“拼命三郎”又回来了！

审签文件、组织会议、接访群众、下乡调研……李林森的工作节奏比以往更快，医生的“多静养、少操劳”嘱咐早被他抛在了脑后。只有中午或晚上，他才拖着疲惫的双腿，独自去医院打静脉留置针。

但即便是吊水，他也偷偷调快输液的速度。

医生怒了：“你干脆喝了算了！”

由于太过操劳，术后才半年，李林森就出现了严重的肝移植手术排异反应。转氨酶指标陡升至300多单位，手指、脚趾关节开裂，他连拿东西、走路都钻心地痛，不得不到重庆复查。刚办妥住院手续，万源市委来电话：第二天开市委常委会。

马上收拾东西——出院。

“你哪是来治病的，简直拿命当儿戏！”主治医生恼了，“你今天走了，以后就别来了！”

“大夫，这个会事关全市基层党组织建设，必须回！”扔下话，李林森连夜赶回400公里外的万源。

同样，他把做射频消融手术时间定在去年12月28日，为的是“跟元旦假期接上”。

通常，这种手术一次只能做一个“点对点”；身体再好，一次也不能超过3个。而李林森要求：一次做4个。

医生惊愕：“疯了？”

生病以后，司机就多了两项任务：备药、提醒。时间紧，李林森习惯车上大把大把吃药，吃急了，药卡住嗓子，吞不下去，半天缓不过劲来。可电话一响，谈起工作，又神采飞扬。

是啊！对李林森来说，工作有乐趣，工作是嗜好。

为了给全市村党支部书记培训班讲一课，他能专程从北京飞回来，吃上3倍激素药，提高精气神。

两个半小时，谈笑风生，掌声不断；可一下讲台，面容惨白，豆汗淋漓，咯血不止，身子蜷缩成一团。

这一课，对书记们的影响深远，对他生命的消耗亦无情。

有时，病痛袭来，李林森也会抱怨：“死了算了！”可转脸，又忙去了。

家人劝他：“歇吧！”

他满口答应：“等忙完机构改革就不干了”；这茬一完，又说“等党代会结束吧”……

“就没个头！”向琪看得心疼。

2011年4月12日，医院下达病危通知书前16天，李林森实在无法坚持正常上班了，就把各股室负责人召集到宿舍，靠在床上开会。

干部一拨一拨地离开，又一拨一拨地进来。

从早晨到下午，5 个多小时，他专心地听，不断地说，不停地咯。咯出的血，他小心翼翼地用纸巾捏住，生怕有人看到。

中午 12 时多，他轻声朝厨房唤了一声：“妈，帮我削个梨吧！我要补充点能量，撑不住了。”

在场的人无不落泪。

终于，在一如往常地工作了 21 个月后，病情严重恶化的李林森不得不再赴重庆。诊断结论：肺癌！晚期！

肝癌、肺癌，都是晚期——李林森再也瞒不下去了。

“对不起，我的身体实在难以坚守岗位，请求辞去组织部长职务。”他平静地把这个消息，用短信发给“班长”王成军。这时，人们才了解他的真实病情。

为什么一个癌症病人后期的手术时间会以法定假期来确定？

为什么一个生命进入倒计时的病人非要经常加班至凌晨 3 时？

为什么一个病危的人还要一个字一个字修改长达几十页的材料？

为什么一个仅靠吃一个梨补充能量的病人还要连续开 5 个多小时的工作安排会？

……

得了癌症，没命；放下工作，也没命！

工作带给李林森的快乐，什么药都无法替代。哪怕被剧烈病痛折磨得脸色发黑、身体浮肿，只要完成一项工作，他就立刻容光焕发，精神状态绝对超过注射 40 毫升的“甲强龙”（激素）。

即便在与病魔抗争的最后时刻，他还向关心他的各级领导发去短信："自己的工作远没有做好，惭愧呀！"——落款是"不争气的李林森"。

"工作就是他的药！"向琪无奈，"但就是这服药，也没能留住他的命。"

大爱
心中有爱，心境如春，他总是把自己放得很低很低

一米七六，浓眉大眼，一笑起来，嘴角还会弯起两个迷人的酒窝……在很多人眼中，李林森阳光、帅气，不像个官，像隔壁的大兄弟。在他口中，听到最多的也不是官，是"兄弟、伙计、大姐、小妹"。

谁来办公室，他都亲手泡上一杯茶；走时，一定坚持送到楼梯口。

"我有些建议，不知道对不对，想跟你探讨一下。"说话委婉，和风细雨，多年的习惯。

……

细微点滴，让跟他打过交道的基层干部如沐春风——他总是把自己放得很低很低。

生病之后，好心人劝他：签字就行，谈话、调研之类苦活，交出去吧！

"一个基层干部跨进组织部长的门不容易。也许我们只谈了半小时，但他下决心走进来可能已考虑了半年。"在李林森看来，跟

干部谈心甚至倾听牢骚，都是大事，“如果几句话就打发，他会认为组织太草率，伤到干部的心！”

川东男儿生性豪爽，李林森的泪窝子有时也浅。

2010年秋，蜂桶乡。老伴走得早，儿子常年打工在外，1958年就当乡长的老党员李国元，一直蜗居在几根木棒撑起、四面透风的土坯房里。李林森走进卧室，刚摸了摸被盖，眼泪就啪嗒啪嗒往下掉：“想不到老乡长还住得这么破，被盖都是薄、烂、湿的，我这个组织部长不称职啊，对不住了！”

他当即表态，协调1.5万元为老人盖新房子；临别，掏空口袋，硬塞1000多元给李国元。81岁的老人老泪纵横，抓着他的手不放：“感谢共产党，感谢共产党！”

“人生的价值，不在于当多大官、挣多少钱，要看自己有多少提升，为别人做多少有用的事。”多少年来，李林森始终心境如春。

工资本就不高，拿回家的更屈指可数。今天300元、明天500元，李林森的钱都散在贫困学生的家里、慰问困难群众的路上。早年接济群众欠下的1万余元债，前两年才还清。

从高一到大四，熊静这个李林森资助的贫困生，耳边听到最多的一句话是：“缺钱要说，不许跟我见外。”

2011年4月20日，李林森最后一次去重庆住院。

在离城不远的青花镇，他特意让司机停一下，缓缓走下车，朝着万源的方向久久凝望，望着那熟悉的山川，熟悉的河流，还有那熟悉的村落，默默地流泪。他知道，这一去难归呀！

当他病危的消息传出，重庆大坪医院住院部A区8楼就像周末的超市、年尾的车站。领导、同事、朋友，还有他工作过地方的百姓，数以千计的人从四面八方赶来。病房前，楼道间，人头攒动。人群中，有的从来没出过这么远的门，甚至都没坐过火车；还有的，根本没见过李林森。

尚有气力时，李林森不停地合掌致谢，泪光点点。这一幕，跟他 5 年前离开五宝时何其相似！

那一天，3 公里长的道，车足足走了 1 个多小时，2000 多名男女老少自发地候在路边，拽着他的手不放，边走边哭，爆竹声响彻街头巷尾……

来时，一个布包装衣服，一个纸箱装被子；走时，还是一个包跟一个纸箱。这样的干部，老百姓舍不得啊！

“以前只在影视剧里看过这种场面，没想到人真的就在身边。”一直陪着的向琪，震惊了。从那一刻起，她才真正理解丈夫为什么电话那么多、永远那么忙。

再坚强的外表下，也有一颗柔软的心。

病房里，李林森捧着儿子李东阳的照片一看半天，任凭眼泪肆淌。但当他颤抖着给儿子发去短信时，却只写：病情稳定，请勿挂念！学习当努力！

“人善向上，豁达乐观。”这是他送给东阳的八字箴言。

他对同事说：“我们缘深分浅，下辈子再相见。”

他对朋友说：“人生一世，草木一秋，都要去的。”

他对家人说：“人都是哭着来的。要死，也要笑着走。”

他最想在 7 月底、8 月初的时候去往天堂，好让东阳心理上有个缓冲，开学时不至影响学业。

“我是一个平凡的人，做的都是平凡的事，平静就好。”躺在病床，李林森平静地安排着自己的后事："简单点，就回老家去，那里有山，有水，向着阳光，是一个很温暖的地方……"

8月2日夜，万源亲水平台广场，万人追思心中的英雄。

"林森，你辛苦了！""林森，欢迎回家！"……任凭暴雨如注，也挪不动送别的脚步。

年轻时，李林森爱唱歌，爱打篮球，爱弹脚踏风琴，"回锅肉做得也好"。这些，都只能凝成向琪美好的回忆。

"他还答应，等闲下来，就带我们去看大草原。"向琪叹了口气，"可惜了。"

这段日子，一家人还无法习惯没有林森的日子。年近七旬的老父亲每天早上起来第一件事，就是擦一擦墙上的遗像。开饭前，母亲总要仔细地把他的碗筷摆好，喃喃自语："儿啊，吃饭了……"

根据李林森生前的嘱托，万源市委组织部硬挤出一间屋子，用作健身房。每天下午，干部们伸展腰腿时，抬眼就能看见墙上老部长的祝福——"健康生活、快乐工作"。

（原文载于《人民日报》2011年9月22日1版、23版）

寻找时代精神的“共鸣点”

盛若蔚

一段42岁的人生旅程，在很多人的心底激起了涟漪。2011年9月，四川达州万源市委原常委、组织部长李林森的事迹经媒体报道后，中央领导同志肯定了本报的报道，在组织系统和社会上引起很大的反响。我有幸参与了这次中宣部重大典型人物报道“战役”，就以这次采访为例，谈一点做好典型人物报道的感受。

一、定位：顶天与立地

典型人物是社会上某些行业或领域中的佼佼者或代表者，是一种榜样。习近平总书记指出，“每个时代都有每个时代的精神，每个时代都有每个时代的价值观念”。每个时代都有属于这个时代的典型代表，而这些典型代表也反映了这个时代的精神特征和精神追求。从这个意义上说，一个典型之所以能被推出，一定是他身上富有某种契合时代精神的特质。那么，这个特质是什么？这就要求首先应明确典型的定位，有一个“顶天”的问题。

具体到李林森这个典型，问题就转化为“为什么要宣传一个基层组织部长”？

应该说，这些年宣传的党员干部典型很多，其中组工干部也不少。但还没有一个能够集中体现组工干部优秀品质，并且像杨善洲那样在社会上也叫得响的典型代表。李林森的出现，客观上提供了这样一个机遇。

李林森公正廉明、锐意创新、无私奉献，按照正式的表述，他是“新时期组工干部的楷模、新时期共产党人的榜样”。

我在采写时也在反复思考定位问题，思来想去，还是把他看作是一个英雄。为什么这么看？他有舍命救人的壮举，他有玩命工作的拼劲，他有救济众生的大爱……正像主通讯“题记”中写的那样：“他就是英雄。他用自己的行为书写活着的每一天，他离去时，人们甘愿续写他的故事，镌刻他的墓志铭……”实际上，我把这组稿子也当作是对一个英年早逝英雄的墓志铭。反映在主通讯里，就有了“热血、公道、锐气、奉献、大爱”这几个小标题。

典型人物报道应当“顶天”，更需要“立地”。不接地气的典型是没有生命力的。“立地”，就是更多地体现出对普通人的观照，强化每个人都可以成为典型人物精神与情操践行者的认知。

所以在报道中，出现了这样的细节：

李林森先后 9 次把鞋脱给逃命的灾民，给他再找来一双，不久他又光着脚丫……

李林森走进卧室，刚摸了摸被盖，眼泪就啪嗒啪嗒往下掉：“想不到老乡长还住得这么破，被盖都是薄、烂、湿的，我这个组织部长不称职啊，对不住了！”

人心都是肉长的，这些桥段不是领导干部所特有的，而是来源于对普通人的认知。我们完全可以通过类似的文字，传递出一个明确信息：向典型人物看齐，不光是国家组织的政治要求，也是个体向善的道德追求。

一个时代拥有一个时代的英雄，一个时代造就一个时代的英雄。从颂扬高尚人格，到辨析可贵精神，最终促成积极行动，我们既需要回答“时代化”的关切：当今时代需要什么样的榜样？应当确立怎样的价值坐标？同时也必须诉诸“个人化”的感受：榜样于个人而言，究竟有什么意义？如何在学习榜样过程中体现个人价值？把这些问题想清楚、弄明白，力争“顶到天”“立稳地”，就容易在稿件中做到在平凡中见证伟大，在伟大中映射平凡。

二、信服：共鸣与共识

一个成功的典型人物报道，某种程度上，就是完成一次“艰难的说服”。稿件不仅要在情节上打动人，在情绪上感染人，还要在理性上说服人，获得读者内心的情感认同。但这在当前的舆论生态中，实际上已成为一件“难以完成的任务”。

为什么这么说？

我们正身处一个思想多样、利益多元、新兴媒体迅速发展的时代，无论是社会环境还是思想观念，都与“县委书记的好榜样焦裕禄”的时代大为不同，要实现传统的“通过典型，指导一般，带动全局，不但使人们明了前进的目标，还能使人体味到具体的实践方式，增添前进的动力”的宣传价值目标，其间的难度上了几个数量级。

正是从这个意义上说，读者仅仅通过记者的视野去了解一个典型，并且信服他的事迹，进而激发内心深处的共鸣，形成思想上的共识，这是一个很高的目标。这就要求从事典型人物报道的记者，必须善于当好催生心理共鸣、形成思想共识的“桥梁”。通过我们这座“桥梁”，让典型人物报道与读者之间能够产生某种精神气质上的相通，使得在对为党为国、民族大义等“顶层”问题上，能够拥有着共同的认知与责任。

窥斑见豹。采访李林森时，当地检察院的干部讲，全院2/3以上干警都跟李林森近距离地工作过，看了人民日报的报道，觉得他的那些事就发生在眼前，实实在在，真真切切。

不单是熟悉的人有此感觉，当地人在“送别”李林森时，大雨滂沱，泪眼婆娑。很多从很远地方专程赶来的人甚至连李林森的面都没见过，只是因为看了报道，听说了他的故事，觉得是个好人好官，不来送一程，心里不安。

这些都不是组织的，也组织不来。采访中，我时常在想，为什么一个工作上离群众并不很近的组织部长，经媒体报道后能够产生强劲的社会“穿透力”？有一点恐怕很关键：他心里始终挂着别人，为他人牵肠挂肚。特别在发生天灾人祸时，面对遭受劫难的老百姓，他总会不自觉地联想到自己的父母兄妹。这样的人，即使你和他的人生轨迹没有交集，恐怕也会被感动、震撼。所以，在稿件中，我更愿意讲述这样的情节：

“一个基层干部跨进组织部长的门不容易。也许我们只谈了半小时，但他下决心走进来可能已考虑了半年。”在李林森看来，跟干部谈心甚至倾听牢骚，都是大事，“如果几句话就打发，他会认为组织太草率，伤到干部的心！”

我想，正是在一个一个细节基础上，读者脑海里才最终聚拢成一个好人好官的形象，才能触碰到人们心里柔软的部分。

相反，典型人物报道如果是简单的好人好事、生硬的道德说教，不仅无法引发共鸣、形成共识，反而会遭遇“情绪抵触”、引发反感。这一点已经被大量不成功的案例所印证。我体会，只有更多地从共同性人生思考上表现典型，更多地从个人体认、情感认同中走近典型，找到典型人物的“民意基础”，才有可能准确击中时代精神的“共鸣点”。

三、扭矩：矛盾与冲突

扭矩，是汽车发动机性能的一个重要参数。扭矩越大，发动机输出的“劲”越大，曲轴转速的变化也越快，汽车性能也越好。

典型人物报道要拽着人一口气读下去，也需要尽量做到扭矩最大化。

做到这一点，离不开矛盾与冲突的设置与处理。如同看电影，没有矛盾，戏就没办法往下推进，也抓不住观众的眼球。事实证明，有了充沛的矛盾和冲突，才能更好地体现典型人物的优良品质。

在李林森的报道中，矛盾与冲突随处可见：现实与理想的矛盾、权力与原则的冲突、身体与职务的矛盾、亲情与工作的冲突等，这些都需要他勇敢面对。读者会关心在这些矛盾冲突中，主人公会做怎样的人生选择。这样的桥段多了，就容易形成吸引人们走近并了解典型人物的“扣子”。

比如，组织部长在地方属于“实权派”，不可能没人“攻”。但提供的素材里，这一块内容很苍白，不大符合实际情况。经过仔细摸查，我终于找到了几条线索，深挖下去，最终形成了几段冲突性的文字：

不是没“机会”寻租，组织部长有权——可以向常委会行使干部推荐权，真想卖关子、耍手腕，不是不可能……一位在偏远山区乡干了5年的党委副书记借向李林森汇报工作之名送钱送物，希望“照顾”；甚至还有人借洗手之名，把厚厚的“信封”丢在他家厕所，一路狂追，物归原主。

再如，为了表现李林森在身体羸弱与职业操守之间的矛盾冲突，文章设置了四个“为什么”：

为什么一个癌症病人后期的手术时间会以法定假期来确定？

为什么一个生命进入倒计时的病人非要经常加班至凌晨3时？

为什么一个病危的人还要一个字一个字修改长达几十页的材料？

为什么一个仅靠吃一个梨补充能量的病人还要连续开5个多小时的工作安排会？

另外，在行文上，也可以“制造”一些“矛盾”和“冲突”，形成表达落差，使文章跌宕起伏。老记者告诫我们：文章要描述，不要叙述；要起伏，不要平铺。李林森报道中，也有这样的表述：

2009年的腊月初四，很多人给紫溪乡党委书记王承兴发来短信，恭喜他“进城了”。

“刚开始还以为开玩笑，对我来说，进城是个遥不可及的梦。”自喻在“万源的西藏”扎根的王承兴想都不敢想。

他哪里晓得，去年只在调研时深谈过一次的李林森，偷偷关心上了他，居然提名他任森林公安局局长。

这种倒叙式的“卖关子”，就是为了突出心理反差，益处是能制造出一定戏剧性，给人一种想往下看的冲动。报道中，类似细节还有不少。如果说细节是肌肤，那么起伏就是瀑布，不能总是“一条大河波浪宽”。否则，再好的“原料”也很难做出可口的“大餐”来。

一句话，如果读者能在典型人物报道字里行间，读出一点时代对道德情操的呼唤，读出一点百姓对精神价值的追求，读出一点我们对民族大义的责任，激发出时代的共鸣，那么，这个典型人物报道大概就可以说“立住了”。

盛若蔚

简介

盛若蔚，男，汉族，1977 年 3 月出生，安徽芜湖人。1996 年 11 月加入中国共产党，2000 年进入人民日报社，现为人民日报出版社副社长、高级编辑。作品 4 次获中国新闻奖，多篇作品获人民日报社精品奖等奖项。被授予中直机关优秀共产党员、人民日报社先进个人、人民日报社青年岗位能手等荣誉称号。

姜仕坤 / 简介

姜仕坤（1969.12-2016.4），男，苗族，贵州册亨县人，本科学历，中共党员。曾任贵州省晴隆县委书记。

2016年4月12日6时40分，姜仕坤同志在广州出差期间，突发心脏病，经抢救无效在广州暨南大学附属医院去世，享年46岁。姜仕坤真实事迹被改编，拍摄成电影《爸再爱我一次》。

2017年6月30日，被授予贵州年份英雄十大人物“年份英雄”称号。

2018年6月，中共中央追授姜仕坤同志“全国优秀共产党员”称号。

人民日报
RENMIN RIBAO
2016年10月10日 星期一

奏响新形势下民族工作新乐章
——党的十八大以来以习近平同志为总书记的党中央推进民族工作创新发展纪实

朝着建设网络强国目……
加快推进网络信息技……
习近平在中共中央政治局第三十六次……

治国理政新思想新实践

李克强同葡萄牙总理科斯塔举行会谈
强调发挥互补优势，释放合作潜力，打造中葡、中国同葡语国家合作升级版

时代先锋
这个"羊书记" 大山舍不得
——追记贵州晴隆县委书记姜仕坤（上）

要闻 6 2016年10月11日 星期二

选得准 下得去 融得进 干得好
——选派机关优秀干部到村任第一书记工作综述

时代先锋
感念贴心引路人
——追记贵州晴隆县委书记姜仕坤（中）

要闻 6 2016年10月12日 星期三

黑龙江以全覆盖、树典型、勤宣传等方式加强源头治理
最严食品监管 如何把好关口

净化源头 确保安全

时代先锋
大爱柔情动天地
——追记贵州晴隆县委书记姜仕坤（下）

我国良种联合攻关获突破

监测

这个“羊书记” 大山舍不得

——追记贵州晴隆县委书记姜仕坤（上）

本报记者 赵 兵

循着他的足迹，在悬崖峭壁的山路上颠簸，才体会到他的艰辛不易；来到贫困户家中，看到乡亲们眼角的泪水，方知他在群众心里的地位。他就是贵州晴隆县委书记姜仕坤。

2016年4月12日，年仅46岁的姜仕坤突发心脏病，倒在工作岗位上。在这个曾因贫困“出名”的小县，姜仕坤为带领群众脱贫致富，耗尽了最后一份心力。

这位从大山里成长起来的干部，深知贫困山区群众的疾苦，带领群众脱贫致富是他人生的夙愿。面对晴隆石漠化严重、土地贫瘠、山高谷深的困境，姜仕坤整合历史文化和当地自然资源发展山地旅游业，点亮“二十四道拐”这张名片，从零开始的晴隆旅游业展现出强劲的增长势头；面对破败的县城环境，他带领干部群众攻坚克难，在县城扩容改建中让群众得实惠；面对晴隆经济发展的洼地，他做活“羊、茶、果、蔬、烟、薏”六大特色产业文章……在他的推动下，晴隆的经济发展迈上了新台阶。

任职晴隆，带领十几万贫困群众脱贫，姜仕坤深知自己肩头的担子有多重。为了打开发展思路，他刻苦钻研学习，并不懂羊的他成了推动晴隆养羊产业升级的“羊书记”；为了晴隆群众的利益，他在锑矿划转中不顾个人安危与利益群体做斗争；为了确定贫困乡镇的发展方向，他忍着痛风，一瘸一拐地爬上山头察看经济林木的种植情况。

作为“一把手”，抓班子带队伍是职责所在，也是晴隆发展的关键。姜仕坤心中有把尺子，衡量自己，也衡量干部。他曾说“干部干部，就是要先干一步，干部只有干事，人生才有价值。现在有的干部懒、散、慢、浮、拖，这就错过了干事创业的最好时机。如果再过十年二十年都快退休了，想干事都没有机会了！”在姜仕坤的带领下，干部队伍素质提高了，晴隆的风气更清正了，为脱贫之路打下了坚实基础。

几年来，晴隆有了实实在在的变化，全县地区生产总值从2010年的20.89亿元增加到2015年的55.13亿元；财政总收入从3.4亿元增加到7.63亿元；贫困人口减少8.6万人，下降到7.91万人……这一切，都凝聚着姜仕坤和晴隆干部群众的心血与汗水。

巍巍大山，气势磅礴，皇竹草随风摇曳似低语思念；北盘江水，奔腾向前，惊涛拍岸回响如声声吟唱；二十四道拐，蜿蜒曲折，曾铭记多少英雄，如今又记住了一位英年早逝的党员领导干部……

4月12日，贵州晴隆县委书记姜仕坤突发心脏病，倒在工作岗位上，年仅46岁。在这个曾因贫困“出名”的偏远小县，他耗尽了自己最后一份心力，换来晴隆的大变样；他把自己的血和汗，永远地洒在这片大山江水间……

发展有路子

“他为晴隆的发展找准了路子，改变了干部的思维，也提振了干部与群众的精气神”

站在山巅俯瞰“二十四道拐”，令人遐想无限：这条书写过“抗战生命线”辉煌的“历史弯道”，是唤起太平洋两岸“二战”记忆和中华民族抗战记忆的“活化石”，也是姜仕坤带领晴隆人民实现脱贫梦想的起点。

晴隆石漠化严重，土地贫瘠缺水，地形山高谷深。多年以来，如何带领群众在这穷山沟里脱贫致富，一直让当地干部一筹莫展。

整合历史文化和当地自然资源发展山地旅游业，点亮“二十四道拐”这张名片！这是姜仕坤带领晴隆发展旅游脱贫的胸中蓝图。为了将蓝图化为现实，姜仕坤带领干部收集关于“二十四道拐”的文献，编撰出版物；招商引资建设安南古城影视基地，筹拍电视剧《二十四道拐》……2015年，世界反法西斯战争和抗战胜利七十周年之际，电视剧《二十四道拐》的热播一下子“引爆”了过去几乎为零的晴隆旅游业！这一年的国庆黄金周，10万自驾客涌进晴隆，让晴隆的干部群众“看傻了眼”，也让姜仕坤内心激动不已。

“晴隆旅游业的发展是在一张白纸上画图，姜书记付出了巨大心血，他常站在山顶，静静地望着二十四道拐。”晴隆县委副书记王琴说，“他为晴隆的发展找准了路子，改变了干部的思维，也提振了干部与群众的精气神。”

县城改造，是姜仕坤带领干部群众完成的又一项不可能完成的任务。晴隆县城已经十几年没啥大变化，1.7 平方公里的县城面积，街道狭窄路面破损，基础设施落后，看起来甚至不如一个乡镇。

刚到晴隆县任县长时，姜仕坤就让住建局、国土局的干部一起到县城里走走。当来到汽车站旁，看到周围环境如垃圾场般时，姜仕坤陷入沉思：“县城建设，就从这里开始吧！”

此后两年多，姜仕坤走遍了县城的旮旮角角：他走进拆迁户做群众思想工作，爬到山上对照图纸看规划方案；为了能让群众得实惠，他与干部讨论关于征地拆迁的方案不下 50 次，才敲定最终方案；为了筹集建设资金，他带着住建局长跑遍了省里的银行……如今，晴隆县城面积扩大到 6 平方公里，城镇人口超过 10 万人，县容县貌大为改观，新区建设如火如荼。老百姓感叹：晴隆赶上了好时候，终于也有这翻天覆地的大变化！

为带领晴隆冲出经济洼地，姜仕坤确立“工业强县、生态重县、旅游名县”的发展战略，围绕“羊、茶、果、蔬、烟、薏”六大特色产业调整产业结构。

几年发力不停步，晴隆收获了实实在在的变化：全县地区生产总值从 2010 年的 20.89 亿元增加到 2015 年的 55.13 亿元；财政总收入从 3.4 亿元增加到 7.63 亿元；贫困人口减少 8.6 万人，下降到 7.91 万人……这一切，无不凝聚着姜仕坤和广大干部群众的心血与汗水。

肩上有担子

“他内心充满正义感，关键时刻敢于担当，敢于跟利益群体叫板”

生于苗家、长于农家，能为大山里的群众带来美好生活，是姜仕坤始终不渝的追求。严重的痛风让姜仕坤苦不堪言，但任职晴隆、带领十几万贫困群众脱贫致富，姜仕坤深知自己肩头的那副担子有多沉、那份责任有多重，他将自己的身体拼到了极限。

长流乡地处偏僻，山路崎岖颠簸，不少干部形容这是“来了就不想回去，回去就不想再来”的地方。姜仕坤为了长流乡的发展，多次到当地调研指导，他带领县里的科局长们在长流乡开会到深夜，确定了发展方向；他忍着痛风一瘸一拐地爬到山上，查看经济林木的种植情况；他走村入户与群众拉家常问生计，把群众反映的每一个困难都记在心里。

工作之余，姜仕坤总会挤出时间看书学习，他知道要致富得先富头脑。姜仕坤的宿舍里，一张小方桌上摆满了治疗痛风的药品和各种书籍：《习近平谈治国理政》《羊生产学》《重启史迪威公路的多视角分析》《大转型》……办公室的书柜里也满是各种书籍。“姜书记很爱看书，还经常给别人推荐好书，他总说在这个岗位上要有和这个岗位相匹配的能力。”姜仕坤的同事们对此印象深刻。

就这样，通过努力钻研学习，姜仕坤不断开阔视野拓展思路。从没搞过旅游的他，愣是把旅游业打造成了晴隆的亮丽名片，被认为是“开天辟地的创举”；并不懂羊的他，成了养羊专家，推动晴隆养羊产业的快速升级，被群众亲切地称为“羊书记”。

为了群众的利益，为了晴隆的发展，姜仕坤可以毫不顾及个人前途乃至人身安危。当地干部忘不了这样一幕：

隶属贵州的晴隆锑矿在 2009 年改革中全权委托给一家公司托管经营，但这家公司非法转包，导致非法开采严重。2011 年，时任县长的姜仕坤为响应省委号召，提出晴隆锑矿现在的管理方式既不利于资源开发，也不利于安全稳定，要想办法争取划转管理权。因触碰利益群体的"奶酪"，姜仕坤遭到诽谤甚至人身威胁，但只要对群众有益，对晴隆有益，姜仕坤一步不退，最终，他成功地为晴隆争取到锑矿管辖权。

"姜书记平时脾气很随和，但他内心充满正义感，关键时刻敢于担当，敢于跟利益群体叫板。"晴隆县副县长封汪鑫说。

心中有尺子

"他建议提拔重用的人选都很公道正派，现都在各自岗位上发挥着重要作用"

"干部干部，就是要先干一步，干部只有干事，人生才有价值。现在有的干部懒、散、慢、浮、拖，这就错过了干事创业的最好时机。如果再过十年二十年快退休了，想干事都没有机会了！"在一次全县组织工作会议上，姜仕坤一脸严肃，言语恳切。

晴隆的干部都说：姜仕坤心里有一把尺子，那就是作为党员干部的戒尺，他用这把尺子衡量自己，也用来衡量干部队伍。

此前，因受"黄金案"影响，晴隆的一些干部不在状态。为此，姜仕坤带领干部一起干，事无巨细干事创业，身先士卒作出表率。"看到书记都这么拼，我们哪还好意思懒散？"姜仕坤的身体力行感化了干部，也带动了干部。

为了提高偏远山区乡镇干部的积极性，只要有成绩，姜仕坤就在大会上提出表扬，为的是提气聚力，激励他们更加努力。同时，姜仕坤也注重对优秀乡镇干部的提拔任用，让偏远落后地区的干部看到希望。有干部坦言：“姜书记的做法让我们感觉自己很受重视；以前搞脱贫攻坚感觉自己是观众，现在感觉自己也上舞台了，大家更加务实肯干了。”

黔西南布依族苗族自治州委常委、兴义市委书记许风伦，回忆起与姜仕坤搭班子的时光由衷感叹：“在干部问题上，仕坤看人很准。他建议提拔重用的人选都很公道正派，现都在各自岗位上发挥着重要作用。”

在姜仕坤看来，抓干部队伍建设，拧紧“总开关”至关重要。一次，县委办公室副主任贺伯果跟随姜仕坤出差时抽空逛书店。“我当时打算买本娱乐书籍，姜书记看到，脸就沉下来了。”贺伯果回忆：“他说年轻人看这样的书就把心思搞歪了，多看看历史经济理论的书，多积累正能量。”

为了加强干部的思想建设，只要有时间，姜仕坤都会出席县委党校的干部培训班开班仪式，给干部加油鼓劲。为了让偏远深山的干部能够提升能力素质，姜仕坤两次要求组织干部到高校学习。

在关爱干部成长的同时，姜仕坤也没有放松对干部的严管。在2015 年度的两次考评中，长流乡连续排名末位，姜仕坤不因长流乡党委书记李秀松从县委办下到乡镇就偏袒，不因长流乡条件艰苦、工作基础差就护短，按照规定将李秀松纳入召回管理名单，并责令其在全县干部大会上表态。在姜仕坤看来，作为乡镇党委书记，李秀松必须承担起第一责任人的责任。

扛紧发展的担子，党风廉政建设的主体责任亦不放松。任职县委书记期间，姜仕坤常带领组织和纪检部门干部到乡镇、单位调研干部队伍建设和党风廉政建设情况；先后查处了卫生系统虚套农合资金系列窝案，光照镇社保所原负责人挪用、贪污社保基金案等案件，这些“硬招”给晴隆带来了缕缕清风。

姜仕坤说：“我是农民的儿子，做事要对得起人民，对得起良心；我们的干部也要这样。”他是这样说的，也是这样做的。而在干部群众看来，姜仕坤一身正气，这正气不只濯清自我，更濯清干部，涵养着晴隆的政治生态。

（原文载于《人民日报》2016 年 10 月 10 日 1 版、6 版）

感念贴心引路人

——追记贵州晴隆县委书记姜仕坤（中）

本报记者　赵　兵

9万公里有多长？可以绕地球两圈，这只是姜仕坤一年里走过的路；生命的最后7天，可以用来做什么？姜仕坤选择全部用来奉献给晴隆的脱贫攻坚。百姓为大，姜仕坤永远把群众的利益擎过头顶，任凭脚下荆棘遍布，艰难险阻，他也一往无前，无怨无悔。

“他一天到晚不是下乡就是开会，太累太拼了……”

在晴隆的这些日子里，姜仕坤的车平均每天行程200公里，下乡调研，外出开会，跑资金跑项目……“姜书记的病是累出来的，我今年 35，比他小 11 岁，都觉得非常辛苦，他怎么撑得住呢？”司机小朱心痛地说。

追寻生前最后几天的足迹，身体已经发出预警的姜仕坤仍像往常一样拼命：

4 月 6 日上午，在兴义参加全州易地扶贫搬迁专题会；下午，在晴隆召集人员研究易地扶贫搬迁。

4 月 7 日，参加今年全省第一次项目观摩会，随后连夜赶回晴隆，部署晴隆观摩点筹备工作。

4 月 8 日，在晴隆观摩点向省观摩组汇报工作；下午 2 点，随团在贞丰观摩；晚上 9 点，在贞丰连夜研究部署晴隆县易地扶贫搬迁相关事宜。

4 月 9 日，赴贵阳参加今年全省第一次项目观摩会总结会；当晚，在贵阳听取王志纲工作室关于晴隆县全域旅游发展规划的策划。

4 月 10 日上午，在兴义参加全州易地扶贫搬迁动员大会。下午，出差广州，40 余小时后，突然倒下……

多年的夜以继日，宵衣旰食，让姜仕坤的身体负荷达到了极限，可为了群众，为了发展，他不曾有一刻松懈。

和很多交流干部一样，姜仕坤的宿舍在县武装部院内。步入这栋 4 层小楼的 301 宿舍，沙发上放着各种书籍，书桌上堆着资料和工作笔记，冰箱里还存放着熬好的中药。县里不少干部都在这里和姜仕坤一道研究过县里的工作，房间里的灯经常亮至深夜……

“今年 1 月，我们开始研究制定精准扶贫的方案和行动计划。”晴隆县副县长赵仁亮回忆，那段时间以来，姜仕坤带着相关人员白天下乡入户调研，晚上开会讨论研究，经常到深夜 12 点，甚至凌晨一两点钟。

住在楼下的县人武部政委崔战朋在姜仕坤去世后，一向无梦到天亮的他，辗转反侧无法入眠，“以前每天凌晨1点左右，总能听到姜书记准备睡觉洗漱的声音；如今这声音没了，反而睡不着了。”

“他实在是太累了。”崔战朋记得，今年3月县两会结束的时候，姜仕坤对他说：“春节值班到现在，辛苦了，休假回家看看家人吧！”他知道，姜仕坤同样是在春节之后就再也没回过家。

在党建办一楼西侧的小房间里，一张小圆桌，六把小椅子，两张旧沙发，这就是姜仕坤和县领导干部平日里吃饭的“小食堂”。食堂烧饭的杜大姐回忆，姜仕坤吃饭没准点，中午一两点，晚上八九点，就算周末也是这样。“书记吃饭简单的很，煮个面条，吃个蛋炒饭，我们问他想吃什么，他总说随便，都行。”

看着姜仕坤的这股子拼劲儿，妻子王作艳看在眼里，急在心里。“因为工作，我们分居异地。我晚上12点打电话过去，经常收到的是他‘还在开会’的短信。早上又想让他多睡会儿，不敢打电话。本来高速公路通车了，我可以周末来看他，但来了也白来，他一天到晚不是下乡就是开会，太累太拼了……”王作艳抽泣着，再也说不下去。

“只要你勤快，愿意做，钱我可以帮你协调，你列出需要的设备清单……”

姜仕坤平时不喜欢坐办公室，基本都在基层跑着，因为这样离群众最近，最能看清楚贫困群众“贫”在哪、“困”在哪，知道群众最想要啥。这也是姜仕坤落实党中央精准扶贫的精神，针对贫困户的实际情况帮扶，让他们能够自力更生。

“直到现在都不敢相信，姜书记好好的一个人，怎么突然就没了！”肖长青是姜仕坤生前结对帮扶的贫困户，听到这个消息时，半天没有缓过神来，眼泪吧嗒吧嗒地流下来。

家住大田乡大田村的肖长青生活异常贫困，妻子忍受不了贫穷，丢下两个孩子离家出走。2015 年 7 月，姜仕坤走访贫困户，望着家徒四壁的肖长青问道：“你有什么手艺吗？”肖长青回答：“我会电焊，但没钱买设备。”

“只要你勤快，愿意做，钱我可以帮你协调，你列出需要的设备清单，回县城就给你买来，再帮你到路边租间门面。”答应群众的事情一定办到，姜仕坤随后协调资金为肖长青购置电焊设备，并在大田街上租下门面，帮他开起了电焊铺。如今，肖长青的日子一天天好起来了，每月有三四千元的收入。妻子也回来了，孩子又有妈妈了，一家人其乐融融。

脱贫攻坚，党员干部要带头；群众是主角，更要发挥主动性。姜仕坤在调研中发现，虽然种草养羊是晴隆县比较成熟的富民产业，但这一产业的覆盖面并不宽，局限在于扶持了一批养羊大户，普通群众则与大户签订养殖协议，并不拥有完全产权；另外，晴隆县一直以养殖黑山羊为主，但国内羊肉市场销售上则是绵羊为主。

抓住关键，产业升级就势在必行。姜仕坤将产业的根基放在农户身上，鼓励农户独立散养；同时，引进国外羊种，进行繁殖优化。养殖规模扩大了，农户的羊销售不出去怎么办？有些农户为了养殖贷款几万元，姜仕坤心里着急，又开始琢磨着推动羊肉加工企业的创建。于是，海权肉业应运而生。2013 年在沙子镇建成投产的海权肉业，如今已成为省内最大的羊肉加工企业。

通过完善饲料加工、草业发展、羊肉深加工等产业链，推动养羊产业向二、三产业的工业化发展模式升级，“晴隆羊”打开了惯食绵羊的北方市场，推动了“南羊北进”。就这样，晴隆山里群众的钱袋子鼓起来了，种草养羊覆盖全县 14 个乡镇 2 万户，养羊户创收总额超 4 亿元。

“一想起姜书记对我们的好，我就心痛，就忍不住哭……”

群众在姜仕坤的心里分量很重很重，在群众心里，姜仕坤的位置很高很高。姜仕坤遗体告别那天，94 岁的离休干部赵善平从晴隆赶到了兴义，老人家只是重复着一句话，“仕坤这么好的同志，怎么也要送一程啊”！

其实，姜仕坤平时并不太爱说话，是个做事低调的人，可跟群众在一起时，他的话匣子就打开了。在路上碰到乡亲，不管认识与否，姜仕坤总要停下和他们拉拉家常，“农村路远，很多时候，父亲都会让他们上车，捎上一段。”女儿田姗灵说，“大家都愿意跟他掏心窝子说话。”

“姜书记真是个好领导，他生前对我那么多指导和关心，现在他走了，我都不知道做什么才能对得起他……”说着说着，大田乡董箐村种草养羊带头人李安珍仰面看天，努力控制着眼圈里打转的泪水。

为带领村民脱贫，李安珍受过不少委屈，几度想举家搬到县城。

为了发展当地的种草养羊产业，带动更多村民致富，姜仕坤几次来到这个偏僻的小山村，鼓励她坚守。“姜书记一点官架子都没有，看到圈里的羊，撸起袖子就去摸摸看长得怎么样。为了劝我留下来，他苦口婆心地给我讲道理，给我算经济账，帮我解决羊子的销售问题。”姜仕坤去世后，李安珍下定了决心：“只要董箐村还有老百姓没有脱贫，我就不会走出这个山旮旯！”

顺着蜿蜒曲折的盘山路行进，两个多小时后，我们来到了贫困户陶金翠家。“一想起姜书记对我们的好，我就心痛，就忍不住哭……”还未说几句，陶金翠已忍不住悲伤掩面痛哭起来，站在一旁头发花白的婆婆也泪眼婆娑。

姜仕坤从去年 5 月以来先后 3 次来到陶金翠家，为她家协调资金购买耕牛，并自掏腰包为其买了一头带崽的母猪，让陶金翠一家看到了脱贫的希望。

在肥姑食品有限责任公司总经理王世莉的手机中保存着一张永远定格的照片，那是 4 月 7 日晚上，姜仕坤召集几个企业负责人开会探讨企业的发展情况。

姜书记曾跟王世莉交心，县委、县政府不是扶持王世莉一个人，是扶持企业背后的老百姓，只有企业做大做强，才能带动百姓致富。遇到生产上的困难可以直接给他打电话。“姜书记给了我莫大的支持和帮助，遇到困难我经常去找他，他都帮忙解决。”王世莉哽咽着说，“我从心底里感念这样一位贴心的好书记，我见证了他从青丝变白发的过程。我们姜书记是累死的……”

把群众当亲人，群众才会把你当亲人。在姜仕坤的心里，民心比天大，民意比山高，民情比海深，秉持着这样的为民情怀，怎愁踏不破这贫困的围栏？怎能不凝聚众人之力谋发展？如今，晴隆百姓的日子蒸蒸日上，但谁也不会忘却曾经的引路人——那个为群众拼尽了最后一口气的好书记姜仕坤！

（原文载于《人民日报》2016年10月11日6版）

大爱柔情动天地

——追记贵州晴隆县委书记姜仕坤（下）

本报记者　赵　兵

勤恳，朴实，随和，没架子……这是姜仕坤在旁人眼里的样子，其实他还是一位好父亲、一位好儿子、一位好丈夫。他为人清廉，如江水一般清澈；他性格坚毅，如大山一般沉稳；他心中有爱，亦如阳光一般温暖。

“晴隆很穷，用钱的地方很多，不节省不行。我是书记，就是表率”

高高的个子，略微驼背，一年就两套衣服，天热总是白色短袖衬衣，冷时就多穿一件夹克，背着一个发黄的帆布包，脚踏一双早已褪色泛白的运动鞋，这就是姜仕坤——一位县委书记平日的样子。

姜仕坤的“抠”也是出了名。驾驶员小朱对姜仕坤的节俭最熟悉不过，有时去外地出差，小朱实在累了，想跟姜仕坤一起吃点好的。姜仕坤笑着说，“咱们还是搞碗粉算了，省事省时间，还得赶回去开会”。

从农民的儿子成长为县委书记，姜仕坤始终不忘本，对公家的钱更是能省一分是一分。有一回，姜仕坤到贵阳出差，从省政府出来，附近有180元一晚的宾馆，姜仕坤摇摇头，绕到城南找了个100元的招待所住了一晚。姜仕坤曾说：“晴隆很穷，用钱的地方很多，不节省不行。我是书记，就是表率！”

这种表率，是作风清正的表率，是廉洁奉公的表率。直到去世之前，姜仕坤一家刚把车贷还清，而房贷还款还在继续。他常对干部说，“你为老百姓做事，不仅要把事做好，还要自己干净”。

姜仕坤任职晴隆的6年间，在隔壁兴义市工作的弟弟姜仕学只因公来过晴隆两次；并非不想来看哥哥，说到此，姜仕学眼泪止不住地顺着脸颊往下流：“其实我们兄弟心照不宣，是他给我提过醒，不能因为他当县长了，我去利用他的权力办事。”

在很多人眼里，姜仕坤是严以律己、严以用权、严以修身的典范，他骨子里始终散发着一股清正之气，时刻感染着身边人，正己亦正人。

“我们承认落后，但不能甘于落后”

外表平和的姜仕坤，内心里坚毅执着，认准了的事情，迎难而上，从不屈服。

当姜仕坤提出晴隆县要发展旅游业时，很多人认为是天方夜谭，“这里都是穷山沟沟，哪有搞旅游的资源”？然而，晴隆的旅游业就是在一张白纸上画图，画出了令人向往的美丽画卷。“我们承认落后，但不能甘于落后。”姜仕坤常这样说。

为了筹措拍摄电视剧《二十四道拐》的资金，他四处去招商引资；为了充分利用好历史资源，他与当地干部一起做规划；为了让景区建设顺利推进，他瘸着腿跟干部一起爬到山上协调推进工程进度。

去年“十一”期间，当姜仕坤来到二十四道拐现场，看到私家车将路都占满了，他激动地对分管旅游的副县长付明勇说：“明勇啊，这就是我们以后的希望，以后带领老百姓脱贫致富的一条路，我们要继续把这件事做好！”

脱贫攻坚，横亘在姜仕坤面前的，不只是晴隆现实的困境，也有身体上的病痛。然而，他始终如一地拼着、扛着。有时痛风发作，姜仕坤整宿睡不着觉。一次，姜仕坤在北京参加项目申报，半夜痛风发作，因不忍夜里睡不着浪费时间，知道晴隆海权肉业的负责人也在北京，就打电话把他请到宾馆，聊起养羊，一聊又是一个整夜。

多年的拼命工作使姜仕坤积劳成疾。“到后来，姜书记的眼睛都没神了，疲劳到极限。有一次开会，因为心脏供血不足，他在现场捶胸口，但坚持开会。现在想起来，我们感觉很自责，书记都病成这样，还……”姜仕坤的同事说到这儿哽咽起来。

4月10日中午，姜仕坤回到家里吃饭，捂着胸口就是咽不下去，一小碗饭吃了两个多小时。看着丈夫强忍痛苦的表情，心急如焚的王作艳一个劲儿劝他去检查身体。但他还是硬挺着，吃完饭就去了州政府。下午4点多赶去机场，前往广州出差。王作艳没想到，这一别，竟成永恒，两天后，等来一个天大的噩耗……

“父亲每晚这个时候都会打来一个电话，或长或短，从不间断”

虽因工作忙碌，姜仕坤在家的时间不多，但他总能给家里带来温暖。

在女儿田姗灵的记忆里，父亲每年都会带着一家人回册亨老家。“他对农村、农民充满感情，”她说，“每次一到爷爷奶奶家，父亲挽起裤脚就下地帮忙干活。”

从农村走出来的姜仕坤，直到县委书记任上，父母一直住在老家册亨乡下的老瓦房里，煮饭用的还是土煤火。姜仕坤工作忙碌，但他始终牵挂着父母，想办法尽孝。

有一次，姜仕坤问母亲：最大的愿望是什么？母亲开玩笑说没坐过飞机，想坐一次试试。为了圆母亲的心愿，姜仕坤带着老母亲从兴义坐大巴车去贵阳，可在路上，母亲晕车厉害，不停地呕吐，姜仕坤心里十分自责；自家买了车后，每次母亲坐车，姜仕坤都会先把座位调到母亲舒适的状态，风再大，也会开一点窗户。

铁汉亦有柔情。姜仕坤很“恋家”，总说家里的饭菜最香，即使是剩饭，吃起来也津津有味。王作艳说，丈夫无论再忙再累，都是一个人默默承担，但只要有时间就尽量陪伴家人。

2011 年，王作艳因阑尾炎住院，时任安龙县副县长的姜仕坤因为工作忙，只能中午来病房陪伴妻子，累了就躺在行军床上休息一会，连旁边的人都忍不住说："听说你是县长，我看你太累了。"

最让姜仕坤放心不下的，是女儿田姗灵。田姗灵收拾父亲遗物的那天晚上，姜仕坤的手机突然响了起来——闹钟，22:50。这是她中学时代下晚自习回到寝室的时间！初中开始，田姗灵便寄宿学校，"父亲每晚这个时候都会打来一个电话，或长或短，从不间断，至今已 6 年"。

在女儿心里，自己有一个很令人骄傲的父亲。"爸爸虽然很忙，但总尽量抽时间陪我。他常劝我多读书，要树立正确的人生观，还经常推荐好书给我读。"田姗灵说到这时泪如雨下……

（原文载于《人民日报》2016 年 10 月 12 日 6 版）

山水草木见真情

——追记贵州晴隆县委书记姜仕坤写作心得

赵　兵

2016年4月，年仅46岁的贵州省晴隆县委书记姜仕坤因公殉职，永远离开了他为之奉献的晴隆县、为之服务的晴隆百姓，当地干部群众扼腕叹息，痛惜不已。就在这样的背景下，我随采访团来到了贵州黔西南州的大山深处，探寻姜仕坤的感人事迹，力求能用有限的文字展现一位全国优秀共产党员的奋斗篇章。

2016年10月10日起，我所写作的姜仕坤典型事迹“1+3”共4篇，连续三天在人民日报刊发，包括《这个“羊书记”大山舍不得》《感念贴心引路人——追记贵州晴隆县委书记姜仕坤》《大爱柔情动天地——追记贵州晴隆县委书记姜仕坤》。

文章刊发后，社会反响良好，不少姜仕坤的亲朋好友都表示深受感动，仿佛跟着记者的笔如过电影般重新体会了一遍姜仕坤为百姓谋福利的日日夜夜。

时隔两年多，现在回想起来，当时采访和写作的许多场景仍历历在目，思绪仿佛一下子又飞回到贵州的巍巍大山中，跟随着姜仕坤那瘦高的背影，一脚深一脚浅地走在泥泞坎坷的山路间，去访贫问苦，去温暖民心。

人物写作，一是立意，一是框架，这两点必须在采访之前就做到心中有数，如此才能在收集素材时有的放矢。

在立意方面，姜仕坤不仅是一位优秀的共产党员，也是一位优秀的县委书记，他的为民情怀、他的无私奉献、他的清正廉洁、他的担当作为，都与其职务密切相关，要用一位优秀县委书记的标尺来衡量姜仕坤的事迹，他不是平凡中的伟大，他带领几十万群众与贫困作斗争的事迹本身就不平凡，就很伟大，因而立意要比普通党员更高一些。

在框架上，三篇稿件的划分与以往不同，以往多为上下篇，即上篇写工作，下篇写为人。经过反复思考，我决定上篇写工作中作为领导同事的姜仕坤（血汗洒在山水间），中下两篇都写为人，其不同在于，中篇写干部群众眼中作为带头人的姜仕坤为人（感念贴心引路人），下篇写亲人眼中为人父为人夫的姜仕坤（大爱柔情动天地）。

在确定这两点之后，就是确定该以怎样的文风来写作人物。

在去往晴隆县的路上，道路蜿蜒曲折，大山的巍峨磅礴之势在令人敬畏的同时，也让人为工作和生活在这里的干部群众捏一把汗——脱贫谈何容易。想到这里，我心中已有一个模糊影像，姜仕坤的精神与这里的大山大川是分不开的。

所以，在后面的写作中，我注重对姜仕坤工作生活环境的描写，把山水融进了姜仕坤的精神中，如在写他的为人时："他为人清廉，如江水一般清澈；他性格坚毅，如大山一般沉稳；他心中有爱，亦如阳光一般温暖。"在写对他的惋惜时："巍巍大山，气势磅礴，皇竹草随风摇曳似低语思念；北盘江水，奔腾向前，惊涛拍岸回响如声声吟唱；二十四道拐，蜿蜒曲折，曾铭记多少英雄，如今又记住了一位英年早逝的党员领导干部……"如此，山水草木皆有情，姜仕坤的精神以及与当地干部群众的鱼水情深就跃然纸上了。

站在山巅俯瞰位于晴隆县的“二十四道拐”，我感到，这条书写过“抗战生命线”辉煌的“历史弯道”，是唤起太平洋两岸“二战”记忆和中华民族抗战记忆的“活化石”，也是姜仕坤带领晴隆人民实现脱贫梦想的起点。我也将这作为展现姜仕坤精神的起点，在我看来作为县委书记，能够带领群众脱贫发展，造福一方，这应该是其最大的功绩。所以，在《血汗洒在山水间》中就以姜仕坤如何利用“二十四道拐”打造旅游业的故事为开端，写他如何发展有路子。

同样，在描写姜仕坤的不辞劳苦，勤恳为民时，我也注重用环境的艰难来衬托其精神的高尚。不少贫困户住在深山里，我们循着姜仕坤的足迹前往采访时，经常是在悬崖峭壁之下狭窄的盘山路上开车几个小时，如此艰辛的旅程，有着严重痛风的姜仕坤则不知走了多少回。所以，在写作中，我注重以艰险的环境来写出姜仕坤的“拼命”，如“9万公里有多长？可以绕地球两圈，这只是姜仕坤一年里走过的路；生命的最后7天，可以用来做什么？姜仕坤选择全部用来奉献给晴隆的脱贫攻坚。百姓为大，姜仕坤永远把群众的利益擎过头顶，任凭脚下荆棘遍布，艰难险阻，他也一往无前，无怨无悔”。

当然，只有环境的融入和描写并不能完全展现人物的精神事迹，还必须有大量的人物故事才行。为此，我在文章中引用了大量姜仕坤生前所帮助和接触过的人的话语，每人三言两语给出了自己眼中姜仕坤的形象，凑在一起，也就成为读者心中一张完整的画像。

对姜仕坤事迹的采访写作，是我作为记者的一次职业历练，也是作为一名共产党员的灵魂洗礼。我虽未曾见过生前的姜仕坤，可他的形象却在我脑海中如此清晰：高个子，背微驼，一只泛黄的帆布包，一双褪色的运动鞋，心里装着百姓，脚下沾着泥土，行走在晴隆县的大山间……这就是我们的优秀共产党员，这就是如焦裕禄般令人敬佩的县委书记，他的形象将永远烙在我心间，他的精神将永远激励着我。

赵兵

简介

赵兵，男，汉族，1988年2月出生，山东东营人。2010年1月加入中国共产党，2013年进入人民日报社，现为人民日报社政治文化部党建采访室记者。作品获第28届中国新闻奖、多篇作品获人民日报社精品奖等。

张劼

/简介

张劼（1980.3-）男，汉族，安徽蚌埠人，中共党员。曾任蚌埠市公安局特警支队一大队二中队中队长，现为安徽省蚌埠市公安局特警支队一大队教导员。

2016年“1·05”危害公共安全重大警情处置中，他不顾生命危险，第一个冲入房间，在他与战友们对吕某某进一步实施控制过程中，部分泄漏的汽油和液化气爆燃，张劼与紧随其后的队友被爆燃气浪冲倒烧伤，伤情达深二度。

2017年5月，荣获第21届“中国青年五四奖章”。

2017年9月24日，中央宣传部授予张劼“时代楷模”荣誉称号。

人民日报 2017年9月22日 星期五 9 要闻

他破门而入制服歹徒，保护了整栋楼的居民，自己却被深度烧伤

43秒，穿越生死的抉择

——记安徽蚌埠市公安局特警支队一大队教导员张劼（上）

千钧一发间，他牢牢扣紧犯罪嫌疑人的手

一个人的壮举感动了一座城

关键时刻第一个上，用生命做出无悔承诺

我国确定今年农村集体产权制度改革试点单位

第十五届中国国际农产品交易会开幕

二、坚决防范地方和部门不当干预

三、大力推进部分环境监测协作

要闻 8 2017年9月23日 星期六 人民日报

唱出生命的倔强

——记安徽蚌埠市公安局特警支队一大队教导员张劼（下）

只在梦里才喊疼

一对父子，两代英雄

被火烧过才能出现凤凰

王晨强调
积极推动网络安全法贯彻实施

曹建明强调
全面推进最高检机关办案责任制

胡占凡当选电视艺术家协会主席

名医高峰论坛在京举行

天津滨海国际文化创意展交会开幕

走向生态文明 建设美丽中国

大力弘扬牢记使命、艰苦创业、绿色发展的塞罕坝精神，为培育和践行社会主义核心价值观注入新能量。

中宣部宣教局
河北省委宣传部 制

他破门而入制服歹徒，保护了整栋楼的居民，自己却被深度烧伤

43 秒，穿越生死的抉择

——记安徽蚌埠市公安局特警支队一大队教导员张劼（上）

本报记者　张　璁

2016 年 1 月 12 日，安徽蚌埠下起了大雪，气温骤降，格外寒冷。早上 8 点半，蚌埠市第三人民医院外挤满了人。这一天，一位名叫张劼的重伤特警将被紧急转往上海瑞金医院，闻讯而来的大量机关干部、中小学生、社区居民等都揪着一颗心目送着他。有人扶着担架说“坚持住，好好活下去”，有人悄悄将一束鲜花放在了他的身边。张劼的全体战友们列成两排，长长的队伍从抢救室门口一直站到救护车前，当他经过时每个人都向他行一个标准的敬礼。

张劼身上曾经发生过什么故事？为什么一个人能够感动一座城

市？让我们把时间拨回一周前那个惊心动魄的夜晚。

关键时刻第一个上，用生命做出无悔承诺

2016 年 1 月 5 日的晚饭时间，已经下班的张劼突然听到了自己手机的响声——可奇怪的是电话只响了一声就挂了。一见是队里打来的电话，多年的职业敏感让张劼下意识感到一定是出事了。

果不其然，当他回拨过去，得知该市光彩小区一栋 6 层的居民楼上，有人在家中堆放了大量的液化气罐与汽油桶，扬言要引爆整座居民楼。警情重大，周边数万居民安全受到严重威胁，张劼想也没想就立即放下碗筷，主动请缨赶往特警支队出警。

据现场负责先期侦察的特警李龙回忆，当时这栋楼上 402 室的户主吕某某情绪激动，在房内歇斯底里地大喊大叫，身边的液化气罐和汽油桶随时都有被其点燃的危险。在嫌疑人吕某某的亲友等劝解无效、警方与其谈判陷入僵局的情况下，现场指挥部当机立断决定成立特警突击攻坚小组，挑选了包括张劼在内的 5 名特警精兵，承担突击攻坚任务。

当时，吕某某所在的 402 室门窗紧闭，所有能够出入的门窗上每隔 10 厘米就钉着一块钢板，能够掌握到的屋内具体情况非常有限。谁第一个进去，谁肩负的责任就最大、面临的风险也最大。5 人小组分工时，原定是张劼的“徒弟”石磊先上，可这时张劼却拦下了他。

蚌埠市特警支队支队长孙虎告诉记者，常常身处险境的特警多年来留下了这样的传统：危急关头，带“长”的先上，党员先上，

结了婚的先上。

“你 5 月要结婚，还是我第一个上，啥都别说了，就这么定了！”已经拥有了一个美满的家庭、当时身为特警支队一大队二中队队长的张劼没有丝毫犹豫。事后，张劼也说，他从来没有后悔过这个决定，除了特警的传统，毕竟他的处置经验更丰富，只有他上才更有把握。

这是一个用生命做出的承诺，浇铸着一个英雄群体生死患难的情谊和临危受命不惧牺牲的担当。

千钧一发间，他牢牢扣紧犯罪嫌疑人的手

401 室和 402 室只有一墙之隔，特警队员秘密翻窗进入了吕某某房屋的阳台。晚 8 时许，吕某某的情绪突然失控，大叫着：“我要把楼炸了，我们一起死！”

也正在此时，特警队员们突然闻到了一股浓浓的液化气味道。不好！吕某某已经动手了，情况如此危急，已经不能再等了！现场指挥部果断下达了强攻命令。

“咚！咚！”破门锤狠狠地砸向阳台门，却发现里面因钢板封得死死的，只砸出了一个小洞，只能勉强进一个人。此时，嫌疑人吕某某也发现了正突击到阳台的特警队员，情绪更加激动，一边大喊“你们进来，我要把你们都炸死”，一边打开两个液化气罐向外放气。

张劼马上伸手进洞猛地掰开了一块钢板，然后纵身钻了进去、冲入屋内。

“警察，别动！”此时张劼能够清楚地看到犯罪嫌疑人手上拿着引燃物。

嫌疑人吕某某看到张劼突然愣了一下，正是这争取到的 1 到 2 秒钟时间，张劼飞身上前将其双手扣死、抱腰摔到屋内远离液化气罐、汽油桶的一角，死死压在了身下。

就在这一刹那，室内飘散的天然气与挥发出的汽油突然达到了爆燃的临界点——“轰！”一股强大而灼热的火浪瞬间卷过张劼和嫌疑人吕某某的身体，将几名刚刚突入屋内的特警也掀翻在地。

火光一片，浓烟四起。身后配合的消防队员很快压制住燃烧点，几名突入的特警队员也清醒了过来，互相呼喊寻找，却唯独少了张劼。谁也不能丢！返身回去，终于在房间靠近墙角的地方，听到了张劼微弱的声音。而队员们发现张劼压在嫌疑人的身上，手还牢牢地扣紧他的手。

从开始破门，到处置完成，整个过程只有 43 秒。而 43 秒过后的张劼，全身 30% 的面积已经有深二度烧伤。战友们发现他时，他的脸上已经烧得面目全非……

事后，警方从屋里清理出 10 只液化气罐、2 个汽油桶，其中 5 个气罐的阀门已被拧开，1 个汽油桶的盖子被打开。有关部门事后估算，如果这些易爆物被全部引爆，其威力相当于 800 颗手雷。这意味着，行动如果再迟两秒钟，后果不堪设想。

一个人的壮举感动了一座城

楼下救护车刺耳的鸣笛穿透了冬日的夜幕，张劼被战友们抬出现场时，所有人都惊呆了：全身炭黑，一点肤色也看不到，烧焦的衣服黏附在身体上；面部已分不清哪是鼻子、哪是嘴巴……

剧痛一波波袭来，张劼的身体在剧烈地抖动着。张劼事后回忆，那时他只恍惚间听到现场围观的一位大妈动容地喊道：“多好的孩子，赶紧救救他！”

被紧急送到医院的张劼，因为呼吸道被烈焰灼伤并吸进了大量污染物，当晚他的气管就被切开，并经过6次手术，其间两次下达病危通知书。经过抢救，最终脱离了生命危险。

张劼的壮举感动了整座城市，大街小巷都在谈论着这位为了人民群众的生命财产安全奋不顾身、舍生忘死的英雄。那几日，许多市民听闻张劼重伤的消息，都自发从四面八方赶到医院想看他一眼，医院的走廊被挤得水泄不通。当张劼的事迹被人写下传到网上，这个年轻特警绽放的精神力量，让成千上万的网友为之动容、点赞，无数火热的留言跟帖都在为他祈福、向他致敬。

无论如何，让英雄活下来！这是那一刻人民群众最殷切的盼望。张劼的伤势极重，仅凭当地现有的治疗手段与技术并不够，于是决定将张劼立即转往上海，让英雄得到最好的救治。于是就有了开头的那一幕。

在事件过后的第三天，当张劼的生命体征平稳，从死亡线上挺了过来并清醒之后，面对在身边守着的父母，他用手写板艰难写下四个字：“只有我上！”张劼的故事，在全社会感动了越来越多的人。

（原文载于《人民日报》2017年9月22日9版）

唱出生命的倔强

——记安徽蚌埠市公安局特警支队一大队教导员张劼（下）

本报记者　张　璁

“这么久没锻炼，腹肌都没了，努力把腹肌再捡回来。”这条去年11月22日的微博，刷爆了网络。

看似再平常不过的微博，为什么能引起这么多人的关注？原来，它发自一个名为“特警张劼”的微博账号，而博主本人正是10个月前在安徽蚌埠“1·05”危害公共安全重大警情处置中，那个因不顾生命危险保住一整栋楼、自己却被爆燃的火浪重度烧伤的特警张劼。

在微博里，他第一次附上了两张自己当时的自拍。尽管照片里的容貌已经面目全非，但人们还是认出了他：那个曾经感动了整座城市的英雄张劼回来了！这条微博迅速成为热门，到今天转发量已超过1万，评论数超过4万，更有21万多人为他点赞。

越来越多的人开始关注他。他经历了什么？他现在又怎么样了？越了解张劼的人，越能体味到“英雄”两个字沉甸甸的分量。

只在梦里才喊疼

一起执行突击的特警李龙回忆说，那晚当张劼被从“1·05”事件现场抬出来时，浑身剧烈颤抖的他却还在强撑着问战友：“你们都没受伤吧？”在场即使再坚强的人，那一刻也没有不落泪的——要知道当时张劼的气管已经严重灼伤，全身烧伤面积达到30%！

几天后，当战友们再次见到张劼时，看到的是他气管被切开、浑身炭黑、血肉模糊的样子，而且还全身插着管子，咧开不成形状的嘴只是想拼命多吸进一些新鲜空气……

从安徽蚌埠到上海，从瑞金医院到武警医院，再转至上海九院，张劼先后经历14次大手术、40余次植皮。每一次植皮换肤，都是脱胎换骨的磨难，都是撕心裂肺的煎熬。有时候手术是不能用麻醉的，医生心疼张劼，就说：“你喊出来吧，也许可以减轻点疼痛。”但是张劼咬咬牙都忍住了。每一次手术下来，被褥都要换一次，因为被血水浸透了好几层。

“从来没听他喊过疼，只有等到睡着了才能听到他的呻吟。”张劼身边的人回忆说。

在那段时间里，虽然伤口在渐渐愈合，但许多常人的自理能力，对于他来说却是一种奢望。吃饭就是其中之一——有时候吃了几口，血水就从口中溢出；连睡觉也成了问题——由于要矫正口形，他睡觉的时候口中含着扩张器，因为伤口没能回位，睡觉不能闭眼。特别是天气一有变化，张劼的身体就瘙痒难忍。这些病痛的折磨让往昔那个健硕强壮的小伙子体重一下子掉了 10 余斤。

但这些张劼都挺了过来，他说，那些时刻确实非常难熬，但一定要活下去。坚持一下、再坚持一下，就会离恢复更近一点，也就一步一步地走了过来。

一对父子，两代英雄

直到遇到张劼的父亲，才知道他之所以成为“硬汉”并非偶然。

张劼的父亲叫张留成，退休前也是一名警察，在上海铁路局蚌埠铁路公安处工作。2000 年 6 月 8 日中午，张留成在下班途中突然听到有人在大喊“救命”！他回头一看，只见两名男子正穷凶极恶地追砍一名十五六岁的女孩。

“住手！”张留成大喝一声，扔下自行车飞奔过去。他一边用身体挡在女孩身前护住她，一边赤手空拳与歹徒展开激烈的搏斗。然而丧心病狂的歹徒挥舞着手中的刀，如雨点般地砍过来，张留成因失血过多瘫倒在地。经抢救，张留成终于脱离了生命危险，但他的头部却留下了 6 处裂伤；左耳多处受伤，仅剩下一点点皮连着脸颊，刀伤裂口长达 13 厘米；颈部和胸部也有 13 厘米长的裂伤，全身上下一共缝了 103 针。

早在 1974 年，张留成在南京火车站执行任务时，也曾迎着砍刀与嫌疑人生死搏斗。如果不是皮带挡了数刀，他很可能当时就牺牲了。这位英雄的父亲，后来被安徽省公安厅荣记个人一等功，而他的故事也深深地印在张劼的成长之路上。

“以后要成为像我爸一样的警察！”张劼说，他从小在心里就埋下了这颗愿望的种子。张劼父亲内心也希望子承父业，不过张劼的母亲起初希望儿子能进入自己所在的供电系统，从事一份安稳的工作。

然而，母亲最终还是没能拗得过儿子，张劼高中毕业后报考了警校，并最终成了一名特警。父亲的言传身教，是张劼从警之路的起点，对此有人动情地评价道：“一对父子，两代英雄。”

被火烧过才能出现凤凰

许多记者在采访张劼时，都有一个问题很难问出口：“出院以后，你照过镜子吗？”

原本每个人都在担心这个问题会戳到张劼的伤心处，但是张劼本人的反应却大大出乎所有人的意料：“烧成这样，也不过就是走在大街上别人会多看两眼，有什么！”

张劼这话不光是嘴上说说，他的阳光、自信、坚强让每个接触过他的人，都能感受到强大的正能量。受伤后，张劼开通了微博，时不时就在网络上用自拍展示自己的恢复进度，毫不在意自己的面容；而且他还与网友们经常打趣互动，晒出自己锻炼的照片。

最让人觉得不可思议的是，作为一个刚刚从鬼门关上转了一圈回来的人，张劼为了尽快恢复体力，在病房里就开始做起了俯卧撑。一开始他一天要做 300 个，到现在竟然已经能够做到一天 700 个。

去年年末，在公安部的全国首期“公安楷模”表彰会结束后，张劼的女儿去车站接回家的爸爸。张劼紧紧搂着女儿。这么多年，他没有更多的时间陪伴孩子、接送孩子，很少带着孩子出去玩。

“孩子，爸爸想送给你一件最喜欢的礼物，说吧，你要什么？”女儿抬起头，张着闪亮的眼睛说：“爸爸，我什么都不想要，我只想要爸爸以前的样子！”

张劼知道，想完全恢复过去的容貌或许已不可能，但他的精神却正在脱胎换骨。张劼说，他最爱听的是五月天的《倔强》，歌词就像在唱他的故事一样：“你说被火烧过才能出现凤凰，逆风的方向更适合飞翔。”

（原文载于《人民日报》2017年9月23日8版）

平凡人的高光时刻

张　璁

2017年9月，我赴安徽省蚌埠市采访了一名“平民英雄”——特警张劼。

张劼是安徽蚌埠的一名普通特警，但是在2016年1月5日发生的一起危害公共安全重大警情中，身在处置一线的他不顾生命危险，第一个冲入房间，奋力将正在打开汽油桶和液化气罐的吕某某扑倒在地。但在他与战友们对吕某某进一步实施控制过程中，部分泄漏的汽油和液化气爆燃，张劼与紧随其后的队友被爆燃气浪冲倒烧伤，他自己当时浑身烧得焦黑，一度生命垂危。2017年9月24日，中央宣传部向全社会公开发布张劼的先进事迹，授予张劼“时代楷模”荣誉称号。

张劼的事迹感动了一座城。时代的进步，固然离不开英雄们的光彩夺目，但真正支撑起整个时代的，其实是更多默默无闻的“平民英雄”。这些英雄或许原本只是过着普普通通的生活，但在某个关键时点挺身而出，成就了人性的高光时刻。

抓住“普通人”与“英雄”这两重身份之间的张力，正是这样一篇典型人物报道既能浓墨重彩弘扬社会正气，又能娓娓道来感染读者的“草根气”关键。

第一，聚焦“高光时刻”，写透人性光辉最灿烂的一瞬。一个“平民英雄”的典型报道，最忌讳面面俱到，这一点在关于张劼的报道中体现得淋漓尽致。张劼的英雄事迹经历了多长的时间跨度？答案是：只有43秒。这固然给采访中的素材收集带来了一定限制，但也意味着这43秒高度浓缩着人物个性的精华。

因此，处理好了这个高光时刻，在典型人物的刻画上也就成功了一大半。在处理这样的“高光时刻”时，我着重注意了以下三个方面：首先，突出人物职业特点，让人物在当时情境下做出舍生忘死的抉择有了很高的可信度。为此，我特意留出了笔墨，在张劼与其战友的人物关系、张劼面对特警工作的尽责态度上加了几处闲笔。其次，尽一切可能挖掘43秒里发生的细节，无限逼近对当时现场的真实还原。火场里这穿越生死的43秒，故事本身就已经足够惊心动魄，写作者的任务就是尽可能通过对本人、身边亲历者的采访，向读者生动再现，任何画蛇添足的描绘在事迹本身的震撼面前都黯然失色。最后，用当时人们的反应，引发读者共鸣。面对典型人物的事迹，读者多少都会有所触动，通过对当时周围人们真实情感流露的描写，则能够让读者对自己的情感触动更为确信。

第二，追寻成长历程，发现人物行为的“种子”。由于张劼这个典型的特殊性，为了实现人物形象塑造上的饱满，在谋篇布局上就需要多下功夫。为此，整个报道分为上、下两个部分，上半部分重点突出“高光时刻”，下半部分则围绕这个生死抉择，探寻人物的心理与动机。这里需要特别注意的是，一个人的成长环境、教育经历等对某特定行为的影响，往往都是草蛇灰线，其间联系十分微妙，因此非常容易产生事后的牵强附会，或者带入写作者本身过多的主观倾向。为此，我在采访过程中，更多注重采用关于张劼这个人物当下行为的一手材料，通过其口述了解他爱做的事、喜欢的歌、难忘的人等，展现人物的丰富层次。如此一来，人物形象饱满的同时，对人物的判断就留给了读者自己。

第三，书写平民英雄，要注意避免无限拔高。许多典型人物宣传中存在一个通病，就是为了彰显人物的光辉而将其形象无限拔高，显然不合适。首先，典型宣传需要反映时代精神走向，越贴合受众的心理与阅读习惯才能取得越好的效果。因此，随着读者阅读口味不断提升，越具有草根气息反而更能赢得读者欢迎。其次，像张劼这样的平民英雄，在高光时刻之外往往也过着与普通人并无二致的生活，在强调新闻真实性的背景下，无限拔高的做法会使新闻可信度大打折扣，宣传效果也就会打折扣。

张璁简介

张璁，男，汉族，1989年1月出生，浙江温州人。2008年12月加入中国共产党，2014年进入人民日报社，现为人民日报社政治文化部政法采访室记者。多篇作品获人民日报社精品奖、中国人大新闻奖等奖项。被授予人民日报社优秀共青团员等荣誉称号。

陈清洲

简介

陈清洲（1970.12-），男，汉族，福建厦门人，大学本科学历，中共党员。现任福建省厦门市公安局集美分局指挥情报中心教导员。被灌口人民称为“亮灯警察”，他开通微博，利用业余时间，以轻松幽默的网言网语将法律法规广泛传递。

他曾荣立个人二等功1次，个人三等功2次，荣获“时代楷模”、全国特级优秀人民警察、福建省劳动模范等称号，荣登“中国好人榜”。

2016年12月26日，中央宣传部授予陈清洲“时代楷模”荣誉称号。

2017年11月，荣获第六届全国道德模范提名奖。

2016年12月21日 星期三
9 要闻
人民日报
他用真情把百姓暖透
——记福建厦门市公安局集美分局指挥情报中心教导员陈清洲（上）
时代先锋
组团送医从无到有 专家援藏从有到优
6000万元，"亮灯"警察筹款改善交通
3000余场，警察用"教授嘴"开展平安宣讲
36小时，为民坚守抗击台风
记者手记
做好每一件简单的事，就是不简单
短评
对口支援需要"带土移植"
慧聚中原 许君以昌
河南省许昌市高层次创新创业人才（团队）引进公告
2016年12月22日 星期四
9 要闻
时代先锋
"亲民为民的故事篓子"
——记福建厦门市公安局集美分局指挥情报中心教导员陈清洲（下）
做工作既下"笨功夫"，又用巧办法
变身"公安大V"，帮助群众找回走失人员300多人
"12张罚单"背后，是从不解与怨怪到祝福和感动
重庆丰都肉牛养殖生态产业链建成
从一棵草到一块牛肉干
谷春立受贿案一审开庭

他用真情把百姓暖透

——记福建厦门市公安局集美分局指挥情报中心教导员陈清洲（上）

本报记者　张　洋

在人们的生活中，灯是一个不可或缺的东西。路灯朴实平凡，但能默默发光，不懈地照亮前行的路，为百姓送去平安。

福建厦门市公安局集美分局指挥情报中心教导员陈清洲就是这样一盏“灯”。从警 21 年来，他忠于职守、甘于奉献、润物无声，竭力发出最强的光亮。不幸的是，陈清洲这盏灯照亮了别人却燃烧了自己，在今年“G20 杭州峰会”安保、防抗“莫兰蒂”超强台风任务中，陈清洲累倒在工作岗位上，并被诊断为肝癌晚期。

6000 万元，“亮灯”警察筹款改善交通

陈清洲 1995 年参加公安工作，2006 年 2 月就任厦门市公安交警支队的灌口中队指导员。当时灌口辖区交通情况极为复杂和落后——路口多、弯道多、陡坡多，没有一座红绿灯，也没有一座人行天桥，辖区 15 公里的 324 国道段夜里漆黑一片。当时的数据显示，灌口辖区交通事故 80% 发生在夜间。“亮灯”，成为破解交通难题的当务之急。

说起当时的情形，陈清洲女儿还讲述了一段小插曲。“爸爸到任新岗位的第三天晚上，我问他‘爸爸是不是不乖，怎么被赶到这个黑乎乎的地方来’。那时候我才 4 岁，谁知道无心的一句话刺痛了爸爸的神经。”

自此，陈清洲就经常夹着一个本子出门，本子逐渐被各种线条、标识物填满：这里有学校，缺少斑马线；这里岔口多，需要红绿灯……“从灌口往漳州方向有一条复杂山路，弯道多，陡坡多。我觉得这样的地方很少有人会来，准备打‘退堂鼓’，可清洲坚持要徒步上山勘察，后来那里变成了一条有完善交通标识的美丽乡村路。”灌口镇村建办的赖志年回忆。

紧接着，陈清洲根据实地勘察设计出交通设施规划图，取名“亮灯工程”。“当时预计至少要 3000 万元，我觉得这是天方夜谭，可他坚持事情一定要干，而且坚信一定能干成。”原灌口镇副书记黄进勤说，“那两年，他总是随身携带勘察报告和规划图，各种交流会、座谈会，只要抓住机会，就不厌其烦地向各级领导汇报和‘游说’。”

“投入3000万，一年少死5个人，两年就是10个人，10年就可以挽救50个人的生命。政府拿出一点钱，既能避免事故，又完成了百年大计。”陈清洲总是和当地领导算这笔账，终于他的努力没有白费。2006年至2009年，相关部门投入6000万元，先后建起了15座红绿灯、6座高位照明灯、3座人行天桥、18条斑马线、86面交通标志、万米隔离护栏。村民门口的路亮了，大家因此给他起了一个亲切的名字——“亮灯”警察。

3000余场，警察用“教授嘴”开展平安宣讲

路灯亮了，交通事故减少了，可“减少”并不等于“没有”。陈清洲深感治标更需治本，保障安全还需心中“亮灯”。12月14日，记者来到他曾经工作过的灌口中队，院子面积不大，可这里设有交通安全宣教室、交通事故模拟展厅等，随处可见他的劳动成果。

其中，一辆破损不堪的摩托车停放在院子中间，引起了记者的注意。灌口中队中队长陈彬说陈清洲是一个有心人，“2007年一部摩托车载着两名乘客发生车祸，驾驶员当场丧生。陈清洲主动留存了这部摩托车，将其固定在一部四轮小推车上，变成了现在的‘六轮’，经常推到路面上、广场上开展宣传教育。”

15日上午，记者来到灌口镇李林小学，同学们正在做课间体操，很多体操动作竟然是交警手势。“早些年，这里的孩子多为外来人口，交通安全意识不强。学校又紧邻交通复杂的319、324国道，安全隐患突出。为了增强孩子们的交通安全意识，陈清洲主动和我们沟通建立一个交通模拟实验基地。方案、设计、人员、物力、财

力、安全教材……他面面俱到、亲力亲为，这才有了今天的成果。”李林小学校长陈美宗说。

熟悉陈清洲的人都说，他长着一张“农民脸”“教授嘴”，这“教授嘴”就是指他生动活泼的授课内容和充满激情的授课方式。从警21年以来，陈清洲在辖区内开展交通安全宣传和反诈骗宣传3000余场。今年9月，针对高校学生频频遭受电信诈骗这一问题，陈清洲利用“开学季”走进厦门市集美区各大高校，21天时间连续上了19堂防范诈骗宣教课，深受大学新生欢迎。

为了让更多的人树立安全意识，陈清洲不放弃一切机会和平台，2009年在全市交警中开设首个实名微博。陈清洲在灌口派出所的老搭档、现任集美分局治安大队大队长王光锋还告诉记者：“电视开机后会有1分钟广告，一般人不会理睬，可陈清洲觉得这是可以利用的机会，便积极协调开办了一个‘清洲说警事’的公益节目。如今很多人都是通过这个节目知道公安队伍有个陈清洲的。”

36小时，为民坚守抗击台风

“亮灯”警察陈清洲确实与“灯”有缘。他年少时就有当警察的梦想，可是家里贫困，长期夜间读书准备考试的电费难以承受。他很快想到了一个办法——一家纺织厂的缝纫机装有照明灯，适合用来读书。他通过关系找到纺织厂厂长，一番软磨硬泡，厂长破例准许他在晚上10点工厂下班后，借用一台缝纫机灯光就读，从此纺织厂下半夜便多了一名编外“保安”。通过不懈努力，他如愿成为一名警察。

一盏灯，开启了他的从警之路；陈清洲决心自己也要做一盏灯，来照亮他人。他多年前就被查出患有肝炎，不应该再加班熬夜，可拼命三郎的个性驱使他照常前行。今年7月，他的常规体检报告显示甲胎蛋白偏高，医生再三叮嘱他要抓紧复查，但面对“G20杭州峰会”安保、抗击“莫兰蒂”超强台风等战役，他依然连续加班加点、忘我工作。

9月14日是陈清洲值班，他一如既往地第一个到单位。“我总开他玩笑，说每天早晨食堂第一口饭都是你吃的。”王光锋回忆。这一天陈清洲似乎到得比平常还要早——根据天气预报，破坏力极强的台风“莫兰蒂”逼近厦门。

据集美分局很多同事介绍，从台风来临前的14日上午8点，到台风登陆后的当晚8点，陈清洲在岗位上坚守了36个小时。这36个小时里，他主要做了四件事：台风逼近时，紧急疏导大桥和高速路口的堵情，并发布交通预警信息；台风肆虐时，及时转移设备，确保“生命救援热线”的安全；警情复杂时，直接进行扁平化指挥，为救援赢取时间；台风过后，为恢复警务通信、保障基本接处警，他出谋划策、现场处置……每一件事，对于确保辖区群众的生命安全，都意义非凡。

在厦门遭遇“莫兰蒂”后不久，陈清洲也遭遇了人生中最大的困难——被确诊为肝癌晚期。“按照事后推断，‘莫兰蒂’肆虐的那个夜晚，癌细胞已经在陈清洲的体内横行，真是无法想象一个肝癌晚期的病人，忍受如此大的痛苦还能坚持工作。”同事杨英东说。

9月23日，核磁共振检查结束后，医生告诉陈清洲结果不是太好，需要进一步确诊。即便如此，他还是没有推掉原来就定好的两堂反诈骗宣传大课——在数千人面前，他依然是那副阳光般的笑容。9 月 28 日，在陈清洲进入手术室的前一天，他还发了一条微博：“集美大学的老师、同学们，对不起，清洲这次失约了，下次一定补上。”

（原文载于《人民日报》2016 年 12 月 21 日 9 版）

“亲民为民的故事篓子”

——记福建厦门市公安局集美分局指挥情报中心教导员陈清洲（下）

本报记者　张　洋

今年9月26日，在陈清洲被确诊为肝癌的当天，一条“扩散，那个爱帮人的厦门交警陈清洲被查出肝癌，谁能救救他”的消息在朋友圈快速传播，短短几天内就收获评论转发400余万条（次）、阅读量过亿，成千上万的网友留言：“清洲加油！”“清洲挺住！”

一名普通基层民警为什么能得到网友自发的关注和祝福？有人这样解释，“因为他全心全意地履行一名人民警察的职责，用心用情地帮助每一个需要帮助的人。”

做工作既下“笨功夫”，又用巧办法

作为交警，处罚交通违法行为是分内事。面对处罚，有人接受，有人不服，还有人不以为然、反复违法。为了改变这种现象，陈清洲下了“笨功夫”。

周育辉是灌口镇个体劳动者协会主席，他和陈清洲打了十年的交道，可他们的结缘竟是因为一张交通罚单。一天，周育辉骑摩托车在灌口的道路上疾驶，一名交警将他拦了下来，“同志，你骑摩托车没戴安全头盔，违反了交通规则，请下车接受处罚”。周育辉当场恼火，“多大点事，你们交警就是会罚款！”这名交警是陈清洲。

周育辉显然缺少一根交通安全弦。陈清洲事后多次主动上门讲解规则，终于打动了周育辉。“在一次交通事故中，幸好我戴了头盔，否则可能就活不成了。这下我彻底明白了陈清洲是为我好，是对我的生命负责。”

陈清洲抓工作还有很多巧办法。据集美分局治安大队大队长、原灌口派出所所长王光锋回忆，“以前派出所停车特别乱，大家都喜欢在外围扎堆。陈清洲也注意到这个问题，他巧妙地提出了一个‘停车远靠　风格最好’的标语，一下子抓准了不少人的心理，车辆停放从此变得井然有序”。

“陈清洲从小在农村长大，最能理解农民的心情，对农民总是将心比心、换位思考。”王光锋说，“2012 年 7 月，派出所的巡逻人员遇到了一头走丢的耕牛，第一天并未找到失主，牛就养在了派出所空地。夜里，已经睡下的陈清洲又起身下了床，到食堂盛了一些水，还抓了一把盐，兑成盐水给牛喝。作为农民的儿子，他知道天气炎热，牛需要喝水。而加点盐，牛才不容易生病。对一头耕牛，清洲尚且如此用心，更何况对群众？”

变身“公安大V”，帮助群众找回走失人员300多人

为了在更宽广的平台宣传安全知识，让更多人受益，2010年陈清洲开通了个人新浪微博@交警陈清洲。6年来，他每天坚持在完成繁重的警务工作后，花费五六个小时更新维护内容，一一回复留言。共发布微博4.7万条，内容包括安全提示、警察故事等信息，受到不同网络人群的欢迎，目前他的微博粉丝近80万。

厦门市民黄用的儿子黄圣楠从出生起就患有罕见疾病，只能靠一种特殊药物维持。2012年6月，药物断了货，圣楠陷入危险中。陈清洲听说此事后，立即发出一条“为小圣楠求药”的微博。短短几天，这条微博就被转发了2000多条。5天后，在广州网友的帮助下，5粒救命药被找到，挽救了小圣楠的生命。

陈清洲指尖敲击的是键盘，承载的是使命；鼠标连接的是微博，牵挂的是百姓。2012年，他受到公安部一档打拐节目的启发，开始琢磨如何利用他的微博力量，为更多走失、被拐孩子找到回家的路。于是，他开办了“清洲帮寻人”公益寻人专栏，迄今为止阅读量已达13.3亿人次，共帮助找回走失人员300多人。

厦门市民邱美丽专程找到记者，表达对陈清洲的感谢，“我的母亲身体不好，还有些失忆症状。2012年8月的一天，我下班回家发现母亲不见了，一家人快要崩溃了”。拨通了陈清洲的电话后，

邱美丽马上获得了帮助。十几分钟后，一条微博就从陈清洲的账号上发出："急、急、急！急寻走失的妈妈：邱能秀，54 岁，身高 1 米 55……"陈警官那天数次转发微博，协调联系，很快就有了线索，找到了邱美丽的母亲。

"12 张罚单"背后，是从不解与怨怪到祝福和感动

在陈清洲无私奉献的过程中，有一个人始终默默地关注他，这个人叫林伟健。

"我 16 岁初中毕业那年，有些叛逆，从朋友那借来一辆摩托车，载着两个哥们，天天在集美灌口飙车。没潇洒几天，就被陈清洲拦下了。事后我不以为然，继续飞驰在灌口的大街小巷。"林伟健回忆，"有一天，记不清那是第几次被陈清洲拦下，未成年、超载、穿拖鞋、没戴头盔……他一下子给我开了 12 张罚单，还没收了摩托车，当时真是满肚子怨愤。"

2008 年，林伟健读高二，他又遇见了陈清洲。这一次是在学校举行交通知识讲座，林伟健搬着板凳一到操场就愣住了，望着台上站着的陈清洲，心里依然有些怨愤，"你也不能一次给我开 12 张罚单啊！"但看到陈清洲将枯燥的安全知识讲得生动有趣，他又有些触动，"讲得还不赖嘛。"

"我 2013 年大学毕业回厦门时，陈清洲已经是微博名人了。一提到寻人找人，大家都想起他。"林伟健告诉记者，"闲暇时，我也会关注陈清洲的微博，看着他为了走失的孩子心急、奔走，看着他为了走失的老人吃不下饭、睡不好觉，我真的被感动了。有多少人

能像他一样一直坚持把一件事做好？他真是个好人。"

当看到陈清洲得病的消息时，林伟健不敢相信自己的眼睛，他在网上打下这么一段话，"虽然 2006 年你给我开过 12 张罚单，还没收了一辆摩托车，但是这几年我一直都在关注你，你是个好人！希望好人一生平安！一切都能挺过去"！

像林伟健这样被陈清洲打动的人还有很多很多。正如陈清洲的同事们所说，"他是一个亲民为民的故事篓子。如今，陈清洲不得不因病暂离岗位，他的微博也有一段时间没更新了。我们都盼望他早日归来"。

（原文载于《人民日报》2016 年 12 月 22 日 9 版）

如何在回忆录中增强新闻性

——陈清洲先进事迹的采写心得

张　洋

一个典型人物，至少有十几年、数十年的人生阅历，每每采访报道，就像是给他们撰写一本沉甸甸的回忆录。另一方面，从新闻宣传的工作特点来说，留给编辑记者的时间往往只有几天、十几天。如何在短时间内写出年轮、写出精神，并且具有较好的传播力、影响力和公信力？

2016 年 12 月，根据部署安排，我前往福建厦门，深入采访时代先锋陈清洲的先进事迹，撰写稿件《他用真情把百姓暖透》《“亲民为民的故事篓子”》，得到广泛关注。通过这次采访报道，我深刻认识到，即便是写“回忆录”，也要强调“新闻性”，特别是要努力找出与当前社会的连通点、写出让广大群众有所思有所学的共鸣点，如此才能更好发挥一篇典型报道的应有价值。具体来说，有以下三点思考：

运用记者视角，典型报道与深度调查巧结合

长期以来，“不到现场不写稿”是新闻记者的基本工作原则，可是有时候，到了现场当我们熟悉一堆先进事迹材料之后，却又忽略了眼前最真实的、最一手的所见所闻。实际上，在当下的舆论场，比起单纯的记事叙述、人物描写，“记者调查”这种体裁往往更能引起人们的关注。如果能在典型报道中巧妙结合记者调查的手法，一是可以增强宣传报道的时效性，把陈年往事演绎为最新发现；二是可以增强典型人物的可信度，文章内容都是记者深入采访、认真核实的；三是可以增强广大读者的共鸣度，把记者嵌入文章，适当穿插一些记者视角的情感表达，有利于渲染情绪、烘托氛围，激发读者的情感认同。

基于此，在不影响整体行文的前提下，记者在陈清洲事迹的稿件中嵌入了一些调查性的话语，比如陈清洲的女儿给记者回忆她小时候的一段印象；记者去到当地学校，发现孩子们的交通手势都是陈清洲所教授的。再如，在一段段先进事迹的描述后，自然地缀上一句，“每一件事，对于确保辖区群众的生命安全，都意义非凡”。在开始讲述陈清洲开通微博与群众互动时，第一句就写，“陈清洲，指尖敲击的是键盘，承载的是使命；鼠标连接的是微博，牵挂的是百姓”。这些话语很简短，但都体现了新闻记者“桥梁纽带”的基础性作用，拉近了典型人物与读者的距离。

结合现实背景，融入问题意识讲好典型故事

对于典型人物，我们在采访过程中充满感动，也迫切希望通过手中的笔，使得他们被更多的人知晓、学习。反过来，这就要求我们认真思考，典型人物为什么值得学？广大读者可以学习什么？对于典型人物的观察与思考，我们还需认识到，他并非一个孤零零的个体，而是一个社会人，他的先进事迹往往具有特定的社会背景，他的积极作为往往是为了推动和解决一些现实问题。宣传报道中，我们不仅要着重描述“做了哪些事”，还要交

代清楚“为什么做这些事”。通过一些时代背景、社会环境乃至工作场景的介绍，有利于增强广大读者的“身临其境”“感同身受”。

在陈清洲的采访报道中，记者首先注意到几个现实背景：一是很多年前的交通基础设施建设跟不上，群众出行不方便；二是如今虽然硬件条件好了，但是群众的安全意识跟不上，稍不注意就容易发生事故；三是作为沿海城市，厦门遭遇台风等恶劣天气较为频繁；四是在科技发达的今天，互联网上要有政府部门及其工作人员的身影。这些都是群众的身边事，可见、可听、可感知，也是陈清洲积极作为、成为先进的一个现实背景，他通过对群众反映强烈问题的逐个解决，始终坚持与时俱进地开展群众工作，这才逐步得到群众的认可。对此，记者在行文写作中坚持描述事迹、交代背景相结合，并且在文章见报后注意到，跟帖评论既有对陈清洲的点赞，也有围绕交通安全意识培养树立、应急防灾管理、政府官员也要成为“网红”等话题讨论的，这就是这篇文章的最好价值体现。

抓住特殊细节，不断增强宣传报道的新闻元素

有人说典型报道没有时效性，实则不然，关键在于发现。如果一个优秀的典型报道，再加上一些新闻元素，那就是锦上添花、更加富有吸引力、感染力了。结合陈清洲的采访报道，记者认为，新闻元素可以包括如下几个方面：一是近期发生的事情，比如陈清洲在2016年底发布微博称病，引发无数网民的转发和祝福，作者就把这条新闻作为由头，提升整个文章的关注度；二是独特的人物特征，比如陈清洲在20世纪八九十年代攻坚克难，让福建厦门很多农村地区的路灯亮起来了，被当地人称作“亮灯”警察，作者在文中大量使用这个具有群众基础的标签，并且将其形容为“一个人点亮一座城”，言简意赅形象生动；三是与契合当前社会的突出事迹，比如现在我们处在一个网络社会，陈清洲恰恰是一个“自带流量”的网红，作者在文中着重笔墨介绍了一些他与网民互动的事迹，让很多参与互动的读者更有亲近感，更想去传播。

如何在芸芸众生中让典型人物出新出彩，让广大读者可信可敬可学，还有很多的方法和技巧值得借鉴和学习，比如与其追求“高大全”，不如集中火力展示一种特质，比如“对事不对人”，把人物描述融入具体的事实、数据中。在陈清洲先进事迹的采访报道过程中，他的艰苦奋斗、兢兢业业，始终感染着我、鼓励着我，未来我应加强学习、积极进取，写出更多有影响力的文章。

张洋简介

张洋，男，汉族，1988年8月出生，安徽怀宁人。2009年5月加入中国共产党，2011年进入人民日报社，现为人民日报社政治文化部读者来信编辑室副主编。多篇报道获得人民日报社精品奖、中国人大新闻奖等奖项。被授予人民日报社青年岗位能手称号。

跋

树起新时代精神标杆

温红彦

典型报道，是对现实生活中具有先进性、代表性、示范性的人和事所做的深度报道，它承载着弘扬主流价值、树立精神标杆的使命。在中国革命、建设和改革开放的不同时期，典型报道所树立的众多先锋模范形象，激励着一代又一代中华儿女团结奋斗、继往开来。

伟大时代呼唤伟大精神，崇高事业需要榜样引领。中国特色社会主义进入新时代，党报人更要讲好奋斗者的精彩故事，树起新时代的精神标杆。

（一）

善于抓典型，是党的优良传统，让典型引路和发挥示范作用，是党的重要工作方法。毛泽东同志说过："典型本身就是一种政治力量。"在党的历史上，典型宣传是理想信念教育的重要抓手，是宣传思想工作的重要法宝。

榜样的力量是无穷的。在艰苦卓绝的战争岁月，“生的伟大，死的光荣”的刘胡兰，“为人民利益而牺牲”的张思德，“为了新中国，向我开炮”的董存瑞……他们像一盏盏明灯，照亮中国革命前进的道路。在新中国建设时期，“最可爱的人”邱少云、黄继光，“永不生锈的螺丝钉”雷锋，“铁人”王进喜，“县委书记的榜样”焦裕禄……他们的光辉事迹，激发出全党全国人民保卫和平、建设国家的壮志豪情。在改革开放大潮中，勇攀高峰的科学家华罗庚、陈景润、蒋筑英，让中国人民深深感受到科学精神的力量；一心为民、淡泊名利的孔繁森、牛玉儒、任长霞、杨善洲，展示了人民公仆的本色；平凡岗位奉献自我的李素丽、徐虎，成为家喻户晓的“全国劳模”……这些耳熟能详的典型人物故事，滋养了几代人的灵魂，陪伴了几代人的成长。

以习近平同志为核心的党中央高度重视典型的引领作用，将典型宣传与实现中华民族伟大复兴的中国梦紧密联系在一起，将榜样的力量融入祖国改革发展的伟大事业之中、融入人民创造历史的伟大奋斗之中。党的十八大以来，“秉持航空报国的志向”的罗阳，“用生命践行党的群众路线的好干部”兰辉，“燃灯者”邹碧华，“长期奋战在扶贫攻坚和科技创新第一线”的李保国，“带领当地干部群众扑下身子、苦干实干”的廖俊波，“心有大我、至诚报国”的黄大年，“像守护生命一样守护祖国植物基因库”的钟扬等重大典型，像一颗颗永恒的星辰，闪耀着中国精神的光辉；像一座座不朽的丰碑，矗立在中华大地上。

一个有希望的民族不能没有英雄，一个有前途的国家不能没有先锋。当前，人们的思想日趋活跃，对精神文化的需求迅速增长，呈现多元、多样、多变的特征，巩固马克思主义在意识形态的指导地位、牢牢把握意识形态工作领导权、培育和践行社会主义核心价值观的任务十分繁重，作为党的思想宣传工作的重要法宝，作为理想信念教育的重要抓手，典型宣传任何时候都不能放松。做好典型宣传，是继承和发扬党的优良传统的必然要求，是凝聚人心、鼓舞士气、奏响主旋律的必然要求，具有不可替代的重要作用。

（二）

如何充分发挥典型的示范引领作用？习近平总书记强调，“要树立以人民为中心的工作导向，把服务群众同教育引导群众结合起来，把满足需求同提高素质结合起来，多宣传报道人民群众的伟大奋斗和火热生活，多宣传报道人民群众中涌现出来的先进典型和感人事迹，丰富人民精神世界，增强人民精神力量，满足人民精神需求。”

典型报道从题材上看，是以典型人物、典型事件、典型经验作为报道对象的。本书集纳的典型报道18例，都是典型人物报道，每一篇报道之后，都附有记者的心得感悟。如何使典型人物报道更符合时代要求，更符合传播规律、更符合大众接受心理？每一位记者的体会都各有侧重、各有千秋，从大家的心得感悟中，大致能梳理出三个方面，即“时代性”与“个体性”、“高起点”与“低落点”、“老传统”与“新方式”的关系。

“时代性”与“个体性”。典型人物是时代精神的缩影，典型报道要体现“时代性”与“个体性”的统一。这就要求我们在写典型人物时，准确把握人物在时代中的“坐标”，把握典型人物与环境、与社会的内在联系，反映典型人物身上的时代特质。典型人物报道是在写个体的人，但更是在书写一个时代。因此，典型人物报道要反映时代的思想精华，彰显时代“大格局”。

与挖掘典型的时代性相比，还原典型的个性特征更难。个体性是典型人物的生命，抓住典型的个性特征来讲述其成长故事和心路历程，才能写出区别于其他典型的“这一个”。既要挖掘故事的来龙去脉，又要了解其前因后果；既要挖掘典型做了什么，又要深究为什么这样做，这样，才能让笔下的典型人物既见品格风骨，又见家国情怀。

“高起点”与“低落点”。典型人物越是事迹过硬，往往越是被记者提炼得过于纯粹，导致典型人物套路化、脸谱化，甚至变成“高大全”式的人物。这会大大削弱典型报道的传播力，甚至会使宣传效果适得其反。

“高起点”是要求体现典型人物身上蕴含的时代精神和时代主题，“低落点”就是让典型人物接地气，还原真实场景，走进人物日常，从而被读者主动接受。真实是典型报道的生命。在文艺作品中，典型是塑造出来的艺术形象，是源于生活高于生活的“再造”；而在新闻作品中，典型是挖掘出来的现实榜样，是源于真实归于真实的“再现”，因此无需刻意拔高，更不能涂脂抹粉，典型人物走出聚光灯，多数时间是和我们一样的普通人，能真正打动读者的，往往是作为普通人体现出来的不平凡的那一面。只有让典型人物接地气，才有可能击中人们情感的共鸣点。“高起点”与“低落点”结合好，典型人物报道才能真正深入人心。

“老传统”与“新方式”。我们长期以来形成的典型宣传的优良传统，被一代又一代记者传承和弘扬，在典型人物报道领域留下一大批经典作品。随着社会的进步，互联网的快速发展，人们的阅读习惯、审美情趣都发生了改变，记者的信息获取方式也发生了改变，因此，典型人物报道的方式也要与时俱进、应时而变。

今天的舆论环境是全球化、网络化、多元化，新闻的受众面比以往有了大范围拓展，各种报道都更加注重表达方式的创新、传播渠道的多元、国际视野的拓展，以增强面向全球的传播力、面向网络的吸引力、面向多元声音的影响力。这就要求我们在进行典型人物报道时，深刻把握媒体融合新要求，尝试进行全媒体策划，从一开始就要考虑纸媒如何报道、网上图文、视频如何呈现、新媒体产品如何制作等，让传统媒体和新媒体各展所长，实现多元传播、立体传播。

（三）

党的十八大以来，在中央宣传部正确领导下、在人民日报社编委会直接指挥下，政治文化部作为典型报道的重镇，不负重托、不辱使命，承担了钟扬、黄大年、廖俊波、黄大发、邹碧华、兰辉等一大批重大典型人物的采写任务，打造出多篇“有思想、有温度、有品质”的典型人物报道力作。

“有思想”——弘扬时代精神，突出思想引领。

早在 2006 年，习近平总书记就在《要善于抓典型》一文中，提出“抓典型，更具意义的是要树立精神上的榜样，让人们学习典型所体现的精神，让典型身上的精神发扬光大。”这就要求我们挖掘出蕴含在典型人物深层的精神，体现典型人物的信仰追求。

因此，能否从有说服力的细节中体现典型人物的精神和信仰追求，是写好典型人物的关键。在采写地球物理学家黄大年这一典型时，我们首先要回答的，是黄大年“心有大我、至诚报国的爱国情怀”从哪里来？一个人的成长成才，必有其深远的历史背景和独特的心路历程。当记者从黄大年 1982 年大学毕业留念册上，看到“振兴中华，乃我辈之责”的留言时，深深被他的赤子之心所打动。后来他留学英国，出类拔萃，但他始终不满足，更不觉得荣耀，他说他是“有祖国的人”，无论在国外取得多大成绩，如果自己的祖国在这个领域还有差距的话，那都不算真正意义上的成功。对于黄大年来说，“报效祖国”才是今生今世最大的追求，因此他毅然回国，带领他的团队在多个科研领域跻身世界前列。这样的讲述，才符合人物的思想逻辑、情感逻辑，才能让满腔赤子情、一颗报国心的黄大年跃然纸上，才能“树立精神上的榜样”。

每一个先进典型推出，都有契合时代的特质，这个特质是什么？这就要求我们准确定位，用时代的坐标把握人物精神内核。在对植物学家、复旦大学教授钟扬的报道中，记者认为：钟扬之所以是钟扬，因为他生在一个能充分施展抱负的伟大时代，他亲身感受到富起来、强起来的中国，还不具备相匹配的植物领域发言权，因此他以一个战士的姿态打响“植物保卫战”，这便是钟扬的时代价值所在。有了这样的判断，文章才能体现出“为铸牢初心与梦想”而歌的站位。

“有温度”——富有吸引力感染力，充满人文情怀。

典型人物报道没有固定模式，但提高报道的吸引力和感染力，应该是记者不懈的追求。只有解决了吸引力和感染力的“温度”的问题，才能使典型人物报道更具传播力、引导力、影响力、公信力。

要写出有温度的作品，首先要做有温度的记者。清代诗人袁枚说过：“作者情生文，斯读者文生情。”作品只有先打动自己，才能打动读者。只有带着对典型人物极其所代表群体的深厚感情，才能理解他们的亲情、友情、爱情甚至隐情，才能体悟他们复杂深沉的内心世界，从而采写出有吸引力感染力的作品。

在对贵州遵义老支书黄大发的宣传报道中，记者抓住一个直击读者内心的细节：黄大发想去省委看看，陪同人员心里犯嘀咕，“老支书在省委还有相识？”结果，老支书进了省委大院，只是默默注视着飘扬的五星红旗……在黔北深山当了几十年村支书，耄耋之年来到省委大院，他就是想看看党组织所在地到底什么样。这个故事细节的挖掘，读来让人动容。

要写出有温度的作品，必须舍得付出苦功。“七分采、三分写”，是新闻的规律，好作品都是从脚底板下走出来的，脚上沾多少泥土，心中就有多少温度。“俯下身”才能“察实情”，“沉下心”才能“动真情”。

为写好钟扬，记者不顾高原反应，先后采访60余人，形成40万余字的文字资料，并把钟扬的每一个柜子、抽屉、本子、背包乃至夹层都全部细细查看一遍，力求做到能用事实呈现的内容、表达的情绪，就不用形容词，比如高原寒冷，不用“寒气逼人”，而是写“盖三床被子也无法抵御寒冷，早上洗脸要先用锤子砸开水桶里的冰”；在对四川省北川羌族自治县原副县长兰辉的报道中，记者的笔触没有停留在“母亲去世3天他才知晓”“女儿出生时他没在身边”，而是发现兰辉在微博中一次又一次地怀念母亲，手机铃声都是《遥远的母亲》，从而写出一个更真实的、非冷血的、更能引发读者共鸣的兰辉；为让全国优秀县委书记廖俊波的采访更扎实，在随大部队采访结束后，记者又单独留下继续深入采访，在一对一的交谈中获得了更多的一手资料，用真诚让采访对象敞开心扉；在对“飞鲨”英雄张超的报道中，记者沉到基层军营一线，在与张超的领导、战友、家人一次次交流中，采访到大量细节，拼接“复活”了这位英雄……这些作品都是让客观事实说话、让身边群众说话，让润物无声的细节说话，文章自然就有了温度。

“有品质”——在精心、创新上下功夫，满足大众新期待。

发扬精细打磨的“工匠精神”，才能使作品更有质地和光泽。黄大年长篇通讯的大标题，在写作中不断推敲打磨，直到交稿最后一刻，才确定为《心有大我，山一样的巍峨》。“心有大我”，是总书记对黄大年的评价，精准概括了他一生对祖国的热爱与奉献；“山一样的巍峨”则有多重含义，首先是黄大年“心有大我，至诚报国”的境界像大山一样的高耸；其次是黄大年作为著名地球物理学家，一生与山川打交道，以此“山”喻彼“山”；用“巍峨”比喻黄大年“山一样”稳健厚重的气质，形象而贴切。

努力呈现独特的“这一个”，人物形象才能脱颖而出。典型人物一定有其特殊性，我们要通过细致的采访，把这个特殊性找出来，并用生动的语言准确表达。全军优秀指挥军官满广志，被誉为我军信息化建设的开路先锋，而他的宏伟目标却那么脚踏实地，“就是想当个带兵打仗的指挥员”；基层干部整体形象怎么样？他们真实的工作和生活状态怎么样？“草根书记”杨兆顺的苦辣酸甜，给出了生动的答案；为什么基层组织部长李林森“离去时人们甘愿续写他的故事、镌刻他的墓志铭”，为什么“巴山没了季节，只有被泪水打湿的8月”？因为他“把工作当命，把事业当命，把命令当命”；扎根最基层的宣传部长周恩义具备宣传干部最可贵的品质——“虚”功实做，用自己的行动验证了“宣传思想工作到底有没有用”……记者们采写的一个个典型人物，都是鲜明的、独特的“这一个”。

抓住矛盾冲突讲故事，在跌宕起伏中推进故事。“文似看山不喜平”，重大典型人物报道一般篇幅都不短，要让读者读下去，就得在跌宕起伏中推进故事、展现特质。在对好法官邹碧华的报道中，记者抓住邹碧华的几个“不同寻常”，带着问题去采访，带着疑惑去解答。在对黄大发的报道中，记者抓住主要矛盾：草王坝的穷根是缺水，于是文章围绕缺水——修渠、没技术——学技术、没钱——筹钱、曲折心酸——最终通水而布局，让故事在冲突与转合中一步步向前推进，抓住读者的心。

用好“意象”的点睛之笔，把情感和思想投射到一个文学形象上。如钟扬“种子”的意象、黄大年“山”的意象、廖俊波“樵夫”的意象、柴生芳“西北白杨”的意象、黄志强的“肝胆”的意象、张超“飞鲨”的意象……都是经过炼化的文学形象，起到了画龙点睛之效。再如，在对兵团职工尤良英的报道《桃李东风渐次开》中，记者用了两个意象，用桃李指代民族兄弟情义，用蒲公英表达尤良英用真情消弭隔阂的坚韧品格。

文无定法即是法。这就要求我们不拘一格，不断创新，将每一篇典型报道当作第一篇来写，抛却“套路”，避免“脸谱”，根据不同人物的特点，创造性地选择最佳表达方式、独特写作视角，才能在同行都采写同一个重大典型时高出一筹。

典型人物报道，必须经得起时间的检验。好的典型人物报道可以穿越时空，即使经过了岁月的淘洗，依然能触摸到时代的脉搏、依然能感受到人物的温度、依然能生发出精神的共鸣。我们写过的许多新闻可能随风而逝，但我们树起的典型人物，会在历史的长路上留下印记。一位新闻前辈说过：记者好比月亮，所写的人物则是太阳，只有托起太阳，才能照亮自己。